KB265104

행복한 삶을 누리기 위한
마음을 살찌우는 지혜

마음을
살찌우는
지혜

안규금 엮음

심미안

나 누 는 . .
사 . 랑 . 이 . .
아 름 답 다 . .

　모든 꿈을 교육에 걸고 살아온 지 46년 가까운 세월이었습니다. 뒤돌아보면 자랑스러움보다 아쉬움과 부끄러움뿐인데도, 여러분이 제게 주셨던 크신 사랑에 감사의 말씀을 드립니다. 이제 교직을 떠난 후 여러분에게서 받았던 사랑에 조금이라도 보답하기 위해, 부족한 글로 감사의 마음을 전하려 합니다.

　저는 서로 사랑을 나누며 살아가는 삶이 제일 행복하다고 믿고 있으며 그렇게 살려고 힘썼습니다. 또한 어떻게 하면 자칫 메마르기 쉬운 어린이들의 가슴에 따뜻한 사랑의 불을 지피울 수 있을까를 생각하며 살아왔습니다. 마음이 따뜻한 사람이라야 가난한 사람들의 마음을 어루만져 주며 가슴마다 꿈을 심어줄 수 있기 때문입니다. 티 없이 밝은 얼굴로 서로 어울려, 즐겁고 힘차게 뛰노는 어린이들의 모습이 우리의 희망입니다.

　이 새싹들이 앞으로 행복한 삶을 누릴 수 있게 돕는 일이 마땅히 우리가 해야 할 일이라고 생각합니다. 그 일은 바로 마음을 살찌우는 지혜를

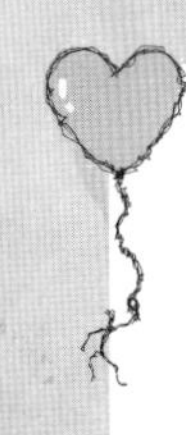

닦도록 도와주는 일입니다. 이런 뜻으로 그동안 학교생활을 하면서 어린이들에게 들려준 이야기를 모았습니다.

제가 새로 쓴 글보다 여러 가지 문헌에서 감동깊이 읽은 글을 고쳐 이야기한 글이 많습니다. 따온 내용은 그대로 옮겨야 마땅한 도리인데도, 듣는 어린이들의 수준에 맞게 옮기다보니 주제넘게 줄이고 붙이고 다시 풀어 쓴 곳이 여러 군데 있습니다. 또 옮겨온 곳을 밝히느라 좀 길어지기도 하였습니다.

저는 어린이들을 지도할 때는 사실 그대로 잘잘못을 가리기보다는, 생활경험이나 성인들의 가르침에 따라 차분하게 이야기하면 더 효과가 크다는 것을 알았습니다. 그리고 딱딱한 한자어나 외래어를 그대로 옮겨 이야기하는 것보다는, 순수한 겨레말로 풀어서 이야기하면 설득력이 높다는 것도 깨달았습니다. 글을 쓰면서 될 수 있는 대로 이 깨침을 지키려 애썼으며, 자료의 정확성을 높이는데도 최선을 다했습니다.

이 책이 나오기까지는 이야기내용을 수업시간에 토론 자료나, 가정에서 자녀교육 자료로 활용하신다는 선생님들과 학부모님들의 부추김이 컸음을 밝혀드립니다.

끝으로 좋은 글을 쓸 수 있도록 격려해주신 여러 선생님들과 문우여러분, 그리고 언제나 형제의 정으로 용기를 주신 시인 송수권 교수님께 감사의 말씀드립니다.

2006년 4월
엮은이

3 정직한 마음

4 나눔이 아름답다

5 가슴에서 우러나오는 말

6 자연스런 삶

7 마음과 혼을 나눈 친구

8 아시아의 등불

나 누 는 . .
사 . 랑 . 이 . .
아 름 답 다 . .

… 공부는 왜 해?

행복한 삶을 누리기 위한 마음을 살찌우는 지혜

공부는 왜 해?

공자님의 제자에 '자로'라고 하는 분이 있었습니다.
자로가 공자님에게 물었습니다.
"선생님 우리는 왜 힘든 공부를 해야 합니까?"
공자님께서 다음과 같이 말씀하셨습니다.

"공부를 한다는 것은 나라가 전쟁이 없이 평화로울 때도 군인들이 평화로울 때도 쉬지 않고 날마다 무기를 손질하며 훈련을 열심히 하는 것과 같은 것이다. 만약 갑자기 전쟁이 일어났을 때 아무 대비도 하지 않았다면 모든 싸움에서 질 수밖에 없단다. 적군이 쳐들어 왔는데 그때야 준비 한다면 백 번 싸워 백 번 지고 말지. 공부란 앞으로 닥칠 세상살이에 미리미리 슬기롭게 대처하자는 것이다.

또 농부가 농사철이 되기 전에 논두렁이 튼튼하여 물이 세지 않는지 살펴보고, 둑을 쌓고 농기구를 잘 손질해 둔다. 추수가 끝났다고 그냥 놀지 않고 다음해의 농사를 위해 쉬지 않고 준비하고 있지. 장마에 대비하고 뿌릴 씨앗을 잘 골라 보관하며 충분한 거름도 준비해야, 다음 해에도 풍년을 기약할 수 있는 이치와 같다.

또 바닷가에 나가봐라. 고기 잡는 어부도 쉴 사이 없이 배와 그물을 손질하고 있으며, 배에 필요한 연료도 충분히 준비하며, 기상관찰을 하고 조류에 따라 이동하는 어군들의 정보를 듣고 있단다.

시험을 봐야 할 텐데 충분한 복습을 하지 않는다면 좋은 성적을 올릴 수는 없지 않겠니?

공부는 모두 때가 있다. 어려서 기회를 놓친다면 돌이킬 수는 없다. 너희들은 쉽게 늙어 간다는 것을 잊고 있는데 명심해두어야 할 일이 있다.

소년은 늙기 쉽지만 학문은 이루기가 어렵다. 일 초의 시간도 가벼이 넘기지 말고 아껴 써라. 연못가에 있는 새싹이 채 돋기도 전에 뜰 앞 오동나무 잎이 가을이 왔다고 알려 준단다."

공자님과 제자인 자로의 이야기에서 우리가 배워야 할 것이 많이 있습니다.

공부란 우리가 어떤 일에 부딪쳤을 때, 그 일을 해결해 나가기 위한 수단과 방법을 익히는 일이라는 것을 알 수 있습니다. 우리는 이 세상을 살아가면서 날마다 어떤 일에 부딪치고 또 해결해가며 살아갑니다.

어떻게 해결해야 바른 방법인지 몰라서 쩔쩔맬 때가 많습니다. 그럴 때마다 선생님이나 부모에게 물어서 해결해갈 수는 없습니다. 문제에 대한 정확한 분석과 해결방법을 자기 스스로 찾아야 합니다.

정상급을 달리는 운동선수나, 음악, 미술가, 기능인들은 하루도 쉬지 않고 열심히 연습을 하거나 기술을 닦고 있습니다. 내일을 위한 준비를 게을리 하는 사람은 어떤 일에나 결코 성공할 수 없습니다.

책은 왜 읽어?

"학문을 좋아하는 사람과 동행하면 마치 안개 속을 가는 것과 같아서 비록 옷은 젖지 않아도 점차로 물기가 배어들고, 무식한 사람과 동행하면 마치 뒷간에 앉은 것과 같아서 비록 옷이 직접 더렵혀지지 않아도 점차로 악취에 젖는다."는 공자님의 말이 생각납니다.

책을 읽어 자기 수양을 쌓는 일은 우리가 평생을 걸쳐 노력해야 할 일입니다. 학문이 깊이 배지 않는 사람은 어떤 문제에 부딪칠 때 어찌할 바를 모르고 당황하거나 실패만 거듭합니다.

조선시대 인조 때 조위한 이란 학자가 홍문관에서 숙직을 할 때였습니다. 한 학생이 책을 읽다가 갑자기 책을 내 던지면서 다음과 같이 말했습니다.

"책을 덮기만 하면 방금 읽은 것도 다 잊어버리고 머릿속에서 달아나 버리니, 이래 가지고야 책을 읽어 무슨 소용이 있겠어."

이를 보고 있던 조위한이 말했습니다.

"그것은 사람이 밥을 먹어도 그것이 항상 뱃속에 남아있는 것이 아니라 소화가 되어 똥이 되어 빠져나가 버리고 그 양분만 남아서 신체를 윤택하게 하는 이치와 마찬가지라네. 따라서 책을 읽고 당장은 그 내용은 잊어버린다고 해도 무엇인가 저절로 마음의 양식이 되는 것일세. 그러니 잘 기억되지 않는다고 해서 스스로 책읽기를 포기해서는 되겠는가!"

또 한 가지 예를 들어보면, 콩나물을 기르는 것을 여러분은 알고 있을 것입니다. 지금은 거의 시장에서 사다가 먹지만, 옛날에는 모두 집에서 시루에 길러 먹었습니다. 시루에 물을 주면 움이 트고 하루가 다르게 콩나물이 잘 자랍니다. 물론 물은 모두 밑으로 빠져버리고 말지요. 물이 밑으로 빠져나간다고 물을 주지 않으면 콩은 곧 말라 죽고 맙니다.

독서는 콩나물 기르기처럼 당장 효과가 눈에 보이지 않지만 마음속에서는 지식이나 지혜가 무럭무럭 자라고 있답니다.

안중근 의사는, "하루라도 책을 읽지 않으면 입안에서 가시가 난다."고 하였습니다. 일생동안 많은 책을 읽고 배운 대로 실천하신 훌륭한 분이었습니다. 나라를 위해 일본의 총리를 암살하여 나라사랑을 몸으로 나타냈고, 그로 인하여 목숨을 바친 안중근 의사의 인생은 책과 함께한 의로운 인생이었습니다.

"책 속에 길이 있다"는 격언이 있습니다. 이 말은 책 속에는 우리를 상상의 세계로 또는 가보지 못한 길로 인도하는 길이 있다는 뜻입니다. 책을 읽음으로써 우주여행이나 바다 밑 여행을 할 수 있습니다. 우리가 가보지 않았으나 다른 나라의 생활모습, 문화의 정도를 알 수 있습니다.

여러 가지 궁금한 점은 책을 통해서 알 수 있고, 풀기 어려운 문제도 책을 통해서 해결할 수 있습니다. 바로 책 속에 알아야 할 지식이 있고, 지혜롭게 살아가는 방법이 있습니다.

독서로 미래를

현대 사회는 예상할 수 없을 만큼 빠르게 변하고 있으며, 다가올 미래 사회는 눈부시게 발전할 것으로 믿고 있습니다. 이런 사회에서는, "많은 지식과 정보를 가지고 효과적으로 활용할 수 있는 사람만이 행복한 생활을 누릴 수 있다."고 미래 학자들은 말합니다.

저마다의 분수를 알고 그 분수에 맞춰 감사하고 만족스럽게 산다는 것은 더 어려운 일입니다. 이런 힘은 꾸준한 독서생활과 갖가지 체험활동을 통해서 길러집니다.

프란시스 베이컨은, "독서는 완전한 인간을 만든다."고 말했으며, 벤자민 프랭클린은 "책 없는 궁전보다 책 있는 다락방에서 살겠노라."고 하여 독서의 중요성을 강조했습니다. 안병욱 교수는, "책 속에는 진리의 말씀이 있고, 슬기의 샘터가 있고, 이론의 광장이 있고, 생각의 산실이 있고, 이성의 향연이 있고, 신화속의 음악도 들을 수 있다." 하였습니다.

우리는 하루 생활을 여러 만남 속에서 보내고 있습니다. 그 중에서도 사람과 사람의 만남이 아닌, 사람과 책과의 만남은 큰 의미를 더해주고 있습니다. 책을 통하여 현대를 함께 살아가는 사람은 물론 직접 만나기 어려운 옛날 사람들과도 대화를 할 수 있습니다. 어려운 일에 부딪혔을 때 이분들이 어떻게 해결해 나갔으며, 얼마나 바르고 뜻있게 생활했는지 살펴보며, 생활의 지혜와 용기, 우정과 사랑, 믿음과 신념을 배우고 보람을 느낄 수 있습니다.

예술가에게는 황홀한 아름다움을 느낄 수 있고, 사상가에게는 생각과 정신을 맑고 슬기롭게 가꿀 수 있으며, 봉사자에게는 사랑하는 방법을 알 수 있습니다. 책을 벗하여 책을 가까이 하는 사람은 책 속에서 행복을 느낄 것입니다.

착하고 곧은 정신을 기르고, 상상력과 창의력을 키워주며, 호기심을 불러일으킬 수 있는 책이 있습니다. 자신이 속한 집단을 이해하고 자연을 사랑할 수 있게 해주는 책, 내 꿈을 키우고 우리의 역사를 바로 알게 해주는 책도 고를 수 있습니다. 그리고 수준에 맞춰 끝까지 재미있게 읽을 수 있는 책이면 더 좋습니다.

"얼굴이 잘 생기고 못 생긴 것은 운명의 탓이지만, 독서의 힘은 노력으로 길러질 수 있다."는 세익스피어의 말에서 알 수 있듯이 우리의 힘으로 얼마든지 독서의 힘을 기를 수 있습니다. 그리고 독서의 힘을 바탕으로 창조적인 생각의 싹을 틔울 수 있습니다.

"사람이 책을 만들고, 책은 사람을 만든다."는 말의 참 뜻을 다시 한 번 새겨 봐야합니다.

미국인들이 가장 존경하고 있는 16대 링컨 대통령은 대학교를 다니지 안했어도, 꾸준한 독서생활로 변호사가 되었으며 대통령이라는 큰 꿈을 이루었습니다. 용기와 겸손과 정직성을 배웠다 했습니다.

나쁜 조건에서 태어났다고 실패만 거듭하지 않습니다. 독서의 힘으로 운명을 바꿀 수 있습니다. 머리맡에 마음을 살찌울 수 있는 책을 골라 놓고 펼쳐보는 습관은 우리의 밝은 미래를 활짝 열어 줍니다.

나도 탤런트

요사이 탤런트를 부러워하여 자라서 탤런트가 되고 싶다고 희망을 말하는 사람을 자주 봅니다.

여기서 말하는 탤런트란 TV에 출연하는 사람들을 말하고 있습니다만, 정확한 뜻은 재능이나 수완 등 특별한 분야에 뛰어난 재주를 가진 사람들을 모두 탤런트라고 말합니다. 따라서 영화나 TV의 탤런트나 체육, 미술, 음악, 정보통신기술이나 생명공학, 나노기술이나 사회생활의 각 분야에서 활동하는 사람까지 포함하여, 그 분야에서 특별한 재능이나 수완을 보이는 사람은 모두 탤런트라고 할 수 있습니다.

여러 분야에서 자기의 특기를 알고 키워낸 사람들 모두를 탤런트라고 말합니다. 영화배우나 TV에 출연하는 배우나 가수만을 탤런트라고 하지 않지요. 이 사람들이 다른 분야에서 활동했다면 그의 천재성을 발휘했을까요?

배우로서 소질이 없으며 인물도 특징이 없어 특별하게 뛰어나지도 못하는데, TV의 탤런트나 영화배우 되기에 얽매어 일생을 보낸다는 것은 인생을 잘못 사는 꼴이 되고 맙니다. 특기를 찾아 자기에 맞는 분야에서 두각을 나타내는 것이 자기를 발전시키는 바른 길임을 우리는 깨달아야 합니다.

미국의 학자인 '루이스 타이먼'이 천재 어린이 4천명을 대상으로 조사한 내용입니다.

　IQ 170 이상의 초천재보다 IQ 130~150 정도의 어린이들이 천재 화가인 레오나르도 다빈치나, 만유인력을 발견한 뉴턴과 상대성원리를 발견한 아인슈타인과 같이 특정한 분야에서 더 뛰어났다고 합니다. 이런 연구를 분석해볼 때, 지능이란 선천적으로 타고나는 것만이 아니고 주위 환경의 영향을 많이 받으며, 자신의 노력 정도에 따라 얼마든지 변할 수 있음을 알 수 있습니다.

　여러분도 원래는 훌륭한 재능을 가지고 태어났습니다. 다만 어느 분야에 그 천재성이 있는지 찾아내지 못하고 있을 따름입니다. 그 이유는 내가 어떤 분야에 특별한 재능이 있는지를 발견하지 못하여, 그 분야에 계속적인 공부를 하지 않았기 때문입니다. 우리가 학교에서 꾸준히 공부하고 있는 것은 스스로의 재능을 찾아 갈고 닦기 위해서입니다. 그 재능은 자신이 꼭 하고 싶은 공부, 조금만 노력하여도 성적이 오르는 공부, 남들보다 뛰어나다고 자신 있게 말할 수 있는 공부가 무엇인지 생각해 보면 찾을 수 있습니다. 자기 스스로 찾지 못하겠다면 친구나 부모님 선생님 등 여러분과 의논할 수도 있습니다.

　특별한 재능이 있다는 것을 발견했어도 여러분의 반대에 부딪쳐 계발을 못하고, 평범한 사람으로 일생을 마치는 사람이 많습니다. 참 안타까운 일이지요. 소질을 찾아 목표를 세웠으면 부단한 노력이 필요합니다. 기능은 연습이라는 특효약에 의해서만 길러집니다. 나는 지금 어떤 사람인가? 나는 무엇을 해야 신바람 나게 세상을 살아 갈 것인가? 하고 늘 생각해 봐야 합니다.

　나도 탤런트입니다. 내 갈 길을 찾아 끊임없는 노력이 따르면, 모든 사람들이 부러워하는 탤런트가 됩니다.

답을 어떻게 찾았니?

우리나라의 교육열은 세계 어느 나라와 견주어도 뒤지지 않을 정도로 높습니다. 1,800년이나 나라 없이 세계를 떠돌아다니면서도 오직 식지 않은 교육열 때문에 다시 국가를 세운 유태인의 교육열에 버금간다 합니다.

우리나라 인구의 3분의 1에 지나지 않고, 세계 인구의 0.2~0.3% 정도의 인구이지만, 30%에 이르는 세계적인 지도자를 배출했습니다. 노벨상 수상자의 3분의 1인 100명에 가까운 사람을 길러 낼 수 있었음은, 모두 유태인의 교육열이 얼마나 열심인지를 알 수 있습니다.

우리 어머니들이 학교에 가는 어린이에게, "선생님 말씀 잘 듣고 오너라." 할 때, 유태인의 어머니들은 "오늘부터 모르는 것이 있으면 선생님께 무엇이든지 물어야한다."고 질문할 것을 가르칩니다.

질문이 없는 교육은 일방통행식 교육이 됩니다. 질문을 하라고 가르치는 유태인에 비해, 우리는 따르는 것만을 가르칩니다.

질문 없는 교육은 무조건 따르는 맹종주의 교육에 빠지기 쉽습니다. 선진국들의 교육은 질문이 왕성합니다. 질문 없는 교육은 점검이 없는 교육으로 건성건성 알지 못하고 넘어가기가 쉽습니다. 질문이 없는 곳에 '예' 와 '아니오' 가 분명할 수 없습니다. '예' 만 있고 '아니오' 가 없는 대화는 참다운 대화가 아닙니다.

우리가 선생님의 지식을 수동적으로 이어 받는데 그칠 때, 유태인은 스스로 문제점을 찾아 해결할 수 있는 능동적인 인간으로 기르고 있습니다.

옛날의 교실에서는 가만히 앉아 선생님 말씀을 잘 듣는 어린이를 착한 어린이라 칭찬했으나, 지금은 유태인처럼 바보 같은 질문이라도 많이 하기를 권하고 있습니다. 다른 사람에게는 바보같이 들릴지 모르나 내 자신에게는 아주 중요한 일이기 때문입니다. 질문을 많이 하면 호기심이 길러지고 이 호기심은 나름대로 깊이 생각할 수 있는 힘을 길러 줍니다.

어떻게 행동하기를 배우기보다 많은 질문으로 남다른 생각, 남다른 능력을 기르는데 힘써야 합니다. 세상은 개성이 없는 똑같은 사람이 되기를 바라지 않고 있습니다. 내 스스로 공부하는 방법을 터득할 수 있도록 나의 학습습관과 능력을 늘 가늠해 봐야 합니다.

21세기의 최고의 발명품인 컴퓨터는 우리들의 공부하는 방법을 완전히 바꿔 놓았습니다. 선생님이 제시한 학습 문제를 컴퓨터로 검색하여 스스로 해결할 수 있습니다. 또 친구들과 어울려 나라 안팎의 정보를 찾아 종합 분석하여, 협동으로 해결할 수 있는 방법도 익힐 수 있습니다.

컴퓨터는 현대 문명이 낳은 최고의 걸작품입니다. 우리의 궁금증을 풀어줄 수 있는 친구이며 안내자이며 해결사입니다. 명확한 답을 찾을 수 있게 컴퓨터 활용방법에 빨리 익숙해져야 합니다.

"오늘 질문을 몇 번이나 했니?"에서 나아가, "질문에 대한 답을 어떻게 찾았니?"라고 부모님들이 물을 때, 학습방법이 크게 바뀝니다.

지금도 우두커니 칠판과 선생님만 바라보는 사람을 만들지는 않겠지요?

시간은 생명

"시간은 돈이다"

미국건국의 기반을 마련하고 제헌헌법을 제정한 벤자민 프랭클린이 한 말입니다. 그는 정치가, 인쇄인, 저술가, 과학자, 교육자, 계몽사상가로 두각을 나타냈으며, 미국 '독립선언서'의 기초를 쓴 분이기도 합니다.

그는 집안이 가난하여 초등학교에서 겨우 1년만 공부하였으나, 모두 독서의 힘으로 그의 목표를 달성할 수 있었습니다. 그의 아버지는 영국 청교도 신자로서 신앙의 자유를 찾아 미국으로 이주하여, 양초와 세탁비누를 만들어 팔며 가난하게 살았습니다. 그러나 청교도신앙에 따라 그의 아버지는 그를 철저히 가르쳤습니다.

그에 대한 소개는 이루 말할 수 없을 만큼 많습니다.

개화된 최초의 미국인, 미국 최초의 철학자이자 미국 최초의 대사, 하모니카와 가로등 발명, 피뢰침 발명, 소방서 창시와 난로 개발, 열대기후에 알맞은 하얀 오리털 옷 개발, 최초로 날숨에 해독성 물질 발견, 최초의 정치풍자 만화가, 당대 최고의 수영선수, 미국 최초의 순환도서관 창시, 멕시코만류 발견, 펜실베니어 대통령 네 번 역임, 신문을 우편으로 배급하는 제도 마련, 최초로 북동성 폭풍우를 해도에 기입, 번개와 전기가 동일하다는 것을 발견, 미국인 최초의 희극배우이자 풍자시인, 상업광고와 안경을 최초로 개발, 최초로 영어문자 개혁, 최초로 북극광

설명, 근대 치과기술의 아버지, 미국 민주당의 창시자, 미국정치사에서 투표제도 고안, 간추려 쓴 영국기도서의 저자…….

그는 미국에서 스스로 성공한 가장 대표적인 인물로 손꼽히고 있습니다. 그가 1771년부터 쓰기 시작한 자서전은, 위대한 인물들이 쓴 자서전 중에서 가장 뛰어난 것으로 평가 받고 있습니다.

그 자서전 안에는 열세 가지 덕목을 실천하는 내용이 들어 있습니다. 절제·침묵·질서·결단·절약·근면·진실·정의·중용·청결·침착·순결·겸손 등입니다. 이 중 근면을 보면, "시간을 낭비하지 말라. 늘 뭔가 유익한 일을 하라. 불필요한 일을 모두 중단하라."고 하였습니다. 시간을 아껴 써야 한다는 생각은 얼마나 철저했는지, 그의 일화를 들어보면 알 수 있습니다. 그가 서점의 점원으로 일할 때였습니다. 하루는 어떤 신사가 책 한 권을 꺼내들고 값을 물었습니다.

"네, 1달러입니다." "얼마라고요?" 다시 묻자, "1달러 25센트입니다." "아니 얼마라고요?" 또다시 묻자, "네, 1달러 50센트입니다."

신사는 다시 물을 때마다 더 비싸지는 이유를 물었습니다. 그러자 프랭클린은, "시간은 돈과 같이 중요한데 손님이 제 시간을 허비하였으니, 허비한 시간의 값을 올려 받게 된 것입니다."라고 하였습니다.

물론 손님은 그의 이야기에 감동받아 그 값을 모두 치루고 사갔습니다. 시간은 돈처럼 값비싼 것입니다. 아니 시간의 흐름에 따라 모든 생물이 성장하는 것이기에 바로 생명이라 해도 틀림이 없습니다.

생명처럼 값진 시간을 어떻게 잘 이용하느냐에 따라 우리의 앞날이 바뀝니다.

나 누 는 . .
사 . 랑 . 이 . .
아 름 답 다 . .

······ 마음의 공부

마음의 공부

중국 고대의 송나라 사람인 장자(BC 369~289?)는 철학자로서, 도가(道家)의 대표적 인물이며 노자사상을 계승발전 시킨 분입니다.

장자는, "사람이 배우지 않고 살려는 것은 도술 없이 하늘을 오르려는 것과 같고, 배워서 지식이 풍부하면 마치 상서로운 구름을 헤치고 푸른 하늘을 보고, 높은 산에 올라 사방의 바다를 내려다보는 것과 같다." 하였습니다.

가르치고 배우는 일은 인간이 인간답게 살고 문화생활을 하고 과학기술을 더욱 발전시키고, 더 나아가서는 인류행복과 세계평화를 실현하는 필수요건입니다. 옥돌도 다듬지 않으면 옥그릇이 되지 않고, 사람도 배우지 않으면 도의를 알지 못합니다.

또 명심보감 계몽 편에는, "사람은 누구나 학문이 아니고서는 어떻게 하는 것이 윤리에 맞는지 알기 어렵다. 즉 어떻게 하는 것이 효도이며, 어떻게 하는 것이 충성이며, 어떻게 하는 것이 공경이며, 어떻게 하는 것이 신의를 지키는 것인지 알기 어렵다."고 하였습니다.

우리는 지금 사람다운 사람이 되기 위해 공부를 하고 있습니다. 배우지 않으면 사람이 거칠어지기 쉽고, 자신을 이기기보다 남을 이기려 안간힘을 씁니다. 제 자랑만 하고 남의 장점을 인정하려 하지 않습니다. 모든 잘못을 남의 탓으로 돌리고 원망하기만 합니다. 마음을 비우지 못하고 더 채우려 발버둥치고 있습니다.

이런 일들은 사람으로서 해야 할 일이 못됩니다. 이런 어리석음을 슬기롭게 하기 위해 공부를 하고 있습니다. 사람이라면 나보다 남을 배려할 줄 알아야 합니다. 검소한 생활로 나를 낮출 줄 알아야 합니다. 그리고 용서하고 사랑할 줄 알아야 합니다.

사람이 갖춰야 할 덕성 중에서 검소하고 겸손하며, 용서하고 사랑할 줄 아는 마음공부야말로 아주 중요한 공부입니다.

사람이 동물과 다른 점은 웃을 수 있고, 자기의 잘못을 깨닫고 부끄러워하며 고칠 수 있는 힘을 가지고 있는 것입니다. 빙그레 웃는 모습은 세상을 환하게 합니다. 늘 넉넉하게 생각하고 용서하고 사랑하는 마음이 있어야 환한 웃음을 웃을 수 있습니다.

자기를 돌이켜보고 잘못이 있으면 부끄럽게 생각하고 다시는 잘못을 저지르지 않는데 발전이 있습니다. 밝은 미래를 보장할 수 있습니다. 미래가 보장되지 않고 어두운 생활이 엿보인다면 세상은 살맛이 없습니다.

지금 우리가 열심히 공부하고 있는 것은 사람다운 사람이 되어, 행복한 미래의 생활을 누리기 위해서입니다. 마음의 공부를 소홀하게 하여 아까운 시간을 놓쳐 버리는 어리석음을 겪지 않아야 합니다.

되어야 할 사람

사람에게는 '꼭 있어야할 사람' '있거나 없거나 별 관심이 없는 사람' '꼭 없어야할 사람' 이 있습니다.

여러분은 누구에게 물어봐도 꼭 있어야 할 사람이 되기를 바랄 것입니다. 그렇다면 어떤 생활을 해야 그런 사람이 될 수 있을까요?

친구들이 기쁠 때나 슬플 때, 또 어려움을 겪을 때 먼저 생각하고 찾는 사람이 되어야 합니다. 그런 사람의 생활 태도는 '나보다 남' 을 먼저 생각하고 남에게 폐를 끼치는 일을 하지 않는 사람입니다. 친구가 어려운 일을 만났을 때 먼저 뛰어가 걱정해 주고 위로해 주며 해결해 나가는 방법을 같이 찾는 사람입니다.

내가 더 많이 갖겠다고 욕심을 부리지도 않습니다. 남을 딛고 올라서려 하지 않고 제 몸을 낮춰 친구를 추겨 올려주는 사람입니다. 디딤돌이 되어 안전하게 개울을 건너게 도와줄 수 있으며, 마음이 겸손하고 궂은 일을 마다하지 않는 사람입니다.

남을 헐뜯기보다 장점을 찾아 칭찬해주고 제 일처럼 기뻐해 줍니다. 항상 웃는 얼굴로 바라만 봐도 즐거움을 느낄 수 있는 성격을 가지고 있습니다. 이런 사람에게는 이 사람만이 가지고 있는 특별한 향기가 배어나옵니다. 모든 사람은 사람마다 제 각각의 향기를 지니고 있습니다. 그 향기도 향기 나름입니다. 맡아서 향기로워야지 나쁜 냄새가 난다면, 사람들은 그를 가까이 하려하지 않습니다.

향기로운 행동을 하는 사람에게서만이 향기가 나는 법입니다.

여러분이 가까이 하고 싶은 사람이 있다면, 그 사람에게서는 어딘지 모르게 여러분을 끄는 향기가 나기 때문일 것입니다. 부처님의 이야기를 살펴봅시다.

어느 날 부처님이 제자인 아난과 같이 길을 걷고 있었습니다. 거리는 한적하여 지나다니는 사람이 별로 없었습니다. 한참을 말없이 걷고 있었는데, 저만치서 웬 종이가 한 장 나부끼고 있었습니다. 이것을 본 부처님이, "저 종이는 무엇이냐?"하고 아난에게 물었습니다.

아난은 달려가서 그 종이를 주워와 이리저리 살펴본 후에, "부처님, 아마 향을 쌌던 종이인 것 같습니다. 향기로운 냄새가 배어 있습니다." 라고 말했습니다.

"음, 그래!"

부처님은 아무 말이 없이 다시 걷기 시작했습니다. 한참을 가다보니 이번에는 새끼줄이 바닥에 떨어져 있는 것이 눈에 띄었습니다. 부처님은 아난에게 그 새끼줄을 가져오라고 했습니다. 그리고 무슨 새끼줄인지 물었습니다.

"지독한 냄새가 나는 것을 보니 이 새끼줄은 분명히 썩은 생선을 묶었던 줄인 것 같습니다."라고 하였습니다. 부처님은 아무 말이 없으시다가 아난에게 말하였습니다.

"아난아, 네가 될 사람은 어떤 사람이어야 하는지 이제 깨달았겠지?"

중요한 것과 덜 중요한 것

세상을 살아가는데 중요하고 중요하지 않는 일을 따로 나눠서 생각한다는 것은 어렵습니다. 그래도 어떤 일이 중요한 일인지 알고 생활해 간다면 더 행복을 느끼며 살 수 있을 것입니다.

바꿔서 말한다면 착한 일과 착하지 않는 일이라고 생각하면 더 좋겠습니다. 중요한 일은 착한 일이요 덜 중요한 일은 착하지 않는 일입니다.

먼저 중요한 것을 말씀드리겠습니다.

서로의 마음속에 사랑을 키우는 것입니다. 그리고 솔직하게 밝은 표정을 짓는 것입니다. 서로가 관심을 갖고 살피는 것입니다. 서로 아끼고 친절을 베푸는 것이며, 서로의 생활에 기쁨을 주고 마음에 평화를 심는 것입니다.

서로가 서로를 격려하고 칭찬을 하며, 기대를 가지고 희망을 나누는 것입니다. 서로의 아픔을 위로하고 도우며, 서로의 만남이 행복이라고 생각하는 것입니다. 서로를 위해 기도하고, 서로에게 감사하며, 소중히 여기는 것입니다.

이런 마음가짐으로 살아가는 사람의 모습은 아름다우며, 이런 사람을 우리는 좋아합니다. 그리고 사랑합니다.

다음으로 덜 중요한 것을 말씀드리겠습니다.

서로의 마음속에 미움을 키우고, 서로의 생활에 슬픔을 주며, 서로의 마음에 갈등을 심는 것입니다. 또 서로의 아픔을 들추어 상처를 주며, 서로의 만남이 불행이라고 생각하는 것입니다. 서로에게 무관심하며 마구 대하고, 서로 멸시하고 원망하는 것입니다. 서로가 숨기며 어두운 표정을 짓고, 귀찮아하며 불친절해지는 것입니다.

서로 걱정하고 근심만 하며, 서로를 탓하고 내 잘못은 없고, 남의 잘못으로 핑계 대는 일을 아무 거리낌 없이하는 것입니다.

덜 중요한 일을 당연하게 여기며 사는 사람은, 그 뒷모습이 불쌍하게 보이며 가까이 하기가 아주 싫습니다. 그러므로 이런 사람은 엉뚱한 짓으로 다른 사람의 주의를 끌려 애씁니다. 그러나 마음이 비뚤어져 있으므로 참다운 친구를 사귀지 못하고, 하는 일마다 실패만 거듭하기 쉽습니다. 사람의 본성은 착하지 못한 사람과는 가까이하려는 마음이 없기 때문입니다.

중요한 것과 덜 중요한 것을 가릴 줄 아는 사람을 지혜로운 사람이라고 말합니다. 지혜로운 사람은 생각이 바르기 때문에 바르게 말하고 바르게 행동합니다.

중요한 것을 알고 살아가는 사람은 늘 마음이 평온하여, 함께 있는 모든 사람에게 희망을 주고, 즐거움을 나눠줍니다. 함께 있음으로 기쁨을 느끼고 행복해집니다.

내가 조금 손해를 보더라도 친구나 이웃이나 함께한 다른 분들을 위해 내 몸을 아끼지 않는 사람은, 중요한 것을 알고 실천하는 사람입니다. 내 이익만을 위해 남의 존재는 생각지 않는 사람은 덜 중요한 일만 찾아서 행동합니다.

나는 어떤 일을 찾아 생활해야할지 확실해졌습니다. 모두에게 사랑받는 사람이 되기를 빕니다.

슬기로운 사람

우리가 학교에서 부지런히 공부하는 것은, 사물의 이치를 밝히고 잘 분간하여 처리해 나가는 능력을 갖춰 지혜로운 사람이 되기 위해서입니다.

슬기로운 사람이 되기 위해서는 항상 모든 것을 깊이 관찰하고, 작은 일이라도 거기에 깃들어 있는 교훈을 찾으려 힘쓰며, 옛사람들의 지혜로운 생각을 배워 내 것으로 삼아 실천하려고 힘써야 합니다. 그러기 위해서 제일 좋은 방법은 독서를 생활화하는 것입니다. 옛사람이 겪어서 터득한 지혜가 책 속에 많이 들어 있기 때문입니다.

슬기롭게 행동한 이야기 두 가지를 소개하겠습니다.

하얀 눈으로 덮여 몹시 추운 겨울 날 사람이 잘 다니지 않는 시골길을 한 사람이 마차를 타고 가고 있었습니다. 그런데 길가에 젖먹이 아기를 품에 안고 눈 위에 쓰러져 있는 부인을 발견했습니다. 그 여인이, "몸이 얼어 당장 죽을 지경이니 제발 저를 그 마차에 태워주세요."하고 간절히 애원하였습니다.

마차를 몰고 가던 주인이 자세히 살펴보니 그 부인은 얼어서 곧 죽을 지경이고, 아기는 좀 따뜻하여 살릴 수 있었습니다. 그래서 마차 주인은 아기를 부인의 품안에서 빼앗아 마차에 태우고 가기 시작하였습니다. 그 아기 엄마도 마차에 타려는 것을 태우지 않았습니다. 부인은 놀라서 고래고래 고함을 지르며, 아기를 내놓고 가라며 따라갔습니다.

그래도 그 마차의 주인은 부인을 태워주지 않고 천천히 가고 있었습니다. 그 부인은 갓난아기를 빼앗겼으니 얼마나 억울하고 기가 막히겠습니까? 이렇게 한참을 가다가 마차 주인은 마차를 세우고 그 부인을 태워주었습니다.

마차 주인이 아기 엄마를 태워주지 않은 것은, 그 아기와 같이 마차에 태웠으면 몸이 얼어 죽을 수 있기 때문이었습니다. 마차를 따라오게 하여 몸이 스스로 더워지게 한 다음, 얼굴에 피가 돌아 붉으래해지니까 마차에 실어 살아나게 했습니다.

기원전 7세기 중국 춘추 전국시대 제나라에 관중이라는 재상이 있었습니다.

어느 날 관중이 군대를 이끌고 깊고 험한 산길을 가다가 날씨까지 좋지 않아 길을 잃고 말았습니다. 날은 어두워지고 군사들은 배가 고파서 사기가 땅에 떨어지고 말았습니다. 적의 공격까지 받을 위험에 처해 있어서 아무리 지혜를 짜내어도 산 속을 빠져나갈 수 없음을 알았습니다. 관중은 가장 늙은 말 한 마리를 데려다 짐을 내려주고 고삐까지 벗겨 주어 마음대로 가도록 했습니다.

"말아, 너는 이제부터 자유다. 네 갈 곳으로 가거라." 속으로 타일렀습니다. 늙은 말은 관중의 속마음을 알기라도 하듯 천천히 발을 옮겼습니다. 그러자 모두 말의 뒤를 따라가게 했습니다. 군사들은 영문을 알 수 없었지만 관중의 명령대로 늙은 말의 뒤를 따라 갔더니, 드디어 산 속 길을 찾아내어 무사히 빠져 나갔다 합니다.

예절의 3요소

오경(五經)의 하나인 예기(禮記)에 보면, "예절의 시작은 몸가짐을 바로하고, 얼굴색을 부드럽게 하며, 말을 바르게 하는데 있다."고 적혀 있습니다. 오경이란 유학의 다섯 가지 경전으로 시경(詩經), 서경(書經), 주역(周易), 예기(禮記), 춘추(春秋)를 말합니다.

예기는 공자님과 그 제자들이 예법의 이론과 실제 활용하는 방법을 풀이한 책입니다. 예절은 인간이 갖춰야 할 가장 중요한 덕목입니다.

우리가 지켜야 할 사회적인 행동질서로서, 남에게 불쾌한 말이나 폐가 되는 행동을 해서는 안 되는 것이 예절의 근본입니다. 예절을 지키지 않는 말은 우리를 분노케 하고, 무례한 행동을 보면 불쾌해지며, 무례한 태도에 우리들은 기분이 나빠집니다.

예절은 현대인이 꼭 갖춰야할 자질이며 도리입니다. "사람은 비록 혼자 있을 때라도 몸가짐을 단정하게 하고 모든 행동을 예의 바르게 해야 한다."고 이황선생은 말하였습니다. 사람으로서 품위를 갖추고 행동하라는 말입니다.

사회생활을 하면서 남에게 실례가 되지 않도록 하기 위해, 공손하고 삼가는 태도는 문화인으로서 지닐 몸가짐입니다. 바른 자세에 단정한 몸차림으로 상대방에게 온화하고 의젓한 인상을 풍겨야 합니다.

예절바른 사람은 부드럽고 믿음직한 말씨로 살갑게 대해줍니다. 많은 외래어나 한문을 써서 유식한 체 해서는 안 됩니다. 가슴속에서 나오는 진실한 말이 상대를 감동시킵니다. 가능한 표준어를 사용하여 알맞은 빠르기와 높낮이, 그리고 예쁜 입모습으로 알아듣기 쉽고 공손하게 말해야 합니다.

웃는 얼굴은 아름답습니다. 우리는 햇살 없이는 살 수 없습니다. 사람의 웃는 얼굴은 햇살과 같아서 누구에게나 친근감을 주는 동시에 사랑을 받게 해줍니다.

따사롭고 환한 얼굴 모습에서 따뜻한 정을 느낍니다. 바라보는 사람이 희망을 발견하여 즐겁게 어울리고 싶어 합니다. 서로가 사랑의 감정을 일으켜 신체에 조화된 따스한 빛이 흐르게 합니다. 그러나 볼 때마다 얼굴이 수심에 가득 차 있으면, 얼굴을 추하게 변모시켜 상대방에게 불쾌감을 줍니다.

불교에서 재물이나 돈이 들지 않는 일곱 가지의 보시(布施) 중에는, "부드러운 얼굴로 온화한 웃음을 나누고, 따뜻하고 친절한 말로 상대방을 배려하며, 예절바른 태도로 사람을 대하라."는 세 가지의 보시가 들어 있습니다.

'말 한마디로 천 냥 빚을 갚는다.' '웃는 얼굴에 침 뱉으랴?' 는 격언이나, 채근담의 "자기 마음을 항상 너그럽고 평화스럽게 가질 수 있다면, 저절로 사나운 마음을 갖지 않게 될 것."이라는 가르침이 주는 뜻은 매우 큽니다.

바른 예절은 몸과 얼굴과 말이 일치되어야 한다고 강조하고 있습니다. 우리는 여러분이 바른 몸가짐으로 밝게 웃으며 바른 말씨를 쓰는 사람이 되기를 바라고 있습니다.

오늘은 최후의 날

로마의 위대한 철학자 세네카(BC5~AD65)는 인생론과 처세철학에 관한 명저를 많이 썼습니다. 그의 행복론은 아주 유명합니다. 거기에 "오늘은 최후의 날이라고 생각하고 생활하여라."란 말이 있습니다.

현재 나에게 주어진 시간, 순간순간에 최선을 다할 때 이루어지지 않는 일은 없습니다. 옛사람들은 일촌광음불가경(一寸光陰不可輕)이나 석시여금(惜時如金)이라고 하여 조그만 시간도 낭비하지 않고 시간을 아끼기를 금싸라기 아끼듯이 하라고 하였습니다.

사람은 언제 죽을지 모릅니다. 내일 내가 살 수 있다는 확실한 보장은 하나도 없습니다. 하루 앞과 한 치 앞을 내다볼 수 없는 것이 우리의 삶입니다.

나에게 주어진 확실한 시간은 이 시간밖에 없습니다. 그러므로 오늘을 내 인생의 최후의 날이라고 생각하고, 열과 성을 다하여 치열하게 살아야 합니다.

모든 사람에게 가장 공평하게 분배되어 있는 것은 시간 밖에 없습니다. 저마다 하루 24시간을 갖습니다. 이 시간을 어떻게 쓰느냐에 따라 인생의 성공과 실패, 행복과 불행이 갈라집니다.

시간을 생산적으로 활용하는 사람은 인생을 성공한 자가 되고, 시간을 타락적인 생활로 낭비하는 사람은 인생의 실패자가 됩니다. 돈으로 살 수도 없고, 저축할 수도 없는 소중한 시간을 무의미하게 낭비하는 사람이 이 세상에 얼마나 많습니까?

시간을 아끼고 사랑해야 합니다. 생각이 부족한 사람은 시간을 낭비하는데 마음을 씁니다.

오늘 나에게 주어진 확실한 시간을 값있게 써야 합니다. 나는 지금 인생의 마지막 일을 하고 있다. 나는 인생의 마지막 대화를 하고 있다. 나는 지금 인생의 마지막 날을 보내고 있다. 나는 지금 인생의 마지막 글을 쓰고 있다고 생각해 봅시다. 그런다면 진지해지고 성실해질 수밖에 없습니다.

우리가 하루하루를 이런 심정으로 살고 이런 태도로 행동한다면, 이 세상에서 가장 위대한 사람이 될 것이고 이 하루는 최고의 날이 될 것입니다.

이렇게 중요한 하루하루인데도 그 기본이 되는 약속시간을 잘 지키지 않아, 여러 사람들의 시간을 낭비하게 하는 사람이 있습니다.

지켜보고 한 번 두 번 시간을 지키지 않아 남에게 피해를 주면, 그 사람의 인격은 믿을 사람이 못되니 단교를 해야 합니다. 남 때문에 나의 귀중한 하루 시간을 허비할 수는 없습니다. 내가 시간을 잘 지킴으로써 상대방의 하루 시간을 지켜주는 효과가 있습니다.

하루를 최후라고 생각하고 알차게 사는 사람들에게는 하루를 최선을 다해 살 수 있게 도와줘야 할 의무가 있습니다. 그러므로 나도 하루를 최고의 날로 살 수 있습니다.

생각을 바꾸면 미래가 보인다

몇 년 전 우리나라 경찰행정의 나아갈 길을 사고(思考)의 전환(轉換)으로 결정하고, 경찰서나 파출소 정문에, '생각을 바꾸면 미래가 보인다.'고 쓴 현판을 모두 내걸었던 것을 보았습니다.

생각을 바꾼다는 것은 어려운 일입니다. 그러나 옳지 못한 생각을 고집한다면 결코 성공할 수 없습니다.

다음 말은 미국의 철학자인 윌리엄 제임스(1842~1910)가 한 말입니다. 그는 실생활에 유용한 지식과 실용성이 있는 이론만이 진리로서의 가치가 있다고 생각하는 실용주의 철학자입니다. 그리고 인간이나 동물의 의식과 행동의 방식모양을 연구한 유명한 심리학자이기도 했습니다.

"사고가 바뀌면 행동이 바뀌고, 행동이 바뀌면 습관이 바뀌고, 습관이 바뀌면 성격이 바뀌고, 성격이 바뀌면 운명이 바뀐다."

습관은 본디부터 타고나는 것이 아니라 길들여지는 것입니다. 그리고 어떤 습관을 길들이는가에 따라 우리의 운명은 제각각 달라지게 됩니다.

사고란 쉬운 말로 '생각 또는 궁리' 라고 말합니다. 우리는 어떤 행동을 하기 전에 뇌에서 생각한 내용을 신경에 명령하여 몸을 움직이게 합니다. 어떤 생각을 하느냐에 따라 어떻게 행동할 것인지 결정합니다. 좋은 생각을 하면 좋은 행동을, 나쁜 생각을 하면 나쁜 행동을 하게 됩니다. 생각함으로써 행동함으로 생각과 행동은 끈을 수 없는 끈으로 이어져 있습니다.

행동을 되풀이하면 습관이 몸에 배게 됩니다. 습관은 하루아침에 익히는 것이 아닙니다. 여러 번 거듭함으로써 나도 모르게 몸에 배기 때문에 나쁜 버릇은 몸에 배기 전에 고치도록 어렸을 적부터 늘 가르침을 받고 있습니다.

한번 습관이 생기면 그 습관이 우리의 성격을 좌우합니다. "세 살적 버릇이 여든까지 간다."는 우리의 속담은 이런 뜻입니다.

성격은 사람들마다 보이는 일정한 행동 경향입니다. 모든 사람들의 성격이 다른 것처럼 행동도 다 다릅니다. 성격은 사람들의 말과 행동을 일으키는 근본 바탕입니다.

따라서 성격은 우리의 운명을 지배합니다. 성격에 따라 운명을 지배하기 때문에 성격은 운명의 어머니요, 운명은 성격의 아들입니다.

한 개인의 성격이 한 개인의 운명을 지배하고, 한 민족의 성격이 한 민족의 운명을 좌우하기 때문에, 민족의 운명을 바꾸려면 민족의 구성요소인 인간의 성격을 바꾸는 데서부터 시작해야 합니다.

행복한 생활을 누리는 지름길은 나 스스로 좋은 성격을 만들어 가는 데 있습니다.

정보화 사회에 대비하여

현대사회는 정보가 가장 중요한 자원이지만, 쏟아지는 정보의 홍수 속에서 무엇을 어떻게 선택하여 활용해야 할지 몰라 심한 갈등을 느끼고 있습니다.

정보란 무엇입니까? 일과 물건의 내용이나 형편에 관한 소식과 자료를 말하며, 정보화는, '사회에서 모으고, 만들고 다시 더 좋게 꾸미고, 갈무리하고, 활용하는 여러 가지 정보의 양이 늘어가는 것'을 말합니다. 정보화 사회란 말은, '눈에 보이는 돈이나 금은보화 보다 보이지 않은 정보의 가치가 더욱 중요하게 생각되고, 이런 정보를 이용하여 사회가 발전하게 되는 것'을 말하지요.

정보화 사회는 정보를 얼마나 많이 가지고 있으며, 정보를 선택하여 활용을 어떻게 잘 하느냐에 따라 그 사람의 수준과 가치를 판단합니다.

세계적인 부자인 '빌 게이츠', 재일 동포 '손정의', 야후의 '제리 양'은 모두 정보와 관련된 사업으로 성공한 분들입니다.

우리나라를 정보통신 분야의 강국이라고 합니다. 인터넷을 사용하는 인구가 세계적으로 손꼽힐 만큼 많습니다. 우리가 만든 휴대전화나 MP3, 그 밖에 여러 가지 가전제품은 명품으로 대접받아 유럽의 유명백화점에서 불티처럼 잘 팔리고 있습니다. 매장의 제일 좋은 자리를 찾아 자랑스럽게 진열되어 있어 항상 고객으로 붐빕니다.

이런 추세가 오래까지 지속되게 하기 위해서는, 유치원에서부터 컴퓨터를 가까이 하고 컴퓨터사용의 바른 예절을 알아 친구들과 어울려 새롭게 공부하는 방법을 익혀야 합니다.

정보화 사회는 환경이 급격하게 변함에 따라, 옳고 그름을 확실히 판단할 수 없는 혼란에 빠지기도 하고, 이미 배운 지식의 생명력이 오래 가지도 못합니다. 따라서 이에 대처해야 하는 우리들은 어떻게, 얼마나 많이, 새롭게 학습하는 힘을 기르느냐에 따라 경쟁의 승패가 갈라집니다.

이제는 누가 시켜서 하는 공부가 아니라, 내 스스로 문제를 해결하는 능력을 길러야 합니다. 책을 읽거나 친구들과 토론을 하면서, 가족들과 TV를 보거나 이야기를 나누면서, 운동을 하거나 여행을 하면서, 그때그때 상황에 따라 깊이 생각하며 행동으로 옮기면 스스로 해결하는 힘이 길러집니다.

그러므로 내 자신이 공부하고 싶은 마음을 기르고 나에게 알맞은 학습 방법을 터득해야 합니다. 그리고 우리는 나만 잘하는 공부에 길들여 왔습니다만, 앞으로는 서로 도우며 새로운 지식과 기술, 새로운 아이디어와 서비스를 창의적으로 만들어 내는 힘을 길러야 합니다.

여러 친구들과 힘을 모아 서로 의논하면서 문제를 풀어나가면 신나지 않겠어요?

이 시간을 어떻게 살아야 할까?

톨스토이의 '세 가지의 의문'이란 단편 중에, '이 세상에서 제일 중요한 때는 현재이고, 이 세상에서 제일 중요한 사람은 지금 내가 만나고 있는 사람이며, 이 세상에서 제일 중요한 일은 지금 만나고 있는 사람에게 착한 일을 베푸는 것'이란 내용의 글이 있습니다.

이미 지나가버린 시간에 미련을 두거나, 앞으로 올 확실치도 않은 미래의 시간에 희망을 걸기 전에, 지금 나에게 주어진 시간을 값있게 활용하는 것이 제일 중요하다는 뜻입니다. 성공의 비결은 보통 사람들처럼 오늘 이 시간을 낭비하는 것이 아니라, 보람 있게 이용하는데 있습니다.

삶이란 무엇입니까? '나는 어떤 사람이 될 것이며, 어떻게 헤쳐 나갈 것인가' 하고 뜻을 세워 그 뜻을 이루려고 쉼 없이 노력하는 것이 삶입니다. 뜻을 세웠으면 두 번 다시 돌아올 수 없고, 누구에게 빌리거나 나눠 줄 수 없으며, 아껴두고 오래오래 쓸 수도 없는 지금 이 시간을 가장 보람 있게 효과적으로 쓰도록 힘써야 합니다.

우리는 혼자서 살 수가 없습니다. 좋든 싫든 반드시 어떤 사람이나 다른 대상물과 함께 마주하며 시간을 보내고 있습니다. 가정에서는 부모님과 식구들, 학교에서는 선생님과 친구들, 사회에서는 이웃이나 친척들이 자연환경 속에서 어울려 살고 있습니다.

누구인지는 모르지만 언제나 더불어 생활하고 있습니다.

자연 속에서 사람이기도 하고 다른 생물일 수도 있습니다.

사람이라면 이미 만난 사람이거나 앞으로 만날 사람보다 지금 나와 함께 있는 사람이 제일 중요합니다. 그 사람은 지금 내 생각과 행동에 직접적인 영향을 미치고 있기 때문입니다. 그 사람과 함께 있음으로써 천사도 될 수 있고, 악마도 될 수 있습니다.

여러 사람들과 더불어 최선을 다하기 위해서는 착한 사람이 되어야 합니다. 착한 사람은 마음씨나 행동이 바르고 너그러워 어려움을 볼 때 그냥 넘기지 않고 따뜻하게 도와주는 사람입니다. 남을 시기하지 않고 자신을 낮추는 겸손한 사람입니다. 오해하거나 해치려 하지 않고 사랑으로 감싸는 사람입니다. 잘못을 용서하며 마음을 기쁘게 해주는 사람입니다. 허영심을 버리고 사치하지 않으며 검소한 생활을 하는 사람입니다.

시간이 필요한 사람에게는 주어진 시간을 값있게 활용할 수 있는 방법을 가르쳐 줍니다. 병든 사람에겐 정성어린 간호와 위로하는 마음을, 외로운 사람에겐 다정한 친구가 되어줍니다. 아는 것이 부족한 사람에겐 지식을 깨치도록 도와주며, 가난한 이들과는 내가 가진 모든 것을 함께 나누며 살아가는 사람입니다.

사랑의 매

조선 후기의 문신이었던 남양 홍서봉에 대한 이야기입니다.

1594년 선조 23년 사마시에 합격하고 2년 후 별시 문과에 급제하여 벼슬길에 올랐습니다. 판서, 대제학, 우의정, 좌의정, 영의정까지 올랐으며, 불의를 보면 참지 못하고 임금님께 바르게 말한 분으로 유명합니다. 문장과 시에 뛰어났으며 문집으로 『학곡집(鶴谷集)』이 있습니다.

홍서봉이 중요한 관직을 고루 거칠 정도로 훌륭한 사람이 된 것은 어머니의 가르침이 컸기 때문입니다. 홍서봉은 일찍이 아버지를 여의고 홀로 된 어머니의 보살핌 속에서 살았습니다. 어머니 유씨 부인은 아들이 훌륭한 사람으로 자라줄 것을 바랐지만은 아주 심한 말썽꾸러기였습니다.

'저 애를 사람으로 만들려면 엄하게 다루는 수밖에 없다. 귀한 자식일수록 매 한 대 더 때린다는 옛말도 있지.'

어머니는 그날 공부한 것을 읽은 다음에는 꼭 외우게 했지만, 서봉은 글을 잘 외우지 못했습니다.

"이놈이 선생님께서 가르치시는 공부를 게을리 했구나."

어머니는 서봉의 종아리를 회초리로 때렸습니다. 서봉에게 매를 댄 그 날은 어머니도 혼자 골방에 가서 울었습니다. 어린 서봉이 아파하는 모습이 마음에 걸리고 안쓰러워서였습니다.

어머니가 종아리를 때린 보람이 있었는지 홍서봉은 19살에 진사시험에 합격했습니다. 2년 후에는 다시 과거에 장원급제하였습니다.

장원급제를 하고 고향으로 돌아가 어머니를 뵈었습니다.

"어머니, 장원급제하였습니다."

"오, 그래 기특하구나."

"어머니가 홀로 저를 잘 키워주셨기 때문이니 이 모두가 어머니의 덕택입니다."

"네가 효도를 하였구나. 그러나 오늘의 영광은 나의 덕택이 아니다. 자, 여기에 절하여라."

홍서봉의 어머니께서 내민 보자기에 절을 한 다음 풀어보았습니다. 뜻밖에도 그 안에는 회초리가 하나 싸여 있었습니다.

"제가 어렸을 때 맞은 매군요."

"그렇다. 네가 장원급제한 것은 이 매 덕분이다."

그 어머니에 그 아들입니다. 어머니의 회초리에 정신을 가다듬고 열심히 공부할 수 있었던 홍서봉의 마음이 착했기 때문입니다. 그 어머니의 마음을 헤아릴 수 없었다면 어찌 공부를 부지런히 할 수 있었겠습니까?

우리는 부모님의 칭찬에는 마냥 우쭐대고 즐거워하면서, 꾸중이나 회초리에는 입을 삐죽거리고 더 말썽을 피우지 않았는지 되돌아보아야 합니다.

회초리를 든 부모님의 마음은 맞은 여러분보다 더 아프답니다.

최후의 만찬 구도와 예수의 모델

여러분은 레오나르도 다빈치가 그린 '최후의 만찬'에 대해서 잘 알고 있을 것입니다. 레오나르도 다빈치가 제1밀라노 시대(1482~14990)에 예수 그리스도가 십자가에 못 박혀 죽기 전날, 열두 제자와 함께 만찬을 나눈 주제를 표현한 작품입니다.

이탈리아 밀라노의 산타마리아 델레 그라치에 교회에 소장하고 있는 460×880cm크기의 그림입니다.

레오나르도 다빈치 이전의 작가들은 유다 한 사람이 식탁의 건너편에 위치하게 하여 그렸는데 다빈치는 전혀 새로운 형태의 표현을 시도하였습니다.

유다까지 열두 제자의 무리 속에 포함시켜서 그 열두 제자를 세 명씩 작은 무리를 짓도록 하였습니다. 이전의 작가들이 최후의 만찬과 유다의 배반이라는 이야기에 초점을 맞췄다면, 레오나르도 다빈치는 화면의 조형성에 역점을 두었다고 합니다.

화면의 구도는 대단히 수학적인 구도라 합니다. 3개의 창문, 4개의 무리를 이룬 12제자들은 그리스도교의 삼위일체, 네 복음서, 그리고 새 예루살렘의 열 두 문 등을 각각 상징하는 것이라는 해석이 있습니다.

화면 한 가운데에 위치한 예수의 몸은 삼각형을 이루고 있습니다. 정확한 원근법으로 작품이 짜여 있지만, 감상자의 입장에서 그 원근법을 정확하게 볼 수 있는 자리가 없도록 되어 있습니다. 이 그림이 일상의 차원이 아니라 이상적 차원으로서 존재하는 것으로 기획되었음을 알 수 있다고 합니다.

레오나르도 다빈치는 예수의 모델을 찾기 위해 몇 날을 고민하면서 헤매었다고 합니다. 그는 어느 날 성당에서 용모가 수려한 한 성가대원을 발견하고는 그를 모델로 하여 그림을 그리기로 마음먹었습니다. 그런데 그 모델이 로마로 공부를 하러 떠나게 되어 모델을 바꿔야 했습니다.

오랜 세월이 걸려서 '최후의 만찬'을 거의 완성하게 되었으나, 다만 한 사람 '유다'만을 그리지 못하고 있었습니다. 아시다시피 유다는 예수를 배반한 제자입니다.

그러던 어느 날 다빈치는 아주 타락한 모습의 한 인물을 발견하고는 그를 유다의 모델로 삼아 마침내 그림을 완성하였습니다. 그런데 알고 보니, 유다의 모델은 오래 전에 예수의 모델로 삼으려 했던 바로 그 청년이었다고 합니다.

이 청년은 배움의 시절 방탕한 생활로 심성이 나빠져서 얼굴마저 변해버렸던 것입니다.

사람은 누구나 맑고 밝은 심성을 가지고 이 세상에 태어납니다. 그러나 평소에 어떤 생각을 하고, 어떤 행동을 하면서 살아가느냐에 따라 예수의 얼굴이 될 수도 있고, 유다의 얼굴이 될 수도 있습니다.

얼굴은 마음의 거울입니다. 항상 아름답고 선한 마음을 가꾸고 다듬으면 맑고 밝은 모습을 간직할 수 있습니다.

나 누 는 . .
사 . 랑 . 이 . .
아 름 답 다 . .

...... 정직한 마음

정직한 마음

독일은 한 때 무서운 흉년에 직면해 있었습니다. 어느 부자마을에서 일어난 일입니다.

모두가 굶주리고 있을 때 한 부자가 온정의 손을 내밀었습니다. 어느 날 그는 마을 아이들을 불러모아놓고 큰 바구니를 내놓으며 이렇게 말했습니다.

"이 바구니 속에는 너희들 스무 사람에게 한 개씩 나눠주려고 스무 개의 빵이 들어 있단다. 그러니까 한 사람이 한 개씩 가지고 가거라. 그리고 기근이 끝날 때까지 날마다 오너라. 꼭 한 개씩 줄 테니까."

굶주려 있던 아이들은 앞을 다투어 바구니를 붙잡고 제 각기 큰 빵을 가지려 소동을 벌였습니다. 이 때문에 부자에게 '고맙다' 는 인사를 하는 것조차 잊어 먹었습니다.

아이들 가운데에는 '그레츠엔' 이라는 소녀도 있었습니다. 그녀는 처음부터 아이들의 무리에 끼지 않고 혼자 멀찌감치 떨어져 있었습니다. 모여들었던 아이들이 왁자지껄 돌아가고 나서야 바구니 속에 남은 제일 작은 빵을 집어 갔습니다. 그리고 조용히 웃으면서 부자에게 깊숙이 머리를 숙인 뒤 감사한 마음을 표시하고 돌아갔습니다.

다음날도 아이들이 부잣집으로 몰려왔습니다. 그리고는 전날처럼 서로 밀치락달치락하며 큰 빵을 서로 빼앗아 달아났습니다. '그레츠엔' 은

이 날도 멀찌감치 서 있다가 아이들이 돌아가기를 기다렸습니다. 그리고 마지막 남은 작은 빵 한 개를 집어갔습니다.

기쁜 얼굴로 집에 돌아온 그녀는 감사기도를 드리며 어머니와 함께 빵을 잘랐습니다. 그런데 이게 어찌된 일입니까? 생각치도 않았던 금화 다섯 개가 번쩍이며 나왔습니다.

크게 놀란 어머니가 소리를 질렀습니다.

"뭔가 잘못되어 금화가 빵 속에 들어 있었던 것이야, 어서 그 부잣집 아저씨를 찾아가 돌려드리고 오렴."

'그레츠엔'은 바로 부잣집으로 달려갔습니다. 그러자 아저씨는 빙그레 웃으면서 말했습니다.

"그건 네 것이야. 나는 일부러 제일 작은 빵 속에 금화를 넣었단다. 네 착한 마음씨에 대한 칭찬의 선물이란다."

아저씨는 어리둥절해하는 소녀의 머리를 쓰다듬어 주었습니다.

"아닙니다. 제 것이 아니니 가질 수 없습니다."

소녀는 공손하게 말하였습니다.

그러나 부자는 다시 한 번 선물임을 강조하며 들려 보냈습니다.

자기 것이 아니라고 주인에게 돌려주려했던 소녀의 마음씨가 아름답지 않습니까?

다이아몬드 목걸이

프랑스 파리의 뒷골목에 있는 어느 조그마한 골동품상에서 있었던 일입니다. 골동품상에는 갖가지 고물이 너저분하게 진열되어 있었습니다.

어느 날, 한 부인이 진열장 속에 있는 목걸이를 보여 달라고 하였습니다. 아르바이트 학생인 점원은 유리목걸이를 꺼내 보였습니다. 뿌옇게 먼지가 낀 목걸이였습니다. 그 외에도 부인은 몇 가지 장식물을 골랐습니다.

"유리 목걸이는 얼마죠?"

"다른 것도 팔아주셨으니 유리 목걸이는 덤으로 그냥 드리죠."

가게 주인도 유리 목걸이를 덤으로 주는 데 쾌히 승낙했습니다. 부인은 고맙다는 인사를 하고 사라졌습니다.

몇 달 후, 부인은 다시 그 고물상에 나타났습니다. 가게에서는 벌써 부인의 얼굴을 잊고 있었습니다. 부인은 핸드백에서 유리 목걸이를 꺼내 진열장 위에다 올려놓았습니다.

"이 목걸이는 제가 가질 수 없으므로 돌려드립니다."

아르바이트 학생과 주인은 영문을 몰랐습니다. 아마도 형편없는 물건이기 때문에 돌려주는 것으로 짐작했습니다. 부인은 이유를 밝혔습니다.

"유리 목걸이의 구슬은 노란빛 다이아몬드였습니다. 뉴욕 보석상에 보였더니 6만 5천 달러의 값이 나간다고 했습니다. 6만 5천 달러는 우리

돈을 100대 1의 환율로 계산하면 약 6천 5백만 원이 됩니다.”

부인은 말을 이었습니다.

“저는 놀라서 물건을 즉시 돌려보내려고 했지만, 상점의 번지를 알 수 없었죠. 마음이 무거웠어요. 다행히 이번에 여기 올 기회가 생겼기 때문에 진짜 주인에게 돌려주고 싶어 찾아왔습니다.”

가게 주인이 다가서며 말했습니다.

“부인, 이 물건은 이미 우리 점원이 한 번 부인께 드린 것입니다. 소유권은 부인에게 있습니다. 사양 말고 그대로 가지고 가십시오.”

주인의 말을 듣고 부인은 다시 말을 하였습니다.

“당신들은 이 물건이 값진 것인 줄을 모르고 덤으로 주신 것입니다. 값진 물건인 것을 알게 된 지금, 제가 받을 수는 도저히 없습니다.”

부인은 뒤돌아서 사라졌습니다. 6만 5천 달러의 목걸이는 공중에 뜨게 되었습니다. 이 사건은 수사 당국의 손으로 넘어갔습니다. 아르바이트 학생은 다른 사람에게 말했습니다.

“나는 여태까지 그 부인처럼 정직한 사람을 본 적이 없습니다.”

부인의 정직도 정직이지만 골동품상 주인의 태도도 얼마나 정직합니까?

‘내 것이 아니다’ ‘양심에 어긋난다’ 고…….

그녀는 유리 목걸이를 받았지 다이아몬드 목걸이를 받지 않았으니까 돌려준다 했습니다.

법보다 양심이 앞섰던 것입니다.

주인에게 돌려준 만년필

트루먼 대통령이 대통령직에서 물러나던 날입니다. 그의 고향 인디펜던스로 돌아가기 위해 백악관에서 정거장까지 걸어가거나 택시로 가겠다고 보좌관들에게 말했습니다.

그가 백악관에서 마지막 한 일은 빌렸던 만년필을 주인에게 돌려주려 백악관을 다시 찾는 일이었습니다.

'내가 백악관에 우연히 들른 것입니다. 내가 별로 뭔가 뛰어난 특별한 사람이라고 생각해 본 적이 한 번도 없습니다. 내가 누구라는 걸 잊지 않았고 내가 어디로 돌아가야 한다는 것을 늘 명심하고 있었습니다.

백악관의 모든 것은 미국 국민의 것이며, 다만 내가 잠시 동안 사용할 특권을 부여받았을 뿐입니다. 이 특권 가운데는 대통령 권한도 포함됩니다. 나는 이 모든 것을 조심스레 사용하였으며 다음 대통령에게 제 모습 그대로 전해주려고 무척 애썼습니다.'

트루먼의 소박한 소신이었습니다.

트루먼은 부인 베드 여사와 함께 고향으로 내려갔습니다. 고향 사람들은 예전과 조금도 변하지 않은 트루먼 내외를 보고 머리를 숙였습니다. 트루먼이 돌아간 집은 북 텔라웨어 거리에 있는 옛날 그대로의 낡은 집이었습니다. 그는 이 집을 국민의 세금으로 단장할 생각이 한 번도 없었습니다.

트루먼의 정직한 마음은 한 자루의 만년필에 담겨 있었습니다. 그는 공적인 일과 사적인 일을 분명히 가려내었습니다.

우리의 경우는 공무원이거나 회사원이거나 공적인 물품과 사적인 물품을 분명히 가리는 습관이 몸에 배어 있지 않습니다. 관청의 것이나 회사의 물품을 자기 개인의 것으로 여기는 사람이 많습니다.

또한 책상 위에 놓인 전화는 분명히 공용인데도 불구하고, 사적인 일에 아무런 거리낌도 없이 전화를 붙들고 있는 사람이 너무나 많습니다. 급한 용무가 있음에도 동료의 전화사용에 어쩔 수 없이 시간을 기다려야 합니다. 근무시간에 사적인 일로 전화를 사용하는 행동은 옳지 않습니다.

민원인이 차례를 기다리고 있는 데도 자기네들끼리 쓸데없는 대화로 시간을 낭비하는 태도도 나쁜 근무태도입니다.

몇 년 전 한 조사를 살펴보면 우리나라 회사원들은, 회사의 물품을 자기 것처럼 써도 좋다고 생각하는 사람이 41%나 되었다고 합니다. 말하자면 이런 생각은 정직하지 못하다는 것을 의미합니다.

트루먼의 마지막 말은 모든 공직자를 비롯하여 모든 회사원에게도 직장에서 지켜야 할 기본적인 몸가짐을 암시해 주고 있습니다.

트루먼은 자기가 맡은 일을 겸허하고 조심스럽게 대했습니다.

링컨의 정직성과 약속 지키기

링컨 대통령은 매우 정직한 사람이었습니다. 그는 미련할 만큼 곧이 곧대로 모든 일을 해냈습니다. 이러한 링컨의 정직한 성격은 어린 시절부터 싹텄습니다.

소년시절 링컨은 서점의 점원 생활을 하였습니다. 어느 날 저녁 링컨은 서점의 문을 닫고 그날의 매상을 셈했습니다. 장부를 보던 중 그는 책값을 더 받은 부분을 발견했습니다. 링컨은 몇 시간이나 생각한 끝에 더 받은 책값의 주인공을 기억해냈습니다.

링컨은 책값의 주인공인 부인을 찾아 나섰습니다. 추운 밤이었습니다. 그는 마침내 주인공을 찾아내어 더 받은 돈을 돌려주었습니다. 남의 돈을 한 푼이라도 까닭 없이 받는다는 것은 링컨에게는 참을 수 없는 일이었습니다.

링컨은 한평생을 가난 속에서 보냈습니다. 그는 결혼비용마저도 친구로부터 보내온 5달러로 이럭저럭 치렀습니다. 링컨은 주 의회 의원을 네 번, 국회의원을 두 번 지냈습니다. 나중에는 대통령에 출마하였습니다. 그는 여러 번 선거에 출마하였으나, 선거비용에 어려움을 겪었던 일은 한 번도 없었습니다.

링컨은 첫 주 의회 의원 선거에 출마했을 때 소속 정당으로부터 2백달러의 보조금을 받았습니다. 그런데 당선된 후에 링컨은 199달러 25센트의 돈을 소속 정당에 돌려주었습니다.

"나는 선거 중, 나의 말을 타고 여러 곳을 누볐습니다. 가는 곳마다 선거장소나 도시락같은 비용은 선거구의 유지가 지불해 주었습니다. 이래서 선거 운동에 돈이 들지 않았습니다. 다만 어느 때인가, 목이 마르기 때문에 사이다를 사달라는 젊은이가 있었습니다. 그 때문에 75센트를 썼을 뿐입니다."

돈을 넣은 봉투 속에는 이런 내용의 짤막한 편지가 들어 있었습니다. 200달러 선거 비용을 받았지만, 선거 비용은 겨우 75센트 밖에 쓰지 않았기 때문에, 남은 돈은 모두 돌려주었다는 것입니다.

이렇게 해서 당선된 링컨은 매우 훌륭했습니다. 그러나 그런 링컨을 당선시킨 유권자들도 더 훌륭했습니다.

대통령 선거 때, 한 소녀로부터 편지를 받았습니다. 링컨은 곧 회답 편지를 소녀에게 보냈습니다. 선거 유세 중 링컨을 처음 본 소녀는, 링컨 아저씨에게 턱수염을 기르라고 권했습니다. 링컨이 떠난 뒤에도 그녀는 편지를 보냈습니다. 링컨은 턱수염을 기르겠다고 회답을 했습니다.

링컨대통령의 턱수염은 이래서 생겼습니다. 링컨은 이처럼 소녀와의 작은 약속도 꼭 지켰습니다. 노예해방의 아버지로 불리는 링컨은 평생을 정직하게 지냈습니다.

우리 사회에도 링컨과 같이 정직한 지도자들이 있었습니다. 도산 안 창호 선생님이 그랬고, 자유당 때 외무장관을 지낸 변영태 씨가 그랬습니다.

마음의 도둑

'아더베리'라고 하는 유명한 보석만 훔치는 도둑이 살고 있었습니다. 그는 마음만 먹으면 어떤 보석이라도 훔칠 수 있는 탁월한 수완을 가진 사람이었습니다. 그런데 어느 날 역시 보석강도를 하다가 주인이 쏜 3발의 총알을 맞고 필사적으로 도망친 아더베리는 이제야말로 도둑질은 그만해야겠다고 다짐했습니다.

그는 결국 경찰에 붙잡혀 18년이나 되는 긴 세월 동안 감옥에서 보내고, 다시 고향에 돌아와 새로운 생활을 시작했습니다. 많은 세월이 흘렀습니다.

유명한 보석상 아더베리도 이제는 지방 사람들 모두가 존경하는 모범시민이 되었습니다. 그는 훌륭한 일을 너무 많이 했기 때문에 재향군인회 회장이라는 명예직도 갖게 되었습니다. 어느 날 신문기자가 그에게 물었습니다.

"당신은 뉴욕의 유명한 보석강도였는데 누구의 것을 가장 많이 훔쳤습니까?"

아더베리는 다음과 같이 말했습니다.

"예, 가장 많이 도난당한 사람은 나 자신이었습니다. 내 능력을 나쁜 곳에 썼고 또 그 능력을 썩혀 왔지 않습니까?"

내 자신을 가장 많이 도난당했다는 말은 무슨 뜻일까요?

이 세상에는 자기가 지닌 능력을 제대로 알지 못하는 이들도 많고, 또 그 능력을 나쁜 곳에 쓰는 '마음의 도둑' 이 많습니다. 두뇌가 낮은 사람은 남을 함정에 빠뜨리지 못합니다. 사기꾼치고 머리 나쁜 사람이 없는 것도 그 이치입니다.

그런데도 자기 자신을 나쁜 길로 인도하는 사람이 너무 많습니다. 젊음을 헛되게 보내는 것도 비극이요, 시간을 낭비하는 것도 비극입니다. 자기 마음속의 보물을 발굴해서 그 보물을 값지게 빛내는 사람이 성공할 수 있는 것입니다.

반짝인다고 모두 금이 아닌 것처럼 진흙 속에 묻힌 보석도 많이 있습니다. 이 세상에는 자기가 지닌 능력을 제대로 알지 못하는 이들도 많습니다. 나쁜 곳에 있는 '마음의 도둑' 도 많으니, 타고난 능력을 좋은 곳에 충분히 써야 합니다.

이 교훈은 우리의 재능과 능력은 항상 바르고 좋은 곳에 발전적으로 발휘하자는 것입니다. 자기 자신의 재능을 썩히는 사람, 또 능력을 나쁜 곳에 쓰는 사람은 '마음의 도둑' 이라고 할 수 있습니다.

우리나라에도 한 해를 떠들썩하게 '대도, 의도' 로 불렸던 사람이 있었습니다. 회개하고 교회에 다니기도 하며, 선도위원까지 지냈습니다.

그러나 일본에 가서 자기의 기술을 시험해보다가 국제적으로 망신을 당하고 우리 국민들을 실망시켰습니다.

그는 결국 '마음의 도둑' 을 잡지 못하고 말았습니다.

법과 질서

포클랜드 전쟁에 영국의 앤드루 왕자가 비행사로 출전하였습니다.

왕위를 두 번째로 이어받을 왕자는 포클랜드 기동함대의 다른 동료 헬리콥터 조종사들과 다름없이 작전비행 임무를 수행했습니다. 앤드루 왕자는 항공모함 인빈서블 호의 비행중대 작전 조종사로 복무 중이었습니다. 왕자는 다른 병사들과 똑같은 대우를 받았습니다.

엘리자베스 여왕은 기동함대의 전체 병사들을 걱정하고 있었으며, 다른 모든 부모와 마찬가지로 아들을 특히 걱정하였습니다. 여왕은 기동함대 작전에 대해 자세한 보고를 받고 있었습니다. 그러나 아들 앤드루 중위와는 서신 연락이 오고갈 뿐이고 전화연락은 없었습니다.

이런 사실은 버킹검 궁전 대변인을 통해 알려졌습니다. 183cm의 후리후리한 앤드루 왕자는 1차 대전 중이던 1916년 그의 할아버지인 조지 6세 국왕이 저틀랜드 전투에 참전한 이래, 영국 왕가의 직계가족으로는 처음으로 전쟁에 참전했습니다.

왕자도 특혜를 받지 않은 나라, 왕도 특권행사를 하지 않은 나라를 우리는 목격했습니다. 왕자건 누구건 법에 따를 뿐입니다. 왕족이 이렇게 생활을 함으로 다른 분야에 특권이나 특혜가 있겠습니까? 나라의 법 앞에는 왕족과 평민의 차별대우가 없었습니다. 나라를 위해서는 왕자도 총을 메고 다른 병사들과 같이 전선에 나가야 합니다. 그들의 질서는 나라가 위기에 처했을 때 더욱 뚜렷이 나타났습니다. 그들에게는 질서가 곧 힘이었습니다.

"우리의 방위는 군비(軍備)나 과학이나 지하로 가는데 있지 않다. 우리의 방위는 법과 질서에 있다."고 아인슈타인은 말했습니다. 과학자인 그가 이런 말을 했다는 데 더 의미가 깊다 하겠습니다.

법과 질서, 그것이 무너질 때 모든 방위는 물거품이 된다는 말이나 다름없습니다. 얼마나 무서운 말입니까? 법과 질서는 모든 힘의 바탕이 되고 있습니다. 질서가 없는 사회, 법이 지켜지지 않는 사회는 허수아비나 같습니다. 질서를 지키는 것은 곧 자기 자신을 지키는 일입니다. 나아가서는 자기 가정, 자기가 속해 있는 사회를 지키는 일이기도 합니다.

그러나 최근의 우리나라 국민들 중, 돈을 많이 가진 자나 권력을 쥐고 있는 일부 몰지각한 지도자들의 행동을 보고 분개하지 않을 수 없습니다. 그들에게는 돈이나 권력이 법이고 질서인 것처럼 보입니다.

어떻게 하든지 군인의 의무를 피하려고 갖가지 술수를 부립니다. 몸에 문신을 하거나 손가락을 손상시키고, 없는 병을 만들어 군대 가는 것을 피하려 합니다. 이렇게 못나고 불쌍한 젊은이나 그의 부모를 볼 때 나라의 앞날이 걱정이 됩니다. 또 돈의 위력 앞에 쉽게 양심을 파는 신체검사관들의 행태에서도 분노를 느낍니다.

법은 만인에 평등하다는 진리를 깨우치는 교육에 힘쓰고, 범법자는 조국에 발을 붙이지 못한다는 교훈을 심어 주어야 합니다. 영국의 왕실처럼 우리사회의 지도층부터 솔선하여 모범을 보여야 나라의 미래가 보입니다.

작은 약속도 약속

도산 안창호 선생은 작은 약속 때문에 그의 생명을 잃었다고 할 수 있습니다.

중국의 상하이에서 독립운동을 할 때의 일입니다. 도산 선생은 동지의 어린 딸의 생일에 꼭 가겠다고 작은 약속을 했었습니다.

약속한 날 아침에 도산선생에게 급한 전보가 날아왔습니다. 일본 경찰이며 헌병들이 도산 선생을 체포하기 위해 요소요소에 깔려 있으니 피신을 권하는 전보였습니다. 그러나 도산 선생은 소녀의 생일 약속을 깰 수 없다고 했습니다. 동지들의 완강한 권유에도 불구하고 도산 선생은 소녀의 생일을 축하하기 위해 떠났습니다. 소녀의 집에서 돌아오던 도산 선생은 일본 헌병에 붙잡혀 옥중 생활로 큰 고통을 겪었습니다.

도산 선생의 작은 약속은 그를 고난과 죽음의 길로 몰아넣었습니다. 보통 사람들로는 이해하기 어려운 일입니다. 작은 약속을 지킨 도산 선생의 정신은 우리에게 보다 큰 약속의 존엄성을 일깨워 준 것이었습니다. 그는 약속을 크고 작은 것으로 저울질하지도 않았습니다. 이런 뜻에서 보면 도산 선생은 민족의 위대한 교육자였습니다.

도산 선생은 나라의 발전을 앞당기기 위해서는 무엇보다도 여성들이 깨어 있어야 한다고 여성들의 교육을 부르짖었습니다. 이스라엘이 여성의 혈통을 중요시하는 것도 이런 맥락으로 살펴봐야 합니다.

민족혼을 일깨우고 국가관을 확실히 심어줄 수 있는 길은 가정교육의 성패에 달려 있습니다. 새벽별을 바라보면서 남편과 자식들의 앞날을 걱정하고 정화수 한 사발을 떠놓고 나라의 번영을 빈 우리의 어머니들입니다. 이런 어머니들의 교육에 대하여 도산 선생은 미리 앞을 내다보신 선각자이십니다.

도산 선생은 민족개조운동을 위해 몸을 바쳤습니다. 그는 미국, 상해, 러시아 등지를 돌아다니며 민족개조를 위해 소리 높이 외쳤습니다. 나라를 빼앗긴 커다란 슬픔 속에서도 먼저 겨레의 의식구조에서부터 손을 댔습니다. 겨레의 마음고침 없이는 나라 찾기 운동도 있을 수 없다고 생각했습니다. 그래서 첫째, 정직을 외쳤습니다. 둘째, 질서를 외쳤습니다. 셋째, 협동을 외쳤습니다.

도산은 우리 국민들에게 특히 젊은 청소년들에게 다음과 같은 인물이 되기를 강조하였습니다.

"큰 뜻을 세우고(立志), 정성스러운 마음으로 힘을 기르고(養力), 인격과 정신을 부지런히 갈고 닦으면(修己) 사람들이 우러러보는 큰 인물이 될 수 있습니다.

젊은이여, 부지런히 인물 되기 공부를 하십시오. 혼자서 백 명을 당할 수 있는 인물, 나라의 대들보 감, 기둥감이 될 수 있는 사람, 한 마을을 일으키고, 한 단체를 일으킬 수 있는 유능한 인재, 수십 명 수백 명을 넉넉히 포용할 수 있는 큰 그릇, 많은 사람에게 큰 감화와 깊은 영향을 줄 수 있는 뛰어난 사람, 나는 그런 사람이 되고야 말겠다는 원대한 포부를 가슴에 품고 정성껏 배우고 수련하십시오.

이와 같은 늠름한 인물이 많이 배출될 때 나라는 번영하고 민족은 흥왕합니다. 역사는 인물을 간절히 기다리고 있습니다."

대통령 막사이사이의 교통위반

필리핀 마닐라 시가지 번잡한 네거리에서 한 순경이 교통정리에 눈 코 뜰 새 없이 바쁘게 움직이고 있었습니다.

차선을 따라 질서 있게 달리는 차량을 보면서, 저 쪽에서 달려오는 한 대의 승용차를 뚫어지게 바라보고 있었습니다. 승용차는 점점 가까이 다가왔습니다. 젊은 교통순경의 눈초리는 그 승용차에서 떠나지 않았습니다.

다음 순간 젊은 순경은 휘슬을 입에 가져가며 손을 쳐들어 정지 신호를 했습니다.

승용차는 순경에게 다가왔습니다. 순경은 차를 갓길로 인도하였습니다. 교통순경은 운전기사에게 인사를 한 뒤 입을 열었습니다.

"당신은 교통규칙을 위반하였습니다."

운전기사는 공손히 대답하였습니다.

"미안합니다."

"운전면허증을 보여 주십시오."

"마침 옷을 갈아입었기 때문에, 미처 면허증을 챙기지 못했습니다. 죄송합니다."

"면허증은 늘 갖고 다녀야 한다는 걸 모르십니까? 앞으로 주의하십시오. 당신의 이름과 직업을 말씀하십시오."

수첩을 든 교통순경이 운전사를 보며 말했습니다.

"라몬 막사이사이, 직업은 대통령……."

여기까지 말했을 때, 교통순경은 다시 상대방을 바라보았습니다.

"대통령 각하, 미처 몰라 뵈었습니다. 죄송합니다. 그러나 각하는 교통규칙을 위반하였습니다. 법에 따라 상당한 벌금을 물어야 합니다."

교통순경은 벌금통지서를 떼어 대통령에게 건넸습니다. 결국 막사이사이 대통령의 차는 벌금통지서를 받아들고 사라졌습니다. 이 이야기는 널리 알려진 사실입니다.

교통순경에게 복종하는 대통령, 대통령에게도 벌금통지서를 떼는 교통순경, 양쪽이 모두 법을 지키는 데는 철저했습니다.

질서와 법은 작고 큰 것으로 따져서는 안 됩니다. 작은 법을 안 지키는 데서부터 문제가 생깁니다. 티끌모아 태산이 된답니다. 작은 법을 제대로 지키는 데서부터 출발하여야 합니다.

막사이사이는 뛰어난 지도자였습니다. 그의 생애는 필리핀뿐만 아니라 온 세계에 위대한 영향을 끼쳤습니다.

막사이사이는 소박하고 겸손한 인품과 국민들 개개인을 걱정할 만큼 섬세한 성격도 지닌 지도자였습니다. 그는 인간의 존엄성을 굳게 믿고 자기의 신념에 대해 용기를 가졌던 분이기에, 지금까지도 국민의 존경과 찬미와 사랑을 받고 있습니다.

잘못을 깨달은 황태자

영국의 황제 헨리 5세가 아직 황태자였을 때, 가까운 친구가 죄를 짓고 재판을 받게 되었습니다. 황태자는 그를 생각하여 구해내려고 법원에 갔습니다.

"재판장 나로 말하면 영국의 황태자다. 나 황태자는 그대에게 피고의 석방을 명령한다."

황태자는 소리를 높이며 재판장 앞으로 다가갔습니다. 재판장 개스커인은 황태자의 모습을 냉정히 바라보며 입을 열었습니다.

"전하, 법은 신성한 것입니다. 저는 전하와 전하의 측근자가 법 앞에 겸허한 태도로 나오시기를 바랍니다."

재판장은 정중하게 예의를 잃지 않았으나, 법을 지키려는 재판장의 기개는 살아 있었습니다. 황태자는 아무 소리 없이 범법자의 손을 잡고 법정 밖으로 나가려 했습니다. 이를 본 재판장 개스커인은 소리를 높여 황태자에게 충고하였습니다.

"전하, 저는 황제 폐하의 어명과 정의에 따라서 이 재판을 하고 있는 것입니다. 전하가 이런 횡포를 하신다면, 전하의 아버님, 황제 폐하의 어명에 의해서 전하를 가두겠습니다. 전하, 바라옵건대 법의 존엄을 몸소 지킴으로써 모든 국민에게 본보기가 되어 주시기 바랍니다."

기세당당하던 황태자도 "알았다. 재판장, 이 황태자는 내 발로 걸어서 구치소로 갈 것이다.” 황태자는 스스로 발걸음을 구치소로 옮겼습니다.

아무 두려움도 없이 법을 지킨 재판장 거스커인은 훌륭했습니다. 또 잘못을 깨닫고 자진해서 구치소로 발을 옮긴 황태자도 멋이 있었습니다. 재판장도 황태자도 법을 지키는 데 있어서 예외일 수 없었습니다.

법 앞에 만인이 평등하다는 말은 이런 것을 뜻합니다. 이런 법치사회에서 특권층이나 고위층 친족이나 배경 따위가 발붙일 수 없습니다. 이런 사회에서는 마땅히 누구나 법을 우러러보게 되고, 질서를 소중하게 여기게 됩니다.

우리사회는 법을 집행하는 데도, 법을 지키는 데도 눈치작전을 폅니다. 눈치를 보아가며 지키는 법은 참다운 준법정신이 아닙니다. 누가 보건 말건 양심의 명령에 따라 법을 지킬 때 우리 사회는 밝아질 것입니다. 법은 법을 위해 지키는 것이 아닙니다. 질서를 위해 서로의 권익을 위해 지키는 것입니다. 법은 질서를 위한 서로의 약속입니다.

로마는 법 때문에 강했습니다. 로마 민족은 무력(武力), 교권(敎權), 그리고 법으로 다스렸던 때가 가장 번성하였습니다.

로마 민족이 얼마나 법을 존중했는지 짐작할만 합니다. 아침에 원로원(元老院)이 황제에게 의견을 낼 때마다, 법학자들은 황제 앞에서도 소신을 굽히지 않고 잘못된 점을 지적하였습니다. 로마의 황제들은 법을 만들고, 고칠 권한만 있지 지킬 의무가 없었으나, 황제들은 특권을 누리지 않고 법을 지켰습니다. 로마인들은 친형제일지라도 법을 어길 때는 가리지 않고 처벌했습니다. 한 나라가 크게 번영한 그 바탕에는 법을 지키는 마음가짐이 뚜렷했음을 알 수 있습니다.

나 누 는 . .
사 . 랑 . 이 . .
아 름 답 다 . .

...... 나눔이
아름답다

나눔이 아름답다

사람들이 가장 행복하게 살아갈 수 있는 비결은 나누는 것을 깨치는 데 있습니다.

공부중에서도 가장 중요한 공부는 남과 나누는 공부며. 훈련 중에서도 가장 중요한 훈련은 남과 나누는 훈련입니다.

나눔은 가진 것을 주는 것도 베푸는 것도 아닙니다. 준다거나 베푼다는 것은 가진 자와 없는 자의 관계로, 자칫 받는 자로 하여금 비굴해지게 하거나 위축되게 할 수 있기 때문입니다. 가진 자 또한 내려다보게 할 수 있는 천박한 성격을 형성케 할 수 있기도 합니다.

불교는 대승(大承)불교와 소승(小承)불교로 나누는데, 대승불교로는 북부인도, 중국, 우리나라, 일본 등의 북방불교를 이루고 있는 삼론종(三論宗), 법상종(法相宗), 화엄종(華嚴宗), 천태종(天台宗), 진언종(眞言宗), 율종(律宗), 선종(禪宗) 등이 있습니다.

이타주의(利他主義)에 의하여 널리 인간 전체의 구제를 주장하는 적극적인 불법입니다. 승(承)은 피안으로 타고 가는 수레라는 뜻으로 교리나 진리를 뜻합니다.

기원전 1~2세기경, 북부 인도에서 일어난 진보적 불교 세력이 스스로의 교리나 교설을 이르던 말로써, 종래의 출가자 위주의 교의(敎義)를 반대하고, 재가(在家)의 대중을 두루 교화할 교리를 주장하였습니다. 소승(小乘)은 자기의 인격을 완성함으로써 해탈(解脫)을 얻고자 하는 것이 그 신앙적 특징입니다. 개혁파가 스스로를 대승이라 일컫고, 다른 전통적 불교를 소승이라 한 데서 비롯되었다 합니다.

불교의 6대 덕목중 제일 첫 번째가 보시(布施)입니다. 보시란 절이나 중 또는 가난한 이 등에게 돈과 물품을 베풀거나 또는 베푸는 그 돈이나 물품을 말합니다. 시(施)자를 '베풀다, 주다'로 풀이합니다만, 이제는 '나누다'는 말을 덧붙여 써야 한다고 생각합니다.

불교는 삼시(三施)를 강조하고 있습니다. 남에게 돈이나 물질을 나누는 것을 재시(財施)라 하고, 지혜와 진리를 나누는 것을 법시(法施)라고 하며, 두려움이 없는 마음을 나누는 것을 무외시(無畏施)라고 합니다.

삼시 외에 재물이나 돈이 들지 않는 무재(無財)의 칠시(七施)를 역설하고 있습니다.

남에게 따뜻한 시선을 보내는 것을 안시(眼施), 부드러운 얼굴로 따뜻한 웃음을 베푸는 것이 화안시(和顔施), 따뜻하고 친절한 말로 사람을 대하는 것이 언사시(言辭施), 예절바른 태도로 사람을 대하는 것이 신시(身施), 친밀의 정이 넘치는 마음으로 반갑게 대하는 것이 심시(心施), 남에게 자리를 양보하는 것이 상좌시(床座施), 좋은 방이나 편안한 잠자리를 드리는 것이 방사시(房舍施)라고 합니다.

우리는 돈을 들이지 않고도 남들과 얼마든지 나눌 수 있습니다. 그래서 무재의 보시라고 합니다. 가장 중요한 것은 남과 나누려고 하는 마음가짐입니다. 남에게 베풀면 베푼 만큼 되돌아오고 주면 준만큼 받습니다.

'나는 남과 하나도 나눌 것이 없다'라고 하는 사람은 거짓말을 하고 있습니다. 우리는 얼마든지 남과 나눌 수 있습니다. 나눔으로써 사랑이 가득 찬 천국이 됩니다.

더불어 사는 사람

너와 나, 우리 모두가 서로 어울려 산다면 이 사회가 얼마나 신바람 나고 아름다워질까?

우리는 '사람다운 사람' 이 되기 위해서 날마다 학교에서 즐겁게 공부하며 뛰어놀고 있습니다. 우리가 살아가기 위한 지식과 지혜를 터득하고 있습니다.

지식과 지혜는 어떻게 다를까요? 배우거나 연구하여 알고 있는 내용을 지식이라 하면, 옳고 그름, 착하고 악함을 구별하여 정확히 가려내는 마음의 작용을 지혜라고 합니다.

따라서 지식을 많이 터득하고 아울러 슬기로운 생활을 하려는 마음에 따라 행동으로 옮길 때, 그 지식은 비로소 값진 것이 됩니다.

일류대학까지 나온 학식 있는 사람이 나쁜 죄를 저지른다면, 많이 배우지 못했어도 착하고 옳게 사는 사람보다 훨씬 못하여 쓸모없는 사람이 됩니다.

이런 까닭에 우리사회는 많이 아는 사람보다 슬기롭게 사는 사람을 더 필요로 하고 있습니다. 남을 위할 줄 알고 남에게 폐를 끼치지 않으며, 즐거움과 괴로움을 이웃과 함께 나눌 줄 알아 '더불어 살아가려는 마음' 이 가득 찬 사람입니다.

우리는 사람들이 버려야 할 성격의 하나로서 '남 잘된 것을 보지 못하는 성격'을 들고 있습니다. 심지어 '사촌이 논을 사면 배가 아프다'란 속담이 있을 정도입니다. 그것은 너무나 나만 알고 나를 내세우는 성격이 빚어낸 까닭으로, 우리 사회가 지나친 경쟁심을 부추겨 '일등만이 제일'이라는 생각들로 가득 차 있기 때문이기도 합니다.

이 일등교육이 다른 사람이 앞서가는 것을 시새우게 하고, '어떤 잘못이 없나' 실수를 은근히 바라게 하여, 단점을 찾아 깎아내리려는 마음이 싹트게 만들었습니다.

좋은 일은 언제나 옳게 경쟁하면 서로 크게 발전할 수 있습니다. 그러나 '네가 없으면 내가 일등인데' 하고 나보다 더 잘한 친구를 미워하거나 헐뜯으며 존재를 인정하지 않으면 성격이 비뚤어지기 시작합니다.

생각을 좋은 쪽으로 바꿔, '네가 있었기에 이만큼의 실력을 발휘할 수 있었다'고 즐겁게 생각해야 합니다. 그러면 경쟁한 그 친구가 고맙게 생각이 되어 오히려 서로를 아끼고 사랑하는 마음이 일 것입니다.

'사랑은 나눌수록 커진다' 했습니다. 내가 가지고 있는 지식과 능력, 그리고 자랑거리를 뽐내지 않고 벗들과 나누며 더불어 살아갈 때, 더 큰 행복을 느낄 수 있습니다.

싫어하는 일은 내가 먼저하고, 어려움 때문에 고생하는 친구에게 웃음을 안겨주며, 장점을 찾아 칭찬해 주도록 힘쓸 때, 모든 친구들의 사랑을 듬뿍 받게 되리라 믿습니다.

하루의 생활을 돌이켜보면서 도움주신 여러분들에게 감사드리며, 또 무엇을 나눌 것인가를 생각해 본다면 보람 있는 날로만 가득할 것입니다.

서로 돕는 사회

우리나라 속담에 '백지장도 맞들면 가볍다' 란 말이 있습니다. 아무리 가벼운 종이 한 장도 두 사람이 들면 가볍다는 뜻으로 우리에게 협동심을 가르치는 훌륭한 교훈입니다.

각종 체육대회나 오락회 때 '2인 3각' 이라는 프로그램으로 협동의 중요성을 체험케 해 줍니다. 서로 한 쪽 발을 묶었으니 달리거나 걸을 때, 두 사람이 보조를 맞추지 않으면 도저히 승리할 수 없는 게임입니다. 우리는 한 쪽 손바닥으로는 박수를 칠 수 없습니다. 두 손을 맞부딪쳐야 훌륭한 소리가 납니다.

인도를 비롯한 중국, 일본 등의 아시아 지역과 미국, 영국, 스위스, 스웨덴, 독일은 물론 히말라야 산맥을 넘어 티베트지방에 이르기까지, 기독교의 복음을 전파하기 위해 일생을 헌신한 성자 '썬다 씽(1889~1929)' 에 대한 이야기가 생각납니다.

그가 보여준 끝없는 수행과 헌신의 삶은 20세기 교회들에게 커다란 가르침을 주고 있으며, 영적인 맥을 잇는 커다란 빛이 되고 있습니다.

그가 눈보라치는 어느 날 네팔지방의 험한 산길을 가게 되었습니다. 방향이 같은 여행자를 만나 눈발을 헤치며 바쁜 걸음을 재촉하였습니다. 얼마쯤 갔을 때, 인적이 없는 산비탈에서 다 죽어가는 사람을 발견하였습니다.

‘썬다 씽’이 여행자에게 말했습니다.

“우리 이 사람을 같이 데리고 갑시다. 그대로 두면 분명 죽을 것입니다.”

“미쳤소? 우리도 죽을지 살지 모르는 판에 한가롭게 누굴 도와준단 말이요?”

여행자는 이렇게 대꾸하며 화를 내면서 서둘러 혼자 떠나버렸습니다.

썬다 씽은 쓰러진 사람을 등에 업고 있는 힘을 다해 걸음을 옮기기 시작했습니다. 눈보라는 갈수록 심해지고 이젠 더 이상 걸음을 옮겨놓기조차 힘들었습니다. 등에 업은 사람의 무게 때문에 썬다 씽의 온몸에서 땀이 흐르기 시작했습니다. 그러자, 등에 업혔던 사람의 몸이 썬다 씽의 더운 체온으로 점점 녹아 그는 의식을 회복하게 되었습니다. 마침내 목적지에 가까이 왔을 때 그들은 얼어 죽은 시체를 발견하고 깜짝 놀랐습니다. 죽은 사람은 바로 먼저 가버린 그 여행자였습니다.

나만 살기 위해 혼자 간 사람은 죽고 자기가 죽을지도 모르는 형편에 남을 도운 사람은 살아났습니다. 이기심을 버리고 협동을 했더라면 어떻게 되었을까? 하고 곰곰 생각해 보게 합니다.

천당과 지옥 이야기가 생각납니다.

천당과 지옥에 있는 사람들은 모두 팔을 굽힐 수가 없어서 음식을 혼자서는 제대로 먹지 못했답니다. 지옥 사람들은 굽혀지지 않는 팔로 각자 자기만 먹겠다고 아우성치며 입에 그릇을 대고 먹다보니 제대로 먹을 수가 없어 삐쩍 말랐습니다. 그러나 천당 사람들은 두 사람씩 마주 앉아 뻗혀진 팔로 상대방에게 음식을 떠먹여 주어 모두 살이 쪘답니다.

남을 의식하고 서로 도우려는 마음을 가질 때, 모두가 잘 사는 사회가 이뤄집니다.

세상에서 가장 아름다운 것

우리는 사랑을 이야기할 때 흔히 '촛불 같은 사랑'을 나누라고 말합니다.

어머니가 자식들을 사랑하는 마음, 사랑하는 사람끼리 나누는 사랑, 인류를 구원한 예수와 석가모니의 사랑 등은 헌신적인 숭고한 사랑이었습니다. 그런데 사랑에는 남녀 이성간이나 동료, 스승과 제자 사이의 사랑 등 여러 가지 사랑이 있습니다. 이제 '오스카와일드'의 동화내용을 소개하려 합니다.

여러분은 황금과 보석으로 찬란하게 장식된 왕자와 길 잃은 제비 한 마리가 우연히 만나는 장면으로 시작되는 동화인 '행복한 왕자'를 읽어 보았겠지요?

도시의 한 가운데 우뚝 서서 슬프고 어렵게 살아가는 사람들의 모습을 보아왔던 왕자는, 자신의 눈에 박힌 에메랄드 보석을 가난한 사람에게 전해 달라고 제비에게 부탁합니다.

제비는 그 부탁을 들어주느라 강남 가는 날을 하루 연기하게 됩니다. 그런데 하루만으로는 부족하였습니다. 왕자와 제비는 겨울이 다가오는 줄도 모르고, 에메랄드 보석뿐 아니고 그들이 가진 모든 것을 나누어 주었습니다.

눈보라치는 겨울이 왔을 때 제비는 추위와 굶주림을 이기지 못하고, 이미 회색빛 흉한 돌로 변해버린 왕자의 동상 밑에서 죽어갔습니다. 사람들은 왕자의 동상을 쓰레기장에 버렸고, 제비의 시체 또한 왕자의 동상 옆에 버렸습니다.

어느 날 하느님이 '세상에서 가장 아름다운 것'을 가져오라고 천사를 내려 보냈습니다. 이 땅에 내려온 천사가 하느님 앞으로 가져간 것은 레오나르도 다빈치의 '모나리자'도, 베토벤의 '전원교향곡'도 아니었습니다.

도시 한 구석에서 차디차게 납으로 식어버린 왕자의 심장과 초라한 시체였습니다. 왕자님의 심장은 사랑이라는 빛으로 가득차서 빛나고 있었지요.

그렇습니다. 중요한 것은 눈에 보이지 않습니다. 눈에 화려하게 뜨이지 않아도 가장 아름답게 빛납니다.

어린 왕자처럼 가난한 사람들을 위해 자기 몸에 가진 것을 모두 나누듯이, 촛불도 제 스스로를 녹여 어두운 세상을 밝게 해줍니다. 바로 이 마음이 사랑입니다. 자칫 메마르기 쉬운 세상이 사랑이라는 용광로가 있어 따뜻하고 아름답습니다.

사랑은 인생의 모든 것이며 행복의 모든 것입니다. 자연이 준 가장 큰 축복이요 은혜이며, 신이 주신 지극한 선물입니다. 세상에서 가장 아름다운 것은 사랑입니다.

왕자와 제비는 촛불 같은 사랑을 나눴습니다. 처음의 촛불에서 여러 개의 촛불을 댕겨줘도, 그 밝기는 하나도 줄어들지 않고 오히려 더 밝아진답니다.

나는 지금 촛불 같은 사랑을 나누며 살고 있습니까?

사랑의 달에

5월은 연중 생활하기에 제일 좋은 날씨로, 산과 들이 푸르며 갖가지 꽃들이 예쁘게 피기 때문에 계절의 여왕이라고 합니다.

근로자의 날, 어린이 날, 어버이 날, 스승의 날, 석가모니 오신 날, 성년의 날, 발명의 날, 바다의 날 등 즐기고, 축하하고, 기념해야 할 날들이 많습니다. 가족들과 즐겨야 할 날들이 많기 때문에 가정의 달이라고 하며, 모든 자연이 사랑을 잉태하고 사랑을 나눈다하여 '사랑의 달' 이라고도 합니다.

사랑이란 무엇입니까? 나와 다른 사람은 물론 어떤 사물에 대한 생각이나 관심을 갖는 것이 아닐까요? 쉽게 말하면 '마음 써 줌' 이라고 생각합니다. 좋아하는 마음, 그리워하는 마음, 아끼는 마음, 동정하는 마음, 베푸는 마음일 수도 있습니다. 사랑은 받는 사랑보다도 바치고 나누는 사랑이 더 값지고 큽니다.

우리는 사랑 없이는 하루도 살 수 없습니다. 어버이의 사랑으로 태어났으며 여러분의 아낌없는 사랑의 보살핌 속에, 오늘 이렇게 생활하고 있는 것입니다. 선생님이 사랑의 가르침을 주셨기 때문에 지식을 쌓고 슬기로움을 깨치고 있습니다.

흔히들 남녀 간의 사랑이 모두인 것처럼 생각하지만 그것은 사랑의 한 가지일 뿐입니다. 부모님과 선생님에 대한 사랑, 친구와 이웃 간의 사랑, 동식물과 자연에 대한 사랑, 문화와 예술에 대한 사랑, 나라와 세계에 대한 사랑…… 등 나눠야 할 사랑이 얼마나 많은지 모른답니다.

어린이날에는 부모님을 비롯한 가족들과 이웃으로부터 큰 사랑을 받았으며, 어버이날에는 어버이들께 '효'라고 하는 사랑을 드렸습니다. 효란 무엇일까요?

효란 오늘 여러분의 생명이 있게 한 근원을 생각하고, 그 근원을 성심성의껏 공경하고 사랑하는 것을 뜻합니다.

따라서 나를 낳아 주시고 길러주신 어버이를 온갖 정성을 다해 섬기는 일이라는 것을 잊지 마십시오. 감사하는 마음, 바른 몸가짐, 기쁘게 해 드리고 형제간에 다투지 않으며, 말씀에 따르고 약속을 잘 지켜 부모님의 마음을 편안하게 해드리도록 힘쓰는 일입니다.

스승의 날에도 부모님을 기쁘게 해드렸던 마음가짐으로 학교생활에 최선을 다하겠다고 다짐하여 실천하면, 선생님께 드리는 최고의 값진 선물이 됩니다.

우리가 먹은 음식물 중 영양분으로 섭취된 게 얼마나 많은지 확인할 수 없어도 우리는 무럭무럭 자랍니다. 마음의 공부도 우리의 눈으로 직접 보거나 만질 수 없어도 부모님과 선생님의 가르침을 잘 따르면, 우리 마음은 따뜻한 마음으로 가득 채워져 사람들은 물론 자연까지도 사랑을 나누고 싶어집니다.

가정의 달 5월에 많은 사랑을 나누어, 사랑 속에서 즐겁고 보람된 생활이 이어지길 바랍니다. 여러분 사랑합니다.

단점보다 장점을

조물주는 완벽한 사람을 창조하지 않았기에 사람마다 단점을 가지고 있습니다. '채근담'에 이런 말이 있습니다.

'사람은 누구나 단점을 가지고 있으므로 남의 단점을 덮어주는 아량이 있어야 한다. 만일 이것을 들춰내어 남에게 알린다면 이것은 자기의 단점으로 남의 단점을 공격하는 것이 된다. 남의 작은 허물을 꾸짖지 말고, 남의 비밀을 들추어내지 말며, 남의 지난날의 잘못을 생각지 말라. 이 세 가지가 덕을 기르면 해를 멀리하게 해줄 것이다.'

단점을 말하기 전에 장점을 찾아서 이야기해 주면 더 효과적입니다. 최근에는 각 관공서마다 '칭찬이어가기운동'이 유행처럼 번지고 있습니다. 칭찬의 말 한 마디가 인생을 바꿉니다. 행동수정 중 칭찬을 강화의 메뉴로 활용했을 때, 문제행동의 수정 속도가 빠릅니다. 잘못된 행동을 발견하면 잘못을 탓하기 전에, 잘하고 있는 행동을 찾아서 칭찬해주기를 권합니다.

미국의 카네기가 쓴 '인생의 길은 열리다'라는 책에는, "남의 한 가지의 단점을 보거든 두 가지 장점을 찾아보아라"라는 말이 있습니다.

장점을 찾아 칭찬해주면 좋은 이웃으로 관계를 오래 맺을 수 있습니다. 자기의 허물을 말했던 사람이 자기를 칭찬하고 다닌다는 소문을 들었다면 어떤 생각이 들겠습니까? 기분 나쁜 일은 아닙니다. 남의 허물을 들었거든 칭찬할만한 것은 없는지 마음의 여유를 갖고 찾아봅시다.

명심보감의 정의편에도, '남의 허물을 듣거든 부모의 이름을 듣는 것과 같이하여, 귀로 들을지언정 입으로 말하지 말라.'는 구절이 있습니다.

부모의 이름을 함부로 입에 올리지 않은 것처럼 남의 허물을 함부로 말하지 말라는 뜻입니다. 나의 허물은 귀로 들어서 새기고, 그것을 교훈 삼아 스스로 몸을 닦고 행실을 바로 하는 것이 옳은 일입니다.

황희 정승이 젊었을 적 길을 가다가 두 마리의 소에 대해 장점만을 이야기한 농부의 태도에서 가슴깊이 새긴 말이 있습니다.

'남의 잘못이나 실수를 함부로 말한다는 것은 자기의 잘못을 자랑하는 어리석음과 똑같다.'

우리는 남의 장점보다는 단점을 찾아 이야기하는 버릇이 많이 몸에 배어 있습니다. 그 원인을 캐보면 여러 가지가 있겠습니다만, 당파싸움의 폐해와 일제의 계획된 우리민족의 편 가르기 공작이 컸다고 생각됩니다. 민중의 단결은 일제의 식민통치를 저해하는 요인이 될 것이기에, 처음부터 동포끼리의 이간질을 획책하여 분열을 촉진시켰습니다. 따라서 없는 사이에 단점을 찾아 흉을 보고 서로서로 불신의 벽을 높게 쌓도록 종용했습니다.

허물을 지적하는 일은 잘 생각해본 후 해야 합니다. 단점보다 장점을 찾아 칭찬해주는 습관이 더 아름답습니다.

아름다운 우리 들꽃

우리나라 산과 들을 둘러보면 많은 아름다운 들꽃이 자연스럽게 자라고 있습니다.

논이나 밭두렁에도 낮은 산이나 높은 산에도, 활엽수나 상록수 밑에도 갖가지 들꽃이 자랍니다. 키가 작고 중심 줄기가 분명치 않는 관목이나, 줄기가 곧고 굵으며 키가 큰 교목 아래에도, 그 지형과 환경과 기후에 맞춰 이름을 셀 수 없을 만큼 예쁜 들꽃이 철따라 피고 집니다.

꽃 이름이나 뜻도 들어보기 어려운 다른 나라의 꽃들인 페추니아, 데이지, 튤립, 팬지 따위보다 더 화사하지 않지만, 이름부터 소박하고 맛깔스러우며 우리의 정서에 맞게 정이 넘치는 꽃이 우리의 들꽃입니다.

하얀 털에 싸여 안으로 붉게 타오르는 정열을 이기지 못해 다소곳이 고개 숙인 할미꽃, 원줄기 끝에서부터 주렁주렁 분홍 꽃이 피고 네 개의 잎이 서로 붙어 위로 심장 모양, 바깥 두 조각은 밑 부분이 넓은 주머니 모양을 한 금낭화, 세모 꽃 잎사귀 사이에 두 세 가닥 갈라진 꽃줄기 끝에 하늘빛 꽃을 피우는 하늘매발톱……. 꽃 이름, 꽃모양, 꽃 색깔들이 어느 나라 꽃에 견주어도 손색없이 아름다운 꽃들입니다.

지금 꽃밭 군데군데에는 들꽃들의 흥겨운 잔치가 일렁이기 시작했습니다. 여러분들은 이런 들꽃을 한 번 쯤 눈여겨 본 일이 있습니까? 이제부터라도 우리 것을 사랑하며 어떻게 자라고 꽃을 피우는지 자세히 살펴보도록 합시다.

들꽃은 서로가 시샘을 부리고 더 예쁘게 치장하려 하지 않습니다. 또 구차스럽게 다른 꽃을 본뜨려 하지도 않습니다. 누가 봐주지 않아도 철따라 피고 지며 때를 기다립니다. 저마다 제 모습대로 잘 가꾸고 다듬어서 제 나름대로 예쁜 꽃을 피웁니다. 그 들꽃만이 지닌 특성을 살려 피고 향기를 내뿜고 있습니다. 그래서 아름답습니다.

우리는 어떻습니까? 유명 탤런트나 인기 가수들에 푹 빠져 그들의 말씨를 흉내내고, 즐겨 입는 옷을 찾아 기웃거리며, 액세서리를 사 모으거나 모양을 본 따고, 성인들은 그들의 얼굴을 닮으려 눈, 코, 입을 고친 것도 부족하여 뼈까지 깎고 붙이려 한다니 한심스럽지 않습니까?

모두 쌍둥이 되기만을 원하고 있는가 보지요? 개성적인 아름다움이 없으면 한낱 모조품에 불과하여 쉽게 싫증을 느낀 답니다. 독특한 향기를 풍기지 못하고 매력 없는 사람이 되고 맙니다.

모든 생물은 제 이름에 걸맞은 모습일 때 제일 아름답습니다. 들꽃은 친구의 줄기나 잎이 방해된다고 짜증내지 않으며 치우려 하지 않습니다. 제 스스로 자리를 비켜가며 서로 어울려 도우며 자라고 있습니다. 그 많은 들꽃들이 하나도 똑같은 꽃을 피우지 않습니다. 우리가 봄철에 즐겨 먹는 취나물을 조사해 봤더니 백여 종이 있습니다만, 비슷할 뿐이지 하나도 같은 모양은 없었습니다.

제각각의 이런 들꽃의 생태를 본따 모든 일에 감사하며 참고 기다리는 마음으로 생활할 때, 겸손과 양보의 너그러운 마음이 길러집니다. 용서하고 사랑하는 마음이 길러집니다. 들꽃을 닮아 들꽃처럼 아름답고 순수한 꽃을 피우기를 바랍니다.

배웠으면 실천을

미국에서 면세점을 운영하여 부자가 된 찰스 피니에 대한 이야기입니다. 그는 15년간 번 5천억 원을 아무도 모르게 자선단체에 기부하였습니다. 엄청나게 많은 돈을 자선단체에 바치면서도 자신은 집도 차도 없는 사람입니다.

우리나라의 부자들은 집 한 채에 70억이 넘는 분도 있답니다. 물론 몇 억 원하는 차도 가지고 있지요. 피니에 비하면 부끄러움이 앞섭니다.

그는 자선단체에 그렇게 많은 기부금을 내면서도 절대 자기의 이름을 밝히지 않고 가명을 썼다 합니다. 한 신문은 그 분을 가장 존경받는 미국인이라고 하였습니다.

그는 15달러(약 1만 5천원)짜리 싸구려 시계를 15년간이나 차고 다녔습니다. 뉴저지 주에서 공항면세그룹을 운영하는 피니가 세상에 우연히 알려지게 되었습니다.

그가 오래 운영했던 회사를 팔게 되었을 때, 새 주인은 피니에게서 물려받은 회계장부를 들춰보다가 많은 액수의 기부사실을 알게 되었습니다. 그는 이 사실을 뉴욕타임스에 알렸습니다.

피니는 코넬대학시절 군복무를 하기로 하고 정부에서 학자금을 융자받아 학비를 냈습니다. 생활비는 샌드위치 장사로 돈을 벌어 마련했습니다.

그가 크게 돈을 벌게 된 것은 70년대 초 대학 친구들과 공항면세점 체인을 만들면서였습니다. 회사는 한 해 연간 매출 30억 달러(약 3조원)에 이를 정도로 커졌습니다.

목돈을 번 피니는 두 개의 비영리단체를 세웠습니다. 회사 운영자금을 제외한 거의 모두를 사회단체에 기부하였습니다. 6억 달러의 총기부금 중에서 47%는 대학에, 24%는 국제기구에, 19%는 어린이와 노인을 위한 시설에 기부하였습니다.

이런 사실이 드러났습니다만 기자들과 면담을 하지 않았습니다. 어쩔 수 없이 한 전화 인터뷰에서 아주 짧게 입을 열었습니다.

"기부를 한 것은 내가 필요한 것보다 많은 돈이 생겼기 때문입니다. 돈은 매력적일 수 있습니다. 그러나 누구도 한 번에 두 켤레의 신발을 신을 수는 없지요."

평범한 것처럼 들리는 그의 말 속에 삶의 철학이 담겨져 있습니다. 그는 실천을 통해 소유의 한계를 몸소 배웠습니다. 배웠던 소유의 한계를 이번에는 실천하였습니다.

배우는 것은 소중합니다. 그러나 실천이 따르지 않는 배움은 아무 쓸모가 없습니다. 허깨비와 같습니다. 말보다 몇 배 어려운 것이 실천입니다. 썰물처럼 아낌없이 비운 사람은 언제인가는 밀물처럼 가득가득 채워질 것입니다.

우리나라의 몇몇 못 된 부자들을 살펴봅시다. 마땅히 내야할 세금도 내지 않고 없다고 피해 다닙니다. 아닙니다. 오히려 더 뻔뻔스럽게 외제 고급승용차에 대궐같이 으리으리한 집에서, 잘 입고 잘 먹는 불쌍한 사람들이 아직도 많이 있다는 것이 부끄럽기만 합니다.

또 그들과 한 하늘 아래서 한 공기를 마시고 산다는 것이 더더욱 부끄럽습니다.

장기려 박사는 바보인가?

장기려 박사, 그분은 세상물정을 모르는 바보같이 보였을 뿐이고, 이 시대가 진정으로 필요로 한 성인이었습니다. '한국의 슈바이처' '살아있는 성자' '살아있는 푸른 십자가' '이 땅의 작은 예수' 이런 별명이 그의 인간모습을 보여줍니다.

장 박사는 평안북도의 용천에서 태어났습니다. 1932년 경성의학전문학교를 졸업하고, 평양의과대학 외과교수, 평양도립병원장 및 김일성종합대학 교수를 지냈습니다.

그는 의사가 된 동기를, "의사를 한 번도 못보고 죽어가는 가난한 사람들을 위해 뒷산 바윗돌처럼 항상 서 있는 의사가 되기 위해서"라고 밝혔습니다.

그는 6·25 한국전쟁 중, 평양 의과대학부속병원 2층 수술실에서 밤새워 부상당한 국군장병들을 돌보다가, 어쩔 수 없이 국군버스를 타고서 피난길에 오를 수밖에 없었습니다. 둘째아들만 데리고 내려와, 사랑하는 아내인 김봉숙 여사 그리고 다섯 자녀와는 생이별을 하였습니다.

그는 늘 빛바랜 가족사진을 가슴에 품고 가족을 그리워하면서 혼자 살았습니다. 재혼을 권할 때마다 "나의 사랑하는 아내가 북에 살고 있습니다. 아내가 나를 기다리고 있는데 내 어찌 그 기다림을 저버릴 수 있습니까?"하고 거절했습니다.

그래도 권유하면, "내가 평양에서 결혼할 때 주례하시던 목사님이 우리부부를 앞에 세워 놓고 백년해로하라고 말씀하셨습니다. 그러니 재혼은 100년 뒤에 가서 생각해 보겠습니다." 하였습니다.

장 박사는 아주 뛰어난 업적을 남긴 외과 의사였지만, 그의 인생은 너무 서민적이고 초라했습니다. 1995년 12월 86세로 별세할 때까지 부산 복음병원장으로 40년, 복음 간호 대학장으로 20년 근무했지만, 서민 아파트 한 채, 죽은 후에 묻힐 공동묘지 한 평도 없었습니다. 가난한 환자들의 입원비와 약값 등 치료비 모두를 봉급으로 대신 내주니, 항상 빈 털털이 신세였고 병원 운영도 어렵게 되었습니다.

그러자 병원 회의에서 무료 환자에 대하여, 원장님 혼자 결정내리지 말고 부장회의를 거쳐 결정하기로 했습니다. 그러자 가난한 환자에게 "내가 밤에 살그머니 나가서 병원 뒷문을 열어 놓을 테니 도망가라."고 하여, 유명한 '바보의사 이야기' 를 남겼습니다. 춘원 이광수의 소설 '사랑' 의 주인공 '안빈' 의 실제 모델로 알려졌으며 춘원은, "당신은 성자 아니면 바보요"라고 말했습니다.

1959년 간암환자의 간 대량 절제술에 성공해 외과 발전에 돌파구를 열어, 대한간학회는 2000년 이날을 기념해 10월 20일을 '간의 날' 로 지정했습니다.

병원규모가 커지면서 무료진료가 불가능해지자 장 박사는 1968년 '건강할 때 이웃 돕고, 병났을 때 도움 받자' 라는 표어아래, 북유럽의 의료보험제도를 본 따 '청십자의료협동조합' 을 탄생시켜 한국 의료보험제도의 기반을 닦았습니다. 1995년부터는 당뇨와 중풍으로 거동이 불편했으나, 매일 10명씩 진료해주다 그해 성탄절 새벽에 돌아가셨습니다.

그의 비문에는 '주님을 섬기다 간사람' 이라고 적혀 있습니다.

모은 돈을 모두 사회에

많은 기업인들 중에서 유한양행의 창립자이신 유일한(柳一韓)씨는 기업을 통해 사회에 이바지하였습니다. 그는 1865년 평양에서 태어나 9살 때 미국으로 건너가 고학을 했습니다. 31살 되던 1926년 우리나라에 돌아와 유한양행을 세웠고, 지난 1971년 76살로 세상을 뜨면서 거의 모든 재산을 공익법인에 기증하였습니다.

'기업에서 얻은 이익은 그 기업을 키워준 사회에 돌려줘야 한다.' 는 신념으로 종업원지주제를 국내에서 처음으로 도입하고 개인 재산을 사회에 환원하였습니다.

그는 시민정신의 선구적인 실천자였습니다. 그의 시민정신은 곧 낡은 의식 구조를 깨는데 있었습니다.

시민정신이란 말은 우리들의 생리에는 그다지 실감이 있는 것 같지는 않습니다. 역시 유럽에서 '시민' 이란 말이 싹텄기 때문인 것 같습니다. '시민정신' 하면 연대의식이 먼저 머리에 떠오릅니다. 유한공고(柳韓工高) 교문에 들어서면 지붕에 'CITIZEN' 이라고 쓴 큰 페인트 글씨가 보는 사람을 압도합니다.

어딘지 양식 있는 평범한 시민을 키우는 터전처럼 느껴집니다. 위인이나 영웅 따위와는 거리가 먼 느낌도 함께 듭니다.

그의 유해는 유언대로 유한공고 잔디밭에 묻혀 있습니다. 요새 떠드는 호화무덤과는 거리가 멉니다. 어쩐지 가신 유일한 씨가 멋있는 표본으로 우러러 보입니다. 결정적으로 많은 장학생을 지닌 유한공고는 무엇보다도 투철한 시민정신을 앞세웠습니다. 유일한 씨가 당면 문제로 중요시한 것은 무엇보다도 기술 있는 젊은 시민을 많이 배출하는 것이었습니다.

지금 와서 돌이켜보면 그의 생각은 몇 십 년을 앞섰습니다. 그는 가끔 사장실을 뛰쳐나와 유한공고로 달려가, 느닷없이 실습장에서 학생들의 실습현장을 누볐습니다. 어떤 때는 웃옷을 벗어 제치고 줄칼을 들고 학생들을 가르쳤습니다. 교사들이 의자에 앉아 있는 것을 보고는 꾸짖었습니다. "현장교육은 교사가 발 벗고 나서야 합니다. 교사가 의자에 앉아서 어떻게 실습교육이 이뤄지겠습니까?" 그 뒤부터는 의자가 없어졌습니다. 충고는 또 하나의 산교육을 낳았습니다.

세금을 꼬박꼬박 정확히 바치며 기업 경영을 성공으로 이끈 분이십니다. 그는 납세에 인색하지 않았습니다. 권리에 앞서 시민의 의무를 충실히 하였습니다. 아마 이것도 몸에 밴 시민정신의 씨앗을 속속들이 뿌리고 간 본보기의 인물일 것입니다.

그는 좋은 자동차를 타지도 않았습니다. 입는 옷도 한 두 벌밖에 없었습니다. 그는 낭비를 철저히 삼갔습니다. 사치는 물론, 분수에 지나친 호화생활을 일체 배격하였습니다.

그는 막대한 돈을 사회에 되돌려주기 위해, 이미 운명하시기 전에 담당 변호인을 통해 유산 처리를 위임했습니다. 아들에게도 유산을 주지 않고, 미망인이 된 딸에게만 약간의 토지와 집을 마련해 주었습니다.

몇 십년 비지땀을 흘려 벌어들인 막대한 돈을, 사회에 몽땅 바치고 빈손으로 돌아가셨습니다. 그는 가장 '시민정신이 뚜렷한 기업인' 이었고, 우리 사회 '위대한 시민' 이었으며, 시민정신의 '위대한 교사' 였습니다.

파랑새는 내 마음에

‘저 산 너머 멀리 / 행복이 있다고들 하기에 // 아아 나도 남들과 함께 찾아 갔더니 / 눈물만 머금고 돌아 왔네 // 저 산 너머 멀리 저 멀리에는 / 행복이 산다고들 하지만’

이 시는 독일의 시인 ‘칼 붓세’ (1872~1982)가 지은 시입니다. 파랑새는 실물이 존재하지 않는 마음의 새로서, 그 상징은 행복과 희망입니다.

또 동학혁명 때에 녹두장군의 처형을 슬퍼하여 불렀던, ‘새야 새야 파랑새야 / 녹두밭에 앉지 마라 // 녹두 꽃이 떨어지면 / 청포장수 울고 간다……’ 라는 노래가 있습니다. 이 노래에서 파랑새는 희망과 기대를 상징합니다.

‘나는 죽어서 파랑새 되어 / 푸른 하늘 푸른 들 날아다니며 / 푸른 노래 푸른 울음 울어 예으리 // 나는 나는 죽어서 파랑새 되리’

시인 한하운이 노래한 이 시에서는, 자유를 상징하며 자유로운 삶을 추구하려는 마음이 배어 있습니다.

“아니, 저것이 우리가 찾아 헤매던 파랑새로구나. 아주 멀리 가서 찾았지만 사실은 여기에 있었구나.”

이 말은 1911년 노벨 문학상을 받았던 벨기에의 상징파 시인이며 극작가였던 ‘메테를링크’ (1862~1949)의 명작 ‘파랑새’ 에 나오는 주인공의 유명한 대사입니다.

가난한 나무꾼의 아이들인 '치르치르'와 '미치르' 남매가 크리스마스 전야에 꾼 꿈을 극으로 엮어, 인간의 행복이 어디에 있는지를 암시한 아동극입니다.

남매는 옆집 마법사 할머니로부터 '병든 딸을 위해 파랑새를 찾아 달라'는 부탁을 받고, 개와 고양이 그리고 빛, 물, 빵, 설탕 등의 요정을 데리고 추억의 나라와 미래의 나라를 방문했습니다. 그러나 끝내 찾지 못하고 집으로 돌아옵니다. 꿈을 깨보니 자기네가 기르고 있는 비둘기가 파랗다는 것을 깨닫습니다. 그런데 그 새가 파랑새임을 깨닫는 순간 날아가 버립니다.

어디론가 날아가 버린 파랑새처럼, 행복은 그 존재를 인식하기는 어렵지만 간직하기도 그에 못지않게 어려운 것임을 알려줍니다.

한하운의 시에서 파랑새는 자유를 그리는 마음을 나타냈지만, 나머지 시와 동화는 우리에게 진리와 행복에 관한 중요한 교훈과 지혜를 가르쳐 주고 있습니다.

"길은 가까운 데 있다."라고 맹자는 가르쳐주었으며 괴테는, "왕이건 백성이건 자기의 가정에서 평화를 발견한 자가 가장 행복한 인간이다."라고 말했습니다. 또 퀴리부인은, "가족으로 결합되어 있다는 것은 정말 이 세상에서 유일한 행복이다."라고 영광의 탓을 자신의 가족에게 돌렸습니다.

이러한 말들은 모두 진리와 행복은 가까운 곳에 있음을 나타내주는 말입니다. 내 마음 속에서, 내 친구에게서, 내가 한 일에서, 내 인생에서, 내 가정에서, 내 나라에서 진리와 행복을 찾아야 합니다. 내 자신을 자세히 들여다보면 내가 할 일, 나의 진리, 나의 파랑새가 어디 있는지 알 수 있습니다.

길은 가까운 곳에 늘 마련되어 있습니다.

나 누 는 . .
사 . 랑 . 이 . .
아 름 답 다 . .

···가슴에서
우러나오는 말

가슴에서 우러나오는 말

"남을 감동시키는 것은 그의 가슴속에서 우러나오는 말이다."

독일이 낳은 세계적인 문호 괴테가 한 말입니다.

우리를 감동시키는 말이나 행동은 가슴속 깊은 곳에서 우러나오는 말이나 행동입니다. 그냥 체면치레로 입에서 나오는 말은 깊은 감동을 주지 못합니다. 뱃속에 있는 말, 깊은 가슴속에서 솟구치는 말, 진실에서 우러나오는 말만이 우리에게 큰 감명과 힘을 불러일으킬 수 있습니다. 가슴 속에서 나오는 말은 정성을 다하여 하는 말이며 무르익은 인격에서 나오는 말이며 진리에서 나오는 말이기 때문입니다.

머리가 지성과 슬기를 상징한다면 가슴은 덕성과 양심을 상징합니다. 가슴은 인간 생명의 근본입니다. 가슴속에 폐가 있고 심장이 있습니다. 심장이 멈추고 폐가 썩으면 사람의 생명은 끊어지고 맙니다. 따라서 가슴은 인간에게 가장 아름다운 것, 깊은 사랑이 움트는 것, 생명을 상징합니다. 그러기에 우리는 가슴을 맑게 하고 참되게 하며 크게 하는 마음을 늘 닦고 있습니다.

입에 발린 소리, 재치 있는 말, 깊이가 없는 지식에서 나오는 말은 들어도 잊기 쉬워 가치가 없는 말이 됩니다.

교언영색(巧言令色)이라는 말이 있습니다. 남의 환심을 사려고 입으로는 번지르르하게 사탕발림의 말을 하고, 낯빛을 부드럽게 하여 남에게 아부하는 비굴한 태도입니다.

공자님은 논어에서, ‘말재주만 믿고 성실하게 자기수련을 하지 않거나, 지나치게 공손하여 남의 환심을 사는 행위를 부도덕하게 보았습니다. 이런 사람치고 어진 사람이 되기 어렵고, 진실한 사람이 되기 어렵다’고 경계하였습니다.

반면에 말할 때 더듬거리는 말로 조금 부드럽지 못하여 어리석게 보일지라도, 속마음이 말과 표정에 드러나 일치하는 경우의 사람을 높게 평하였습니다. 말이 어눌(語訥)하다는 것은 생각이 더디고 어리석은 것이 아니라, 말의 실천을 미리 생각하여 과묵한 것이기 때문입니다.

말은 입 밖으로 한 번 나오면 거둬들일 수 없습니다. 부처님은, “한 번 할 말도 세 번 생각하고 난 후에 말하라.” 했습니다.

말하기 전에 어눌하지만 두세 번 생각해본 후에 신중하게 말하는 습관을 가져야 합니다. 그래서 우리는 초등학교에서 입속말을 해본 후에 말할 수 있도록 연습을 해봤습니다.

말은 입을 통해서 표현되지만, 입은 전달해주는 역할만 합니다. 사실은 자기의 마음이 입에 의해 밖으로 표현된 것입니다. 그러므로 마음이 깨끗하고 정돈되어 있지 못하면 세련된 말을 할 수 없습니다.

사람이 동물과 구별되는 것은 말을 사용할 수 있기 때문입니다. 또 하나는 사람만이 웃을 수 있는 능력이 있습니다. 상대방을 설득하거나 감동시키려면, 웃는 얼굴로 자신의 생각을 차분히 표현할 수 있는 마음의 공부가 중요합니다.

왜 입은 하나일까?

입은 복(福)과 화(禍)의 문입니다. 한마디의 말이 우리에게 복을 가져다 주기도 하고, 잘못 말하면 화를 불러오기도 합니다.

부처님의 가르침에, "거짓말을 하지마라. 악담을 하지마라. 두 혀를 놀리지 마라. 과장된 말을 하지마라."란 말이 있습니다.

우리는 입을 열기가 바쁘게 남을 칭찬하고 감사하는 말보다는, 남을 헐뜯고 욕하는 말에 더 익숙해져 있습니다.

"바람이 물결을 일으키듯이 인간의 말은 풍파를 일으키기 쉽다."고 장자는 말하였으며 공자는, "우리의 말은 진실하고 믿을 수 있어야 한다."고 했습니다. 괴테는 말을 조심하라는 뜻으로 다음과 같이 말했습니다.

"인간은 입을 열자마자 잘못을 저지르기 쉽다."

사람의 입은 하나인데 눈과 귀는 둘입니다. 인간을 만드실 때, 말은 보고 듣는 것의 반 정도만 하라는 조물주의 지혜요 경고라고 생각합니다.

견문을 넓혀야 지혜로워진다고 하였습니다. 사물을 바로 보아야 합니다. 지혜와 자비와 사랑의 마음을 가지고 사물을 바로 보고 깊이 보고 따뜻하게 보아야 합니다. 어두운 쪽을 보지 않고 밝은 쪽을 보며, 사물을 부정적인 눈으로 삐딱하게 봐서는 안 됩니다.

들을 때는 엿듣거나 겉듣지 않고 제대로 바르게 알아들어야 합니다.

어설피 듣지 않고 똑똑하게 들어야 합니다. 열심히 그리고 자세히 듣는 다음에 말해야 합니다.

듣는 것을 배워야 합니다. 대화에서 가장 중요한 것은 내가 말하는 것이 아니고, 먼저 남의 이야기를 조용히 듣는 일입니다. 잘 들어야 상대방을 이해할 수 있습니다.

사람은 혀를 잘 놀려야 합니다. 혀를 잘못 놀리는 데서부터 불화(不和)와 불행(不幸)이 시작됩니다.

"자연은 인간에게 한 개의 혀와 두 개의 귀를 주었다. 그러므로 사람은 말하는 것의 두 배를 들어야 한다."고 그리스 스토아 철학의 창시자인 '제논'이 우리에게 가르침을 주었습니다. 많이 보고, 많이 듣고, 적게 말하는 사람이 지혜로운 사람입니다.

성경에서는, "혀는 우리 지체 중에서 온 몸을 더럽히고 생의 바퀴를 불사르나니, 그 사르는 것이 지옥불에서 나느니라. 혀는 능히 길들일 사람이 없나니 쉬지 아니하는 악이요, 죽이는 독이 가득한 것이라. 우리가 다 실수가 많으니 만일 말에 실수가 없는 사람이면 곧 온전한 사람이니라."고 했습니다.

그런데 표현은 입으로 했지만 입은 전달만 했을 뿐으로, 자기의 마음이 입에 의해 밖으로 표현된 것입니다. 그러므로 마음이 깨끗하고 다듬어 있지 못하면 우리의 대화도 세련되지 못합니다.

마음이 깨끗해야 언제나 선하고 덕이 있는 말이 됩니다.

세상에서 가장 귀한 것과 천한 것

옛날 어느 마을에 하인 신분이지만 주위의 많은 사람들에게 지혜롭고 현명한 사람으로 존경받는 사람이 있었습니다.

어느 날, 하인의 주인은 이 사람이 얼마나 현명한지 알아보기 위하여 심부름을 시켰습니다.

"이 세상에서 가장 귀한 것을 사오너라"

하인은 곧 돌아왔습니다. 그리고 하인의 꾸러미를 풀었을 때, 그 속에서 나온 것은 짐승의 혓바닥이었습니다. 이것을 본 주인은 깜짝 놀라면서 물었습니다.

"아니 그것은 혓바닥이 아니냐? 혓바닥이 어째서 세상에서 가장 귀하다는 말이냐?"

주인은 물론 주위에서 보고 있던 사람들까지 모두 하인을 비웃었습니다. 하지만 하인은 태연하게 대답하였습니다.

"예로부터 세상의 모든 좋은 일이나 나쁜 일은 사람의 혀에 따라 달라졌습니다. 나라를 강하게 하는 것이나 집안을 흥하게 하는 것 등 모든 것이 세치 밖에 안 되는 혀에 따라 되는 것입니다. 그러므로 이 세상에서 가장 귀중한 것은 바로 혀입니다."

하인의 말을 들은 사람들은 모두 고개를 끄덕였습니다. 이 때 주인이 다시 하인을 불렀습니다.

"좋다! 네 말이 옳다. 그렇다면 이번에는 이 세상에서 가장 천한 것을 사오도록 하여라."

하인은 또다시 밖으로 나갔고, 오래지 않아 돌아와서 주인과 사람들이 지켜보는 가운데 꾸러미를 풀었습니다. 하인이 다시 사온 것을 본 주인과 주위의 사람들은 다시 깜짝 놀랐습니다.

"아니, 이것도 혀가 아니냐?"

주인은 실망한 눈빛으로 하인을 쳐다보며 말했습니다.

"아니 너는 사람을 놀리는 것이냐? 이 세상에서 가장 귀한 것도 혀고, 가장 천한 것도 혀란 말이냐?"

주인은 하인에게 야단을 쳤지만 하인은 주인을 똑바로 바라보며 말했습니다.

"주인님, 진정하시고 제 말을 들어보세요. 입은 예로부터 근심을 만든다고 하였습니다. 혀를 잘못 놀려서 일생을 망치는 사람이 얼마나 많습니까? 귀에 담기 어려운 욕도 혀에서 나오고 무서운 말도 혀에서 나옵니다. 혀는 사람을 살리기도 하고 죽이기도 합니다. 그러니 이 세상에서 혀만큼 천한 것이 어디 있겠습니까? 그래서 혀가 이 세상에서 가장 귀하기도 하고 천하기도 합니다."

이 말을 들은 주인과 주위 사람들은 하인의 지혜로움에 고개를 끄덕였습니다.

혀에서 나오는 말은 손에 잡히지도 않습니다만, 이렇게 중요한 역할을 하고 있습니다. '말 한마디로 천 냥 빚을 갚는다' 는 속담을 마음에 새기며 살아갑시다.

참말로?

우리들의 대화 장면을 관찰해보면 간혹 '참말로?' 하고 듣는 사람들이 상대방에게 되묻는 일이 있습니다.

대화내용이 너무 과장되거나 황당하여 도저히 믿기 어려울 때 반문하는 말입니다. 참말이란 거짓말과 대비되는 말입니다. 거짓말은 남을 속이려고 꾸며댄 말입니다. 가슴에서 울어나는 진실된 마음에서 하는 말이 아닙니다.

우리는 텔레비전을 시청하거나 신문을 보면서 사회의 지도자라고 하는 분들이, 너무 거짓말을 잘 하는 것을 보고, 실망하다 못해 분노를 느끼기까지 합니다.

국민 모두가 거짓인 줄을 이미 알고 있는데도, 참말인 것처럼 천연덕스럽게 표정하나 바꾸지 않고 거짓말을 합니다. 한때는 국정을 책임진 사람, 나라의 경제를 좌지우지했던 사람, 강단에서 어린 청소년들의 존경을 한 몸에 받던 학자들까지 거짓말을 합니다. 사회에 거짓말이 만연되어 있습니다. 불리하면 '모릅니다, 기억이 나지 않습니다' 라는 말로 얼버무려 순간을 어물쩍 넘어갑니다. 개그맨들의 웃음소재가 되고 있으니 한심스럽기만 합니다.

아무 거리낌 없이 거짓말하는 모습을 보고 나라의 장래가 암담해지기만 합니다. 어디에 대고 말할 수 없을 만큼 부끄럽기 짝이 없습니다.

　　말에는 생명이 있고 혼이 실려 있어야 듣는 사람의 마음을 움직일 수 있습니다. 바로 꾸밈이 없는 진실한 말입니다. 가슴에서 우러나오는 말입니다. 그때그때 어려운 장면을 벗어나기 위해 마음에도 없는 말을 적당히 꾸며대면 두고두고 후회하게 됩니다. 거짓말을 함과 동시에 이솝이야기의 양치기 소년처럼 어려울 때 도움을 받지 못하는 불쌍한 사람이 되고 맙니다.

　　말에는 놀라운 마력이 있습니다. 감격스러운 말은 듣는 사람에게 힘과 용기를 줍니다. 절망을 주는 말은 우리를 슬픔과 암흑으로 물들여 용기를 잃게 만듭니다.

　　칭찬의 말 한마디가 희망과 기쁨을 주고, 저주스런 말 한마디에 우리는 분노와 모멸감을 느껴 복수의 칼을 갈게 됩니다.

　　말은 사람이 갖고 있는 가장 힘 있고 놀라운 무기입니다. 어디에 비길 수 없는 값진 자본이며 위대한 도구입니다. 세치 혀를 잘 놀릴 때는 기쁨과 희망을 주며, 잘 못 놀리게 되면 작게는 친구 간 이웃 간의 싸움이 원인이 되고, 크게는 나라 간에 분쟁의 비극을 가져오게 됩니다.

　　명심보감 언어편에는, '남을 이롭게 하는 말은 따뜻함이 솜과 같고, 남을 다치게 하는 말은 상처를 줌이 가시 같다. 일언반구일지라도 그 말의 무게가 천금과도 같으며, 말 한마디가 남을 다치게 할 때의 아픔은 칼로 베는듯하다.' '입은 사람을 다치게 하는 도끼요, 말은 혀를 베는 칼이니, 입을 막고 혀를 깊이 감추면 어느 곳에도 내 몸이 안락할 것이다.' 하였습니다.

　　말을 하면서 주의 깊게 살펴보면 얼마나 많은 말을 실수하고 있는지 알 수 있습니다. 늘 언어생활을 반성하여 상대방이 '참말로?' 하고 되묻지 않게 믿음을 주는 말이 몸에 배게 되면, 모든 사람들의 존경과 사랑을 받게 됩니다.

바른말을 생명처럼

　복잡한 이 시대를 바르게 살아가기 위해서는 바른말을 하고 말에 따라 실천하려는 마음가짐이 필요합니다. 말에는 믿음이 있어야 하고 어떤 어려움을 맞더라도 당당하여야 합니다. 사람이라면 옳지 못함을 발견했을 때는, 옳지 못함을 용기 있게 지적하고 고칠 것을 주장하여야 합니다. 잘못을 알면서도 우물쭈물 그 자리를 피하려고 하는 행동은 비겁한 행동이며 사람다운 행동이 아닙니다.

　조선시대 영조 왕 때의 이야기입니다. 송명흠이라는 학자가 있었는데, 어려서부터 글을 읽어 이미 스무 살 전에 학자로서 촉망을 받았으나, 벼슬에는 전혀 뜻이 없어 임금님이 몇 번을 불러도 벼슬을 사양하고 조정에 나가지 않았습니다.

　왕은 아들인 사도세자를 죽이기로 마음먹고, 관례에 따라 대신들은 물론 초야의 이름난 학자들을 어전으로 불러서 이 문제를 의논하게 하였습니다. 송명흠 선생도 그 자리에 참석하였습니다. 왕의 뜻이 이미 확고함을 눈치 챈 대신들과 학자들은 거슬리는 말을 하여 어떤 봉변을 당할지 몰라 벙어리처럼 아무 말도 못하고 있었습니다. 그런데 이 때 송명흠 선생이 나섰습니다.

　"전하, 폭군으로 만대의 지탄을 받고 있는 제왕들도 자식을 죽이는 악행은 저지르지 않았습니다. 어찌 차마 전하께서 선례를 남기려고 하십니까?”

영조 왕은 이 말을 듣고 크게 노하여 송명흠 선생을 내쫓았습니다. 그러고는 선전관을 불러 칼을 내리며 이렇게 명령했습니다.

“곧바로 저 자의 뒤를 밟다가, 그가 곧장 집으로 가지 않고 도중에 어느 집에 들르거든 두말없이 그와 그 집 주인의 목을 베어 오너라. 만일 곧장 집으로 가거든 그대 또한 따라 들어가, 왕명으로 형을 집행하러 왔다고 말해라. 그래서 그가 원망하는 기색 없이 형을 받으려고 하거든 살려주고, 조금이라도 변명을 늘어놓거든 단칼에 목을 쳐라.”

왕이 그가 어느 당파의 사주를 받고 있는 것이 아닌가 하고 의심하여, 송명흠 선생의 행동을 알아보게 하였습니다. 송명흠은 쫓겨나는 순간부터 자기가 무사하지 못할 것임을 직감하고 곧바로 집으로 돌아가 왕명이 도착하기만 기다렸습니다. 얼마 안 있어 선전관이 들이닥쳐, 왕을 비방했으니 참형을 받으라고 했습니다. 송명흠은 얼굴색 하나 변하지 않고 순순히 목을 늘어뜨리었습니다.

“마지막 할 말이 없느냐?”

“전하께서 죽음을 내리시는데, 신하된 자가 어찌 거역할 수 있겠소.”

선전관은 칼을 거두며 비로소 왕의 뜻을 이야기했습니다. 송명흠 선생은 듣고 나더니 냉랭하게 말했습니다.

“그것은 왕이 신하를 농락하는 짓입니다. 예로부터 아무리 군왕이라도 신하를 농락해서는 안 되며, 왕명은 중대하므로 한번 떨어지면 돌이킬 수 없다고 했습니다. 따라서 결과가 둘로 나타나는 명령은 있어서는 안 되니, 어서 내 목을 쳐 왕명을 바르게 하십시오.”

죽음 부른 바른말

연산군은 조선 10대 왕으로 폭군, 폐륜 왕으로 대변됩니다. 조선조 왕 중 또 한 분 광해군이 있습니다.

광해군은 임진왜란 중 혁혁한 전과를 세워 국민들의 총애를 받기도 했습니다만, 연산군은 왕으로서 전혀 역량을 발휘하지 못하고 나쁜 짓만 골라 하다가 쫓겨나고 말았습니다. 무오사화와 갑자사화에서 당시 정계의 난맥상을 엿볼 수 있으나 연산군 개인의 성품이 크게 작용된 것으로 보고 있습니다.

생모의 폐위와 사약사건에 그 동기를 찾는 사람이 있으나, '연산군일기'에는, '원래 시기심이 많고 모진 성품을 가졌다'고 기술되어 있으며, 또 '자질이 총명하지 못하여 책읽기를 멀리하고, 사람을 함부로 죽이며, 상소가 귀찮아 경연과 사간원, 홍문관을 없애버렸고, 성균관과 원각사를 주색의 장으로 만들고, 선종의 본산인 흥천사를 마구간으로 만들었다'합니다.

민간인의 한글 투서사건을 계기로 한글 사용을 금하고, 서책을 불사르기까지 하였으니 그의 사람 됨됨이를 알 수 있을 것입니다.

이와 같이 연산군의 포악하고 방탕한 생활을 차마 볼 수 없는 지경인데도, 조정 대신들은 목숨이 아까워 아무도 간언하는 사람이 없었습니다. 이 때 죽기를 무릅쓰고 나선 사람이 환관 김치선입니다.

김치선은 죽음으로 바로 잡을 결심을 하고는, 오늘 입궁하면 살아서 돌아오지 못할 줄 알라고 식구들에게 이르고 집을 나섰습니다. 그 날도 연산군은 많은 궁녀들과 음란한 놀이를 즐기고 있었는데, 김치선이 눈살을 찌푸리며 말했습니다.

"전하, 늙은 놈이 네 임금님을 섬겼고 글도 조금 읽었습니다마는, 고금에 전하와 같은 짓을 하는 분은 없었습니다."

이 소리를 듣고 배석했던 대신들은 제풀에 질겁했습니다. 연산군은 불같이 노하여 손수 활을 쏘았습니다. 화살은 김처선의 옆구리에 박혔습니다. 그래도 김치선은 태연하게 말했습니다.

"늙은 내시가 어찌 감히 목숨을 아끼겠습니까마는, 전하께서 오래 용상을 지키시지 못할 것이 두렵습니다."

연산군은 이번엔 김치선의 다리를 쏘아 맞추었습니다. 김치선이 쓰러지자 연산군은 일어서서 걸으라고 소리쳤습니다. 김치선은 꼿꼿이 연산군을 쳐다보며 말했습니다.

"전하께서는 다리가 부러져도 걸어다닐 수 있겠습니까?"

마침내 연산군은 악이 받쳐 김처선은 물론이고 그 가족까지 죽이고 말았습니다. 비록 내시이지만 김치선은 연산군 때의 유일한 충신으로 꼽히고 있습니다.

연산군은 어리석었기 때문에 결국 왕좌를 지키지 못하고 쫓겨나게 되었습니다.

높은 자리에 오르기보다 그 자리를 지키는 것은 더 어렵습니다. 또 옳지 못함을 보고 옳지 못하다고 말하는 일은 더더욱 어렵습니다. 김치선은 죽었어도 결코 죽지 않고 고관대작들보다 그 이름이 오래까지 남아 있습니다.

지혜가 빛나는 말

곤경에 처했을 때에는 얼른 좋은 말이 생각나거나 행동으로 옮겨지지 않습니다. 지혜로운 사람만이 적절한 비유나 행동으로 상대방의 비위를 거스르지 않고 문제를 해결할 수 있습니다. 지혜롭게 대처한 두 분의 이야기를 들려주겠습니다.

썩은 정치가

마크 트웨인은 '톰 소여의 모험', '허클베리핀의 모험' 등을 써 세계적으로 널리 알려진 미국의 작가입니다. 그런데 그는 한때 '도금시대'라는 작품을 발표하여 그 안에서 미국 정부의 부패와 함께 정치가, 부유층의 비열한 모습을 신랄하게 비판한 적이 있었습니다.

또 그는 그 작품을 발표한 뒤 어느 모임에 나가 '미국 국회의 어떤 의원은 썩었다'고 역설했습니다. 그러자 한 신문기자가 그 말을 그대로 신문에 실었습니다. 이 때문에 화가 난 국회의원들이 마크 트웨인을 집중적으로 공격하기 시작했습니다.

"썩은 국회의원이 누구인지 밝히고 그가 썩었다는 것을 증명하라!"

"그럴 수 없으면 당장 잘못된 발언을 사과하는 성명을 일간신문에 발표하라."

의원들은 날마다 이런 식의 공격을 퍼부었습니다. 이 말들은 모두 신문에 실렸고, 이로 인해 어찌 보면 마크 트웨인은 심한 곤경에 처한 것처럼 보였습니다. 그러자 며칠 후, 마크 트웨인은 하는 수 없이 뉴욕타임스에 성명을 발표하기에 이르렀습니다. 그런데 그 성명의 내용은 다음과 같았습니다.

"며칠 전에 나는 한 모임에서 '미국 국회의 어떤 의원은 썩었다' 고 주장했다. 그 뒤 어떤 사람들이 나에게 계속 잘못을 사과하라고 몰아붙였다. 그래서 다시 곰곰이 생각해보니 그 모임에서 내가 한 그 말은 적당하지도 않고 사실과 많이 다르다는 것을 느꼈다. 따라서 오늘 나는 성명을 발표하여 그 말을 다음과 같이 수정하는 바이다. '미국 국회의 어떤 의원은 썩지 않았다!'"

성경과 땅

아프리카 대륙의 남반부에 위치한 남아프리카 공화국은 인종차별 정책으로 인해 불과 15년 전만 해도 다수의 흑인들이 분노와 좌절 속에서 살고 있었습니다.

이 남아프리카 공화국은 원래 금, 다이아몬드, 우라늄 등의 광산자원을 바탕으로 매우 부강한 경제력을 지니고 있었습니다.

남아프리카 공화국의 흑인 지도자 데스몬드 투투 주교가 1984년 노벨 평화상 수상자로 선정된 후 미국을 방문한 적이 있었습니다. 그는 뉴욕의 한 집회에서 백인들의 아프리카 지배에 대해 이렇게 말했습니다.

"백인 선교사들이 처음에 아프리카에 왔을 때, 그들은 성경을 지니고 있었습니다. 물론 저희들이 가지고 있는 것이라고는 땅밖에 없었지요.

그들이 기도할 때 '기도합시다' 라는 말을 하기에 우리들은 아무 생각 없이 눈을 감았습니다. 그리고 기도가 끝난 뒤 눈을 떠보니, 우리들의 손에는 성경이 들려 있었고, 선교사들은 우리의 땅을 차지하고 있었습니다."

도산선생의 지혜와 용기

국기는 나라를 상징합니다. 외국인 거리에서 대사관이나 영사관뿐 아니고, 한국인의 가정에 태극기가 걸려 있는 집을 발견하게 되면 가슴이 뭉클해집니다. 그 사람의 애국심을 알 수 있어 다시 한 번 나라사랑의 마음을 다지게 됩니다.

우리나라가 아직 일본에 나라를 빼앗기기 전, 국기게양 문제로 일본과 외교적인 큰 마찰이 일어난 사건이 발생하였습니다. 청·일전쟁에서 크게 이기고 일본의 교만이 최고로 올랐을 때의 일입니다.

당시 우리나라에 일본통감으로 있던 이또오 히로부미가 국내의 형편을 알아보려, 순종황제를 앞세워서 평양지방의 순시에 나섰습니다. 통감부에서는 명을 내려 전국의 학생들로 하여금 태극기와 일본국기인 일장기를 들고, 한길가로 나와 황제와 통감을 맞으라고 하였습니다. 통감부는 고종 광무 9년(1905년) 을사늑약이 체결된 다음 달부터 순종 융희 4년(1910년) 일제 강점 때까지 5년간 일제가 한국 침략을 목적으로 서울에 세워두었던 기관입니다.

일행이 평양을 지날 때였습니다. 안창호가 경영하는 대성학교 학생들은 태극기만 들고 황제를 환영하였습니다. 이를 본 다른 학교의 학생들도 가지고 있던 일본의 국기인 일장기를 찢어버리고 태극기만 흔들었습니다.

이 사건은 일본에까지 전해져서 큰 문제가 일어나고, 분통이 터진 이 또오 히로부미는 곧 안창호를 잡아다 문초를 하게 했습니다.

"어째서 너희 학생들은 일본 국기를 안 가지고 나왔나? 너희 학생들 때문에 다른 학생들까지 일본 국기를 찢어버리는 일이 발생했으니, 그 책임이 너에게 있다."

안창호는 서슬이 시퍼런 일본 관헌에게 당당하게 맞섰습니다.

"어느 나라든지 국기를 소중히 여기는 것은 잘 알고 있다. 그러나 이 번 사건의 책임은 그 쪽에 있다. 우리 황제께서 순시하시는데 우리나라 국기를 받들고 봉영하는 것은 당연하지만, 왜 일본 국기를 가지고 나오 라고 했는가?"

"그것은 이등 통감께서 동행했기 때문이다."

"그러면 통감이 수행원의 자격이냐. 아니면 일본대표로 와서 우리 황 제와 똑같은 지위로 배행한 것이냐?"

"그야 수행원의 자격이다."

"그렇다면 수행원을 맞이하기 위해 그 나라의 국기를 가지고 나가서 흔드는 관례가 세상에 어디 있더냐?"

너무 당연한 말에 일본 관헌은 말문이 막히고 말았습니다.

대성학교는 평양에 세운 중등교육기관입니다. 1899년 안창호가 '쉬 지 않고 꾸준히 나아가자' 는 뜻으로 세운 최초의 남녀공학 사립초등학 교인 점진학교와 더불어, 독립사상고취와 민족성의 계몽에 목적을 두고 운영한 학교였습니다.

대성학교는 일본국기 계양 않기 운동과 105인사건 등이 원인이 되어, 1912년 세운지 5년 만에 제1회 졸업생 19명을 배출한 뒤 일제에 의해 강 제로 폐교되고 말았습니다. 인재육성을 통한 구국이념을 실현치 못하게 되었음은 참 안타까운 일이었습니다.

나 누 는 . .
사 . 랑 . 이 . .
아 름 답 다 . .

······ 자연스런 삶

자연스런 삶

자연스런 삶이란 자연을 닮은 삶을 누린다는 말입니다.

노자는 '도덕경' 제8장 '가장 훌륭한 것은 물처럼 되는 것(상선약수:
上善若水)' 에서 다음과 같이 노래했습니다.

'가장 훌륭한 것은 물처럼 되는 것입니다. / 물은 온갖 것을 위해 섬길
뿐, / 그것들과 겨루는 일이 없고, / 모두가 싫어하는 낮은 곳을 향하여 흐
를 뿐입니다. / 그러기에 물은 도(道)에 가장 가까운 것입니다. // 낮은 데
를 찾아가 사는 자세 / 심연을 닮은 마음 / 사람됨을 갖춘 사귐 / 믿음직한
말 / 정의로운 다스림 / 힘을 다한 섬김 / 때를 가린 움직임 // 겨루는 일이
없으니 / 나무람 받은 일도 없습니다.'

이 노래의 뜻은 '만물을 이롭게 해주고, 다투지 않으며, 남이 싫어하
는 얕은 곳에 몸을 둔다.' 로 요약할 수 있습니다. 특히 다투지 않기 때문
에 허물이 없다고 강조하였습니다.

그렇습니다. 만물은 물이 없으면 못 살지만 물은 그들을 위해 이롭게
만 할 뿐 그 공로를 인정 받으려 하지 않고 그들의 위에 군림하려 하지
않습니다. 그저 그들의 밑에서 섬기는 일만 할 뿐입니다. 자신 스스로도
만물을 이롭게 하고 있다는 것마저 의식하지 않고 흐르고 있습니다.

다투지 않고 언제나 최선의 때를 따라 움직이고 있습니다. 모두가 높은 곳을 향하여 오르려고 안달을 하지만, 물은 그런 일과 상관없이 낮은 데로 자리할 뿐입니다. 나를 비우고 꾸준하고 조용하게, 성실하고 정의롭게, 오직 섬기는 자세로 때에 맞춰 움직이는 물, 어느 누구와도 겨루는 일 없이 자기를 끝까지 낮추는 물, 과연 누가 이런 물을 나무랄 수 있겠습니까?

노자사상의 일관성은 '무위자연(無爲自然)'입니다. '사실 자체의 바탕 위에서 떠나지 말라'는 것입니다. 그는 '외적인 것만 가지고 경쟁을 할 뿐 내적인 것을 구하지 않음'을 한탄하고, 사람들에게 무위(無爲)를 가르쳤습니다.

무위는 놀고먹는 건달사상이 아닙니다. 무위도식(無爲徒食), 무위무사(無爲無事)도 아닙니다. '자연 그대로 순리에 따르라'는 뜻입니다. '잔재주를 없애라'는 뜻입니다. '꾸밈새 없이 있는 그대로 통나무처럼 질박하게 살아라'는 뜻입니다. 수수하고 소탈하게 사는 것이 자연스런 삶의 방식입니다.

세상에서 물보다 더 부드럽고 여린 것은 없습니다. 그러나 그보다 몇만 배 센 어떤 물질도 이길 수 있습니다. 물은 일부러 설치거나 억지로 일을 꾸미거나 폭력 같은 것을 쓰지 않고 묵묵히 자기 자신의 고유한 존재방식대로 부드럽고 자연스럽게 살아갈 뿐입니다. 물은 바위나 쇠붙이처럼 단단한 것도 녹이고 썩히고 닳게 하고 부수고 침투하고 분해시키는 힘이 있습니다.

물처럼 살라고 해서 모두 유약해지라는 말이 아닙니다. 그 속에서도 부드러움과 강함을 배울 수 있는 지혜가 필요합니다.

오래 살고 싶습니까?

오래 살아야 합니다. 그래야 모든 것을 이룰 수 있습니다. 동서양은 물론이고 이 지구상에서 모든 인류가 꿈꾸어 오는 공통된 욕구가 '어떻게 하면 아프지 않고 오래오래 살 수 있는가?' 입니다.

노자는 '도덕경'에서 '버리고 사는 삶'과 '물처럼 사는 것'이 참 삶이라 했습니다.

마음을 비우면 '사람의 그릇'이 커진답니다. 마음을 채우려면 '사람의 그릇'이 작아집니다. 우리나라 장수자의 통계를 보면, 성직자 성실한 학자 예술가의 순위라고 합니다.

어째서 그럴까요? 그들은 '마음의 그릇'을 비우기 때문입니다. 몸의 피로에 비하면 마음의 피로는 몇 배나 훨씬 더 해롭습니다. 만병의 원인이 '스트레스'라 하고 있습니다. '마음의 병'의 근원입니다. 몸과 마음이 모두 피로하면 인생의 마지막이 눈앞에 다가옵니다.

'악인은 지옥으로'라는 제목의 영화가 떠오릅니다. '착한 사람이 오래 산다.' 착한 사람은 자기만의 이익을 앞세우는 사람보다 오래 삽니다.

미국의 리버사이드대학 심리학과 연구진이 10년의 연구 끝에 밝힌 내용입니다.

신중하고 양심적이며 허영심이 없는 착한 사람이 오래 삽니다. 반대로 이기적이고 악랄하며 남을 이용하여 자기의 만족을 취하는 사람은, 착한 사람보다 30%나 더 단명한 것으로 나타났습니다.

프리드먼 교수가 이끈 연구진은, 1921년 심리학자 루이스 터먼이 1500명의 뛰어난 어린이들을 대상으로, 평생에 걸친 인간지능 및 사회생활 변화추이를 캐내기 위한 연구에 착수했답니다. 주제는 '터먼의 평생주의'였습니다. 프리드먼 교수는, "어린 시절의 성품이 병이나 부상으로 인한 사망에 대한 예방책이 될 수 있다"고 말했습니다.

어떤 마음이 착한 마음일까요? 욕심이 없는 사람의 마음입니다. 불교에서는 욕심을 없애려는 욕심까지도 버리라고 했습니다. 무아(無我)의 경지입니다. '나를 버리는 것이 나를 완성하는 것'이라는 가르침은, 건전한 종교들의 기본 지침이 되고 있습니다.

의식적이고 이기적이고 부자연스럽고 과장되고 지나치고 쓸데없고 허세를 부리고 계산적이고 더 많이 가지려 하고 위로만 치닫고 내려보고 가식적인 행위는 마음의 병을 앓게 하는 독소입니다. 억지로 하려 하지 말고, 저절로 우러나오는 자발적이고 희생적인 행동이 몸에 배면 마음이 편안해집니다.

오래 살고 싶으면 욕심을 버려야 합니다. 주어진 내 분수를 알고 만족스럽게 생각하여 베풀어야 합니다. 모든 사회의 병은 과욕입니다. 모든 것은 마음이 만듭니다. 적당히 가난하게 사는 사람이 오래 삽니다.

말로는 쉽게 생각이 되지만, 매우 어려운 일이기에 실천하려면 힘이 듭니다. 착한 사람은 욕심이 없습니다.

스스로 마음을 맑게

사람의 마음은 물과 같습니다. 바람이 불어 물결이 일 때 물에 비친 모든 형상들은 물결에 따라 일그러지고 비뚤어집니다. 그러나 파문이 그치고 그 물이 본래의 고요하고 맑은 물로 돌아올 때, 거기에 비치는 모든 것들은 바르게 참 모습을 보여줍니다.

이와 같이 우리가 세상의 모든 것들을 바르게 보려고 할 때에는, 먼저 우리의 마음을 파문이 일지 않는 본래의 마음으로 만들어야 합니다. 그것이 바로 마음을 닦는 공부입니다. 파문이 일지 않는 본래의 마음은 어느 한편에 치우치지 않고, 어느 것에도 지나치게 집착하지 않는 겸손한 마음에서 비롯됩니다.

'죽는 날까지 하늘을 우러러 / 한 점 부끄럼이 없기를 / 잎새에 이는 바람에도 / 나는 괴로워했다. / 별을 노래하는 마음으로 / 모든 죽어가는 것을 사랑해야지 / 그리고 나한테 주어진 길을 걸어가야겠다. // 오늘 밤에도 별이 바람에 스치운다.'

이 시는 윤동주의 '서시(序詩)'라는 시로서 시인의 맑은 마음과 경건하고 겸허한 인생관이 깃들어 있어 읽는 이의 가슴을 울려줍니다.

그는 일본 교토의 동지사대학에 유학중 애국시를 쓰다가 사상범으로 체포되어, 해방을 6개월 앞두고 복강형무소에서 고문으로 옥사하였습니다.

29세의 아까운 나이에 그 뛰어난 문학 혼과 시인으로서의 재능을 다 펴보지 못하고, 이역의 차가운 감방에서 요절하였습니다. 아깝고 분하고 원통한 일입니다.

그는 죽을 때까지 창백한 얼굴에 야윈 손으로 형무소의 철창을 붙들고, 아침마다 '한국(韓國)아 한국아' 라고 외치다 죽었다 합니다. 그의 시체를 인수하러간 윤동주의 친척에게 일본 순경이 죽기 전의 윤동주의 모습을 그렇게 전했다 합니다.

그는 조용하고 순수하고 성실했으며, 말이 적었고 얼굴에 호젓한 미소를 자주 짓는 미남이었답니다.

1917년 만주의 북간도 명동 촌에서 태어났으니 지금 살아 있으면 89세입니다. 별을 노래하는 마음으로 인생을 살다가 갔습니다.

별을 노래하는 마음은 이상과 순수와 영원을 찬양하는 마음입니다. 우리는 모든 생명을 사랑해야 합니다. 그리고 자기에게 주어진 길을 감사하고 기쁨을 가지고 열심히 살아가야 합니다.

복잡한 생활 속에서도 스스로의 마음을 맑게 닦는 공부를 게을리 해서는 안 됩니다. 그래서 이 세상의 모든 것들을 진실하게 볼 수 있는 마음의 눈을 간직해야 합니다. 그 공부의 첫걸음은 세상 모든 것에 대해 겸허한 마음을 갖는 것입니다.

하느님께서 우주를 창조하시고 마지막 날 인간을 만드신 깊은 뜻을 생각해 봐야 합니다. 우리에게 겸손을 가르치시기 위함입니다.

부처님의 눈으로

사람은 사물을 보고, 소리를 듣고, 냄새를 맡고, 음식의 맛을 알고, 물건을 만지기 위한 다섯 가지의 감각기관이 있습니다. 즉 눈과 귀와 코와 혀와 몸이 있습니다. 우리는 이 기관을 시각, 청각, 후각, 미각, 촉각이라고 부릅니다.

이 다섯 가지의 감각 중에서 눈이 가장 예리하고 뛰어납니다. 시인 괴테는 눈을 '감각의 왕'이라고 하였습니다. 눈은 감각 중에서 태양과 같은 존재입니다. 눈을 '마음의 창'이라고 하여 눈 속에 그 사람의 지식과 지혜가 다 들어있다고 합니다. 한눈에 모든 자연과 사상의 원리나 이치를 모두 알 수 있으면 얼마나 좋겠습니까?

우리는 먼저 눈으로 봐야 합니다. 눈으로 보되 바로 보고, 자세히 보고, 깊이 보고, 멀리 보고, 꿰뚫어 보아야 합니다.

불교에서는 다섯 가지의 눈이라 하여, 육안(肉眼)과 천안(天眼)과 혜안(慧眼)과 법안(法眼), 불안(佛眼)을 말하고 있습니다.

우리는 육안으로 사물이 있는 그대로 밝고 분명하게 구분하며, 천안으로 시간과 공간을 초월하여 멀리보고, 혜안으로 무상한 일체 사물의 근본을 깊이 꿰뚫어봅니다. 법안으로 모든 선과 악, 있고 없는 양극을 초월하여 걸림에서 벗어나 진리를 보며, 불안으로 삼라만상의 진실 된 참모습을 투명하게 바라보게 됩니다.

부처님의 눈으로 사물을 봐야 합니다. 자비의 눈이 부처님의 눈입니다. 이 세상을 사랑과 자비의 마음으로 따뜻하게 보는 눈이 불안입니다.

우리는 맑고 깨끗한 눈으로 사물을 바로 봐야지, 흐리고 어두운 눈으로는 사물을 바로 보지 못합니다. 그래서 석가모니는 '팔정도(八正道)'란 정견, 정사, 정어, 정업, 정명, 정정진, 정념, 정정으로 여덟 가지 성스러운 길 중, 제일 먼저 정견(定見)을 강조하였습니다. 석가모니가 크게 깨달은 후 '베나레스' 교외의 '녹야원'에서 처음 가르침을 내리실 때 하신 말입니다.

"인간이 겪는 모든 괴로움의 근본 원인은 우리의 마음속에 있는 쓸데없는 욕심이나 나쁜 생각에 있다. 그러므로 괴로움의 원인을 알고 마음을 다스리면 진리를 깨달아 열반에 이를 수 있다."

첫 번째의 길로 강조한 정견이란, '바로 봄'을 뜻하며 곧 올바른 견해입니다. 다시 말하면 바르지 못하고 요망스러운 사(邪)와 올바른 정(正)을 분별하는 깨달음이고, 바른 깨달음으로 편견 없이 있는 그대로 보는 것입니다.

부정의 눈, 증오의 눈, 비관의 눈, 절망의 눈을 가지고 사물을 봐서는 안 됩니다. 그것은 바로 보는 것이 아니라 거꾸로 뒤바꿔 보는 것입니다. 지혜와 자비와 사랑의 마음을 가지고 사물을 깊이 보고, 바로 보고, 따뜻하게 보아야 합니다. 우리의 삶은 영원한 것도 아니고 욕심을 부린다고 해서 모든 것을 얻을 수 있는 것도 아닙니다. 그러므로 마음속의 행복이 진정한 행복입니다.

석가의 생명을 존중하고 자연을 사랑하는 가르침을 통해, 인간은 자연과 공존한다는 생각을 가지고 겸허하게 자신의 삶을 반성하며 살아갈 때, 세상을 편견 없이 그대로 볼 수 있습니다.

행복은 어디에?

행복이란 무엇인가?

1915년에 노벨문학상을 탄 프랑스의 로맹 롤랑은 행복에 대해 다음과 같이 말했습니다.

'자기 분수를 알고 그것을 사랑하는 것이다.'

사람은 저마다 자기의 분수가 있습니다. 자기의 분수를 알고 분수를 지키며, 분수에 만족하고 분수에 맞는 생활을 해야 합니다. 분수에 맞지 않게 지나친 생활을 했을 때는 불행해지기 쉽습니다.

분수란 사물을 분별하는 지혜이고 자기 신분에 맞는 수준이며 한도입니다. 분수에 맞게 산다는 것은 아주 지혜로운 일입니다. 아내는 아내로서, 어머니는 어머니로서, 남편은 남편으로서, 자녀는 자녀로서, 학생은 학생으로서, 선생님은 선생님으로서 지키고 따를 분수가 있습니다.

과욕은 패망을 낳고, 탐욕은 불행을 초래하며, 허욕은 비극을 가져옵니다. 그러므로 사람들은 자기 생활에 만족할 줄 알아야 합니다. 하느님이 나에게 준 복, 운명이 나에게 부여한 분수를 알고, 그것을 사랑하고 감사하며 만족하는 사람이 인생을 행복하게 살 수 있습니다.

우리의 행동은 마음의 표현입니다. 생각하고, 느끼고, 말하고, 행동하는 것과 본능이나 감정 그리고 의지는 내 마음의 나타냄입니다. 분수에 맞게 행동하기 위해서는 마음공부를 해야 합니다.

밭을 가꾸지 않으면 잡초가 무성해지고 각종 해충이 번성하듯이, 우리의 마음도 내버려두면 악의 잡초가 무성하고 악의 벌레가 들끓게 됩니다. 그렇기 때문에 내 마음을 늘 푸르고 향기롭고 아름답게 가꾸도록 자기 자신을 돌봐야 합니다.

그래야 자기의 분수를 알 수 있습니다. 우리는 의복이 더러우면 세탁을 하고 몸이 더러우면 목욕을 자주하여 깨끗하게 합니다만, 마음이 더러워지는 것을 얼른 알지도 못하며, 깨끗이 하려는 노력은 더더구나 잘하지 않습니다. 이래가지고는 자기 자신의 분수를 알기 어렵습니다.

원효대사가 당나라 유학길에 나섰을 때, 산속 토굴에서 하룻밤을 지내고 돌아왔다는 옛이야기가 있습니다.

'밤중에 너무 목이 말라 물을 찾다가, 손에 잡힌 바가지의 물을 잠결에 감로수처럼 맛있게 마셨습니다. 밝은 아침에 일어나서 보니 어제 저녁 마신 물이 해골에 담긴 더러운 물이었다.'는 이야기에서 우리가 알 수 있는 것은, 마음먹기에 따라 그 더러운 물이 감로수가 되기도 한다는 것입니다.

나 자신의 마음가짐에 따라 세상은 기쁨의 낙원도 되고 괴로움의 지옥도 됩니다. 그 마음가짐은 자기의 분수를 아는데서부터 시작됩니다. 능력이 없는 자가 있는 척, 거짓임에도 사실인척, 모르는 일에도 아는 척, 가진 것이 없음에도 가진 척 하다가 불행을 자초하기도 합니다.

분수를 알고 조금한 일에도 항상 감사한 마음으로 세상을 바라보면 세상 모든 것은 아름다움 그 자체로 여겨집니다.

분노보다 화해와 웃음을

정신의학자인 엘미게이쓰는 감정 분석 실험을 한 결과 매우 놀라운 사실을 발견했습니다.

사람의 숨결이라는 것은 눈으로 보이지 않지만 시험관에 넣고 액체 공기를 냉각시키면 침전물이 생깁니다. 이 침전물은 감정변화에 따라 여러 가지 색으로 변하는데, 화를 내고 있으면 밤색으로 변하고, 고통이나 슬픔의 상태에서는 회색, 후회의 상태에서는 복숭아 색을 나타냄을 알았습니다.

이 가운데 밤색으로 변한 분노의 침전물을 수집해서 흰쥐에게 주사하면 몇 분 안에 죽는다는 것도 실험으로 발견하였습니다. 이 실험을 통하여 발견한 놀라운 결론입니다.

사람이 화를 내면 그 순간 사람의 몸에는 강력한 독성을 가진 '노르 아드레날린' 이라는 물질이 분비된답니다. 이 독소는 의학적으로 측정하기 어려운 무서운 독의 힘을 지닌 독소로서, 만약 한 사람이 한 시간을 계속해서 화를 내면 80명을 죽일 수 있는 독소가 나온다는 것입니다.

동물이 위험에 처했을 때 제 몸을 보호하기 위해 흔히 독을 내뿜습니다. 동물뿐 아니고 우리의 숨결에 무서운 독이 있다는 사실에 놀라지 않을 수 없습니다.

어머니가 아기를 안고 아기를 바라보며 내뿜는 숨결이나, 친한 친구와 따뜻한 마음을 나눌 때의 숨결은 사랑을 더 깊게 하는 숨결입니다.

그러나 화를 냈을 때는 해가 되는 숨결입니다. 그때그때 상황에 따라 이롭기도 하고 해로움을 주는 숨결을 내 마음대로 조정하는 능력이 있어야 합니다.

부정이나 불의를 보았을 때, 남에게 심한 모욕을 당했을 때 우리는 분노를 느끼고 화를 냅니다. 그런다고 해서 내 몸 밖으로 화난 모습을 보이지 말고 내 나름대로 삭이는 방법을 조금씩 익혀 두어야 합니다. 나를 이기는 방법을 터득해야 합니다. 나를 이기지 않고는 어떠한 큰일도 할 수 없습니다.

화가 났을 때 내뿜는 나쁜 기운은 자기 몸을 먼저 거쳐 남에게 전달되기 때문에, 화를 내는 사람 자신이 가장 많은 해를 입게 됩니다.

명심보감의 경행록에 이런 말이 있습니다.

"악한 사람이 선한 사람에게 욕을 하고 대들어도 선한 사람은 아예 그 자에게 대꾸도 하지 말라. 대꾸하지 않는 사람의 마음은 사람이 화가 났을 때 내뿜는 나쁜 기운은 자기 몸을 먼저 거쳐 남에게 전달되기 때문에, 화를 내는 사람 자신이 가장 많은 해를 입게 된다."

평소의 마음으로 돌아가 항상 웃음 띤 얼굴을 잃지 않도록 힘쓰는 습관은, 아주 훌륭하게 자기를 이기는 방법의 하나이기도 합니다. 시간이 흐른 후에 화가 났던 마음을 상대방에게 차근차근 타이르면 더욱 효과가 클 것입니다.

하늘에 대고 침을 뱉는 격으로 하는 욕이나 침은 도로 제 몸에 떨어집니다.

용서하고 사랑하는 마음

우리는 어떤 마음을 가지고 살아가야 할까요? 글을 읽고 셈하고 쓰는 공부는 생활을 편리하게 살아가기 위한 방법입니다.

또한 따뜻한 마음을 가지고 사람들끼리 서로 정을 나누고 살아 갈 수 있는 공부를 해야 행복하게 살아갈 수 있습니다.

아무리 공부를 잘 해도 마음공부를 게을리한다면 결국 행복한 생활을 할 수 없지요. 마음공부는 용서하고 사랑하는 마음을 기르는 공부입니다.

공자님의 제자 한 분이 스승에게 여쭈었습니다.

"선생님, 평생을 통해 지켜야할 일 딱 한 가지만 말씀해 주십시오."

공자님은, "용서하라"는 말씀으로 대답하셨습니다.

또한 예수님께 제자인 베드로가 여쭈었습니다.

"주여, 형제가 내게 죄를 범하면 몇 번이나 용서해 줄까요? 일곱 번까지 해야 하나요?"

예수님은 이렇게 대답하셨습니다.

"일곱 번 뿐 아니라 일흔 번씩 일곱 번이라도 용서하여라."

우리 인류에게 정신적으로 많은 영향을 주고 있는 성인들의 이런 말씀은 살아갈수록 참으로 귀중하게 느껴집니다.

우리는 주위의 많은 사람들과 어울려 살면서, 다른 사람의 무심한 행동 때문에 상처를 받기도 하고, 그들을 미워하고 상처를 주기도 합니다. 그리고 나 자신이 직접 다른 사람을 괴롭힌 적도 또 있었을 것입니다.

이와 같이 그런 감정을 마음에 두고, 서로 미워하고 원망만 한다면 얼마나 괴로운 나날이 되었겠습니까? 또 누군가가 나를 그렇게 미워하고 있다면 얼마나 끔찍한 일이겠습니까?

불교의 '법구경' 가운데 이런 말이 있습니다.

"녹은 쇠에서 생긴 것인데, 점점 그 쇠를 삭여 먹는다."

즉 녹슨 것이 그 자신의 쇠붙이를 먹어감으로써 스스로를 파괴시킨다는 뜻입니다. 다른 사람의 잘못을 용서하지 못하고 원망하고 미워하며 그 마음씨가 그늘지면 결국은 나 자신의 파멸을 초래하게 된다는 가르침입니다.

내 주위에 원망스러운 사람이나 미운 사람이 있지 않은지 돌이켜 봅시다. 만일 있으면 이 시간부터 모두 용서해 주고, 더 나아가서 사랑을 나누어 봅시다.

미워하는 마음이 생기면 내 자신부터 괴로워집니다. 미워하기 전에 가까워지려는 마음을 가지면 가까워질 수 있습니다.

즐거운 크리스마스

12월 초순이 되면 시가지에는 크리스마스 트리가 세워지고, 거리마다 크리스마스 캐럴이 울리기 시작합니다. 빨간 모자에 빨간 복장을 한 산타클로스 할아버지가 빨간 자루에 선물을 가득 짊어진 모습으로 분장한 모델이 등장합니다.

서점이나 선물가게 가판대에는 기발한 아이디어를 짜낸 갖가지 예쁜 그림과 디자인으로 장식된 크리스마스카드가 길손을 유혹합니다. 구세군의 자선냄비가 행인이 많은 길목에 걸리고, 행인의 발길을 끄는 종소리가 울려 퍼집니다.

산타클로스의 기원은 이렇습니다. 4세기에 소아시아의 '리키아 미라'에서 활동해왔다고 전해오는 '상투스 니콜라우스(Saint Nicholaus)'라는 성인이 있었답니다. 이 분의 이름을 아메리카 신대륙인 뉴욕시에 이주한 네덜란드인들이 '산테클로스'라고 부른 데서 유래했다고 합니다.

특히 그는 젊은 사람들에게 선행을 많이 베풀었다 합니다. 어느 날 결혼 적령기에 이른 세 자매가 돈이 없어 거리의 여인으로 팔려나갈 곤경에 처했다는 사실을 알고 금이 든 세 개의 자루를 갖다 주었는데, 이 자루가 기원이 되어 오늘날 '선물을 담은 산타의 양말'이 되었다 합니다. 그러나 그가 실존했는지는 아무런 증거가 없습니다.

캐럴은 본래 불란서 말 carole에서 온 말로 주로 중세 불란서에서 등

근 원을 만들어 돌며 추는 춤을 뜻했습니다. 캐럴이 모두 크리스마스와 반드시 관계를 갖는 것이라고 볼 수는 없습니다. 그 구분은 가사로 판단하는 것이 아니고 음악적 형식으로 판단합니다. 초기에 불리던 캐럴은 대개가 구전된 것이 많아 가사나 곡이 일정하지 않지만, 14세기 무렵부터 악보로 옮겨져 오늘날에 전해지고 있습니다.

12세기 아시시의 성자 '프란치스코'가 마구간 앞에서 춤추고 노래를 부르는 행사를 연 것이 오늘날 캐럴의 처음이라 합니다. 캐럴은 본래 교회의 절기 때마다 부르는 모든 노래를 일컫지만, 특별히 크리스마스 노래를 지칭하는 경우가 많습니다.

우리가 캐럴을 크리스마스 음악이라고 생각하는 것은, 많은 캐럴이 크리스마스를 주제로 하여 써졌기 때문입니다. 성가가 경건하고 엄숙하며 신학적인 요소를 지닌 반면, 캐럴은 유쾌하고 대중적인 성격을 지닌 성가입니다. 서기129년 크리스마스 때 로마 총독 '텔레스 포러스'가 교회에 모인 신도들에게 '존귀하신 하느님께 영광 돌리세'라는 노래를 부르게 한 것이 캐럴의 시초로 추측된답니다.

크리스마스하면, '온 백성에게 미칠 큰 기쁨의 좋은 소식인 구세주가 태어나신 예수님'을 생각해야 합니다. 그런데 크리스마스 트리나 산타 클로스 할아버지와 캐럴이 먼저 생각난 까닭은 무엇일까요?

세속주의와 상업주의가 어울려 성스러워야할 원래의 뜻을 흐리고 있습니다. 대중적인 소비문화와 결합하여, 예수 탄생의 기쁨보다 '하루 쉬는 날', '선물을 기대하고 주고받는 날'로 바뀌었습니다. 크리스마스는 자신의 쾌락을 만족시키고 향유하는 절기가 아닙니다. 소외된 이웃을 생각하고, 분노와 다툼의 현장에 사랑과 화해와 용서의 씨앗을 심어야할 날임을 깊이 생각해야 합니다.

나 누 는 . .
사 . 랑 . 이 . .
아 름 답 다 . .

… 마음과 혼을
나눈 친구

마음과 혼을 나눈 친구

형제는 피를 나눴지만 친구는 마음과 서로의 혼을 나눈 사람입니다. 인생을 살아가면서 진정한 친구를 사귀지 못하고 일생을 마친 사람은 너무도 많습니다. 훌륭한 친구를 갖지 못한 것처럼 불행한 일은 없습니다. 서로 믿고 의지할 수 있으며 고난과 역경을 헤쳐나갈 수 있을 진정한 친구가 없다면 인생이 너무 쓸쓸해질 것입니다.

옛부터 그 사람의 됨됨이를 알고 싶다면 함께 어울리는 친구를 살펴보라고 했습니다. 진실하고 성실한 사람인가? 겸손하고 예절을 잘 지키는 사람인가? 솔선수범하고 희생정신을 발휘하는 사람인가? 그리고 그 사람과 함께 자리를 함으로써 기쁨이 넘치고, 행복감을 맛 볼 수 있는 너그럽고 따뜻한 사람인가?

이런 사람을 사귀고 싶다면 우선 내 자신이 이렇게 되려고 노력해야 합니다. 이기적이고 계산적이지 않으며, 끊임없이 사랑을 줄 수 있는 사람이 되어야 합니다. 늘 나를 낮추고 정성으로 친구를 돌보는 사람입니다.

사람을 돌본다는 것은 쉬운 것 같으면서도 매우 어려운 일입니다. 친구가 길을 잘못 들었으면 바른 길로 가도록 도와주는 일도 돌보는 일입니다.

율곡집을 보면 제자인 이유경과 나눈 이야기가 습니다.

"오랫동안 한 스승 밑에서 배우며 지낸 벗이 있습니다. 그런데 그 사람이 어떤 잘못을 저질러서 친구들로부터 배척을 당하고 말았습니다. 비록 과실은 있지만, 저는 그 벗에게 남다른 정을 느끼고 있습니다. 이럴 때 저는 그 벗을 어떻게 대해야 옳습니까?"

"그것은 그의 태도에 달렸다. 그가 뉘우치는 기색 없이 함부로 행동한다면, 설령 지난날의 정이 있다고 해서 어찌 벗으로 사귈 수 있겠는가. 그러나 뉘우치는 빛이 있으면, 조용히 만나 간절한 말로 타일러서 다시는 그런 허물이 없도록 해야 할 것이다. 그것이 친구의 도리다."

이 이야기는 잘못을 저지른 친구를 바르게 대하는 길을 알려주고 있습니다. 잘못을 뉘우치는 기색이 있는 친구에게는 더욱 깨칠 수 있도록 진정한 충고를 하게 권하고 있습니다.

친구를 사귀기도 어렵지만 진정한 친구로서 우정을 계속하기는 더 어렵습니다. 친구를 지성으로 사귀고 사랑할 수 있는 사람은 결코 쉽게 친구를 잃지도 않습니다.

좋은 선생님을 만나서 공부를 열심히 하는 것도 중요합니다. 그러나 진정한 친구를 사귀어서 서로의 우정을 깊이 나누는 학교생활도 아주 중요합니다.

시인 이해인 수녀님의 '진정한 친구이고 싶다' 는 시중 몇 구절을 소개합니다.

'사랑하는 사람이기보다는 / 진정한 친구이고 싶다. / 다정한 친구이기보다는 / 진실이고 싶다. // …… 모든 만남이 그러하듯 / 너와 나의 만남을 영원히 간직하기 위해 / 진실로 너를 만나고 싶다. // 그래, / 이제 더 나이기보다는 우리이고 싶었다. / 우리는 아름다운 현실을 / 언제까지 변치 않는 마음으로 접어두자. // …… 내가 새라면 너에게 하늘을 주고 / 내가 꽃이라면 너에게 향기를 주겠지만 / 나는 인간이기에 너에게 사랑을 준다.'

좋은 친구

논어의 계씨편에, '도움을 주는 벗이 셋이 있고, 해로움을 주는 벗이 셋 있다. 정직한 사람을 벗으로 삼고, 신용과 의리가 있는 사람을 벗으로 삼고, 아는 것이 많은 사람을 벗으로 삼으면 도움을 받을 수 있다. 겉치레에 익숙한 사람을 벗으로 삼고, 아첨 잘하는 사람을 벗으로 삼고, 빈말 잘하는 사람을 벗으로 삼으면 해로움을 받게 된다.' 란 글이 있습니다.

논어는 맹자, 중용, 대학과 더불어 사서(四書)의 하나입니다. 공자의 언행과 공자와 제자, 제후들과의 문답, 제자끼리의 문답 등을 모아서 엮은 책입니다.

또 교우편에는 이런 말이 있습니다.

'착한 사람과 함께 있으면 마치 영지와 난초가 자란 방에 들어간 듯, 오랫동안 향기를 코에 대고 맡지 않아도 이내 그윽한 향기에 동화되고, 착하지 않은 사람과 함께 있으면 마치 절인 생선가게에 들어간 듯 오랫동안 나쁜 냄새를 코에 대고 맡지 않아도 역시 추악한 냄새가 젖게 된다. 단사(丹砂 : 새빨간 빛이 나는 광물질로 수은과 황의 화합물로 조제하여 물감이나 한방약으로 쓰임)를 지니면 붉어지고, 옻을 지니면 검어지니 군자는 반드시 함께 있을 사람을 신중히 가린다.'

어떤 친구를 사귀어야 하는지 일러주는 말입니다. 세상을 살아가자면 저절로 친구가 생기기 마련이며, 친구끼리 서로 정을 주고받고 서로

도와가며 살아갑니다.

그래서 우리 속담에 '친구가 일가보다 낫다' '친구가 다정하면 천리 길도 멀지 않다'는 말이 있습니다.

이 세상 수많은 사람 중에서 서로 만나 정답게 사귀며 살아갈 수 있는 사람은 많지 않습니다. 그래서 친구는 참으로 소중한 것입니다. 사실 친구는 서로 도움이 되어야 합니다. 그저 심심하니까 시간을 보내기 위해서 만난다거나 외로움을 달래기 위해서 모여앉아 허튼 짓이나 한다면 친구라 할 수 없습니다. 친구라면 세상을 살아갈 때 서로 의지하고 도와주어야 합니다.

우리는 흔히 주위에서 친구를 잘못 사귀어서 나쁜 길로 빠졌다는 얘기를 듣습니다. 이런 말에는 좋지 못한 친구를 사귀는 것을 경계하라는 뜻이 담겨 있습니다.

좋은 친구를 사귀고 싶다면, 먼저 좋은 사람이 되어 자기 자신을 친구로 사귀고 싶어져야 합니다. 정직하고 신용 있고 의리가 있으며 아는 것이 많도록 마음과 몸을 닦아야 합니다.

나보다 공부를 못한다고 해서 나쁜 친구는 아닙니다. 슬기롭고 몸가짐이 의젓하고 당당하여 본받을 만한 점이 많은 친구가 있습니다.

공부 잘한다고 무조건 좋은 친구는 아닙니다. 시기심이 많고 자기만 생각하며 거짓말을 잘한 사람도 있습니다. 이런 사람은 올바른 사람이 아니어서 좋은 친구라고 할 수 없습니다.

좋은 친구로 한 번 사귀기 시작했으면 서로 믿고 도와서 우정을 쌓아가야 합니다. 어려움이 있으면 도와주고 잘못한 일을 발견했으면 충고하여 바로 잡아주도록 힘써야 합니다. 그러나 몇 번을 충고해도 듣지 않으면 더 이상 사귀지 않아야 합니다.

소중한 친구 만들기

세상을 살아가면서 친구처럼 소중한 사람은 없습니다. 참다운 친구
는 목숨을 나누면서까지도 그 정을 오래까지 이어간답니다. 참다운 친구
로 모든 사람의 본이 된 분을 소개합니다.

기원전 7세기 중국 춘추시대 제(齊)나라의 '포숙'과 '관중'은 서로 이
해하고 믿고 정답게 지내어 깊은 우정을 나눴으므로, 관포지교(管鮑之
交)라는 고사성어가 생겼습니다. 관중이 제상에 이른 것도 포숙의 추천
에 의해서였습니다.

관중은 훗날, "내 친구 포숙은 내가 가난할 때 날 도와주었고, 내가
욕을 먹을 때는 날 감싸줬으며, 내가 역경에 처했을 때는 목숨을 걸고 나
를 변호해줬다, 그는 한 평생 변함없이 나를 이해하고 도와줬다. 나를 낳
은 것은 부모이지만 나를 아는 것은 오직 포숙뿐이다."라고 말했습니다.

포숙은 관중의 인간성과 뛰어난 재능을 알아차리고 최후까지 우정을
버리지 않았습니다.

또 이 시대에 진나라에서 고관을 지낸 거문고의 달인 '백아(伯牙)'와
백아의 음악을 정확하게 이해해준 '종자기(種子期)'가 있었습니다. 종자
기가 병으로 갑자기 세상을 떠나자, 백아는 너무나도 슬픈 나머지 그토
록 애지중지했던 거문고의 줄을 스스로 끊어버렸습니다. 그리고 죽을 때
까지 거문고를 켜지 않았다하여 백아절현(伯牙絕鉉)이란 고사성어를 남

기기도 하였습니다.

멀리는 기원전 4세기경 그리스의 '피시아스'라는 젊은이가 교수형을 당하게 되었을 때, 효자였던 그는 집에 돌아가서 늙으신 부모님께 마지막 인사를 할 수 있게 해달라고 간청했습니다. 왕은 좋지 않은 선례를 남길 수 있었기 때문에 허락하지 안했습니다.

이 때 피시아스의 친구인 '다몬'이 보증을 서겠다며, "폐하, 제가 그의 귀환을 보증하오니 그를 보내주십시오."라 했습니다.

"다몬아 만일 피시아스가 돌아오지 않는다면 어찌하겠느냐?"고 물었지요.

"어쩔 수 없습니다. 제가 친구를 잘 못 사귄 죄로 대신 교수형을 받겠습니다. 저는 피시아스의 친구가 되길 간절히 원했습니다. 제 목숨을 걸고 부탁드리오니 허락해 주십시오. 폐하!"

약속한 시간이 다 되었으나 피시아스가 나타나지 않자 다몬을 교수대에 세웠습니다. 막 교수형을 올리려는 찰라 피시아스가 나타났습니다. 왕은 감탄하여 피시아스의 죄를 사면해주고 다음과 같이 중얼거렸습니다.

"내 모든 것을 다 주더라도 이런 친구를 한번 사귀어 보고 싶구나."

"사랑이나 지성보다도 더 귀하고 행복하게 해준 우정"이라고 말한 헤르만 헤세의 말이나, "좋은 친구가 생기기를 기다리는 것보다 스스로가 누군가의 친구가 되었을 때 행복하다"는 버트런드 러셀의 말과 "다정한 벗을 찾기 위해서라면 천리 길도 멀지 않다."는 톨스토이의 말은 두고두고 생각해야 할 명언입니다.

띠앗머리

'띠앗머리'는 형제자매 사이의 깊이 사귀어 친해진 정을 나타내는 순수한 우리말입니다. 줄인 말로 띠앗이라고도 합니다.

형제간의 우애를 말한다면 세종대왕의 형제들을 빼놓을 수 없습니다. 아버지 태종의 마음을 편안하게 해드리기 위해서 미친 척 세상을 휘젓고 다녔으며, 장자로서의 권리를 포기하고 아우에게 세자 자리를 내줄 빌미를 제공했던 양녕대군, 일찍 동생이 임금으로서 적임자라는 것을 판단하고 아무 미련 없이 부처님께 귀의했던 효령대군, 그 아버지에 그 아들들이었습니다.

왕자의 난을 보고 자랐던 그들이기에 형제간의 골육상쟁이 빚은 참상을 너무도 잘 알고 있었습니다.

충녕대군 역시 현명하였기 때문에 형들의 사람 됨됨이를 속속들이 알고 편안한 삶을 누리도록 도와드렸습니다. 임금님으로서 계셨던 동안 그의 훌륭한 치적은, 조선 제일의 임금님으로 우리 가슴에 영원히 남아 있습니다. 우리나라 발명품 중 최고로 손꼽는 것은 한글입니다. 세계에서 가장 과학적이고, 가장 단순하며 훌륭한 글자로 평가 받은 한글도 세종대왕의 형제간 띠앗이 없었으면 만들어지지 못했습니다.

부모님에게서 피를 나눠 태어난 형제들이니 서로 사랑하고 우애를 나누는 것은 당연한 일입니다. 따라서 가정은 화목해지고 무슨 일이든지 힘을 합해 이루려면 못 이룰 일이 없습니다. 형제자매는 먼저 낳고 나중에 낳는 차례만 다를 뿐, 똑같이 어버이의 자식입니다. 한 몸의 팔과 다리와 같아 부모님이 보기에는 조금도 차이가 없습니다.

또 하나의 띠앗이야기를 들어 보겠습니다. 중국 삼국지를 보면 위(魏) 왕조를 세운 장군 조조에게는 아들 넷이 있었는데, 셋째아들 조식이 가장 똑똑하고 글을 잘 깨우쳐 후계자로 삼으려 하였습니다. 그러나 신하들의 강한 반발로 결국 맏아들인 조비를 후계자로 삼았습니다. 후계자로 선택된 조비는 잘못했으면 자기 자리를 빼앗길 뻔했던 아우 조식을 불렀습니다.

"네가 그렇게 똑똑하고 글을 잘하여 아버지의 사랑을 독차지하였으니 어디 네 글 실력을 좀 들어보자. 이 방에서 내가 일곱 걸음을 걷는 동안 시 한 수를 지어라. 만일 짓지 못하면 여덟 걸음 째 크게 혼 날 줄 알아라."

조비는 아우가 미워서 혼을 내 주려고 명령을 내렸습니다. 그러자 조식은 울면서 다음과 같은 시를 읊었습니다.

"콩을 볶는데 콩깍지로 불을 태운다. 콩은 솥 속에서 울어 대네. 콩과 콩깍지는 본이 같은데, 서로 태우고 볶기를 왜 이다지 재촉하는가?"

일곱 걸음 걷기 전에 조식이 시를 다 읊었습니다.

"역시 너는 똑똑하고 글을 잘 아는군. 우리 형제는 다 어머니 젖을 먹고 자랐는데 어찌 서로 다투고 미워할 수 있겠느냐. 너와 같은 아우를 가진 것이 나의 자랑이고, 우리 가문의 기쁜 일이구나. 그 훌륭한 재주를 다만 시험해 보고자 한 것뿐이니 아무 걱정 말아라."

의좋은 형제

프랑스 파리에서 멀리 떨어진 어느 시골에서 있었던 이야기입니다.

교통수단이라고는 마차밖에 없었던 시절에 승합마차를 몰고 파리까지 장거리 운행을 하는 '루오' 할아버지가 그 날도 손님을 태우고 출발하려는 추운 겨울이었습니다.

어린 두 소년이 손을 흔들며 마차에 다가오고 있었습니다. 루오 할아버지는 마차를 세우고 그 소년들이 다가오기를 기다렸습니다. 형은 열너덧 살, 동생은 열 살 정도의 어린이었습니다.

"이 마차가 파리로 가는 길이지요?"

형이 물었습니다.

"그래 어서 타거라. 지금 막 떠나려는 참이다."

소년이 숨이 차서 헐떡거리며 물었습니다.

"파리까지 요금은 얼마지요?"

"응, 2프랑씩인데 아이들이니까 둘이서 2프랑만 내거라."

이렇게 대답하자 형 아이가 말했습니다.

"그럼 1프랑으로 이 아이만 태워다 주세요."

그러고는 돈을 냈습니다.

"너는 안 타니?"

"동생만 태워다 주세요."

그래서 마차는 그 마을을 떠났습니다. 아우를 차에 태운 형은 열심히 달려 마차를 따라갔습니다. 그러나 말이 달리는 속도를 따를 수는 없었습니다. 마차와의 거리가 차츰 멀어지면서 뒤돌아보던 아우가 형의 모습이 보이지 않자 울음을 터뜨렸습니다. 마차를 탄 사람들이 모두 놀라서 물었습니다.

"애야 너 형과 헤어지는 것이 싫어서 그러는구나……."

사람들의 위로에도 아우는 계속 뒤를 보며 울음을 그치지 않았습니다. 그러고는 "형도 파리로 가요……."하고 울먹이며 말했습니다. 그제서야 사정을 눈치 챈 승객들이 루오 할아버지에게 마차를 세우게 하고 돈을 거두었습니다.

마부할아버지도 사정이야기를 듣고, "그런 줄 알았으면 너희들에게 돈을 받겠니? 거저 태워줄 것이니 어서 타거라."하고 형제를 태워서 파리에 무사히 데려다 주었습니다. 승객들이 거둔 돈은 고스란히 두 형제에게 전해주었습니다.

동생을 마차에 태우고 마차 뒤를 따라가던 형은 프랑스의 유명한 시인으로 이름을 남긴 '미시엘 제인' 이었습니다.

이 외에도 형제간에 서로의 집안 형편을 걱정한 나머지, 논에 거둬둔 낟가리를 밤새도록 형은 동생의 논에, 동생은 형의 논에 날라다 준 의좋은 형제 이야기가 있습니다. 이들 형제야말로 길이 남겨질 미담의 소유자들입니다.

지극한 효성으로 받은 선물

조선시대 장영실은 효행이 지극하여 노비의 신분을 면했습니다. 한글을 만드신 조선의 4대 임금님이신 세종대왕 때의 사람으로, 세종대왕을 도와 측우기를 비롯한 많은 발명품을 만들었습니다.

장영실은 기생의 아들로 태어났기 때문에, 열 살이 되자 어머니와 헤어져 관가의 노비가 되었습니다. 어머니와 헤어진 장영실은 자나 깨나 어머니를 그리워하며 나날을 보냈습니다.

장영실은 가뭄이 오래 들었을 때, 논에 강물을 끌어들이고 물을 댈 수 있는 도구를 발명하여 흉년을 막을 수 있는 공을 세웠습니다. 원님은 그 공을 칭찬하며 소원을 물었더니, 장영실은 어머니를 만나게 해 달라고 했습니다.

원님은 효성이 지극한 영실을 더욱 칭찬하였고, 그 소문이 임금님까지 알게 되어 벼슬을 받은 후 궁중에서 일하게 되었습니다. 그리고 노비의 신세도 면하게 되어 어머니와 함께 살 수 있었습니다.

부모님을 정성껏 모시고 존경하며 사랑하는 사람이 모든 사람에게 사랑받을 수 있는 사람입니다.

효(孝)란 소중한 자기의 생명이 존재하게 된 근원을 생각하고, 그 근원을 몸과 마음을 다해 몸가짐을 공손히 하고 존경해야 하며 사랑하는 것을 뜻합니다.

따라서 효의 뿌리는 어버이와 자녀 간에 만들어지는 사물의 맨 처음 관계로부터 출발합니다. 효행(孝行)은 나를 낳아 주시고 길러주신 어버이를 성심 성의껏 섬기는 일을 말합니다.

우리가 이 세상에 태어나 살고 있는 것은 부모님이 계시기 때문이며, 배불리 먹고 즐겁게 학교를 다닐 수 있는 것은 부모님이 열심히 일하셔서 필요한 돈을 주시기 때문입니다. 우리가 아플 때 모든 괴로움을 참고 돌봐 주시며, 훌륭한 사람이 되도록 가르쳐 주시고, 온갖 고생을 마다하지 않으십니다. 이러한 부모님의 보살핌에 감사하는 마음을 가져야 함은 너무나도 당연한 일입니다.

부모님에 대한 몸가짐은 항상 밝은 표정과 태도로 부모님의 마음을 편안하게 해 드리고, 걱정을 끼치는 일을 해서는 절대 안 됩니다.

자식을 사랑하지 않는 부모가 없기 때문에 부모는 자식에게 해로운 말씀을 하지 않습니다. 부모님은 살아오는 과정의 오랜 경험을 통하여 많은 것을 알고 계십니다. 그러므로 부모님의 말씀과 행동에서 지혜를 배워야 합니다.

또, 부모님과 한 약속을 꼭 지켜야 합니다. 약속을 지키지 못하면 자식을 믿지 못하여 걱정을 합니다. 걱정을 시키는 것은 불효입니다.

부모님은 시키는 일을 잘 하는 자식에게 정이 간다고 합니다. 효성스럽기 때문입니다. 그러나 시키지 않은 일이나 생각지도 않았던 일을 자식 스스로 알아서 해결해 나가며 부모의 일을 도와줄 때, 부모님은 더더욱 흐뭇해하시며 자식 키운 보람을 느낀답니다.

미화원 아버지의 고백

이른 새벽에 환경미화원 아버지를 따라나선 대학생 아들. 부자는 손수레를 밀고 끌며 말했습니다.

"힘들지?"

"뭘요, 아버지는 매일 하시는 일인 걸요."

아들은 아버지가 자랑스러웠습니다. '박카스' TV광고에 부자는 이렇게 등장합니다.

서울 강동구청 환경미화원인 박선치(당시54세)씨와 수원대학교 법학과 1학년인 그때 21세된 아들 상호군입니다.

광고는 2000년 5월 들어 전파를 타면서 곧바로 시청자의 눈길을 붙들었습니다.

'진짜 아들일까?' 하는 호기심에서 다시 보고, 자막으로 확인하면 '그놈 대견하다' 싶어졌습니다.

부자간의 화목함에는 사연이 있었습니다. 박씨는 원래 서울 평화시장에서 옷장사를 하였습니다. 그러나 사업에 실패하면서 부산으로 내려가 공동어시장 중개인으로 10년을 일했습니다. 그러나 수입에 기복이 심해 그만 두고 서울로 돌아온 것이 84년, 다시 찾은 직업이 강동구청 환경미화원이었습니다.

그러나 자식들에게는 그냥 '구청에서 일한다'고만 하였습니다. 작업복은 구청이나 작업현장에서 갈아입었습니다. 작업구역을 나눠 맡을 때에도 자식들의 등하교 길은 피했습니다. 그러기를 10년이 지났습니다. 94년 고등학교 2학년이던 큰아들 상호가 공부는 않고 놀기만 하자 박씨는 마음을 바꿔 먹었습니다.

"사실 아버지는 환경미화원이다. 아버지를 봐서라도 마음을 잡아라."

그 날 3남매와 박씨 부부는 밤새 울었고 상호는 책상 앞으로 돌아왔습니다.

MBC 에드컴은 당초 이 광고의 컨셉을 잡아놓고도 한 달 넘게 마땅한 모델을 찾지 못했습니다. 서울 각 구청들을 통해 환경미화원을 아버지로 둔, 대학생 아들 수 십 명에게 출연을 요청했지만 응해온 아들이 없었습니다.

광고 제작을 거의 포기하고 있을 무렵, 4월 중순 상호군으로부터 연락이 왔습니다.

상호군은, '어려운 가정형편이지만 어느 가정보다 행복합니다. 부모님의 부지런함이 언제나 나를 가르치고 단련시켰습니다.' 하고 말했답니다.

박씨 부자에게 책정된 모델료는 500만원이었습니다. 하지만 광고 시사회에서 부자의 사연을 전해들은 유충식 동아제약 대표이사는 상호군의 대학4년 장학금 2천만 원과 박씨가 당첨된 아파트 분양 잔금 3천 5백만 원을 부담하겠다고 자청하였습니다. 상호군은 그 후로도 새벽마다 아버지를 따라나섰습니다.

'맡은 일에 최선을 다하고, 땀 흘려 번 정직한 돈으로 저를 키워주신 아버지를 존경합니다.' 라고 말했습니다.

"힘들지?" "뭘요, 아버지는 매일 하시는 일인 걸요."

얼마나 다정하고 듬직한 대화입니까?

부자간에 얼마나 깊은 사랑이 묻어나고 있습니다.

나 누 는 . .
사 . 랑 . 이 . .
아 름 답 다 . .

······ 아시아의
등불

행복한 삶을 누리기 위한 마음을 살찌우는 지혜

아시아의 등불

철학자의 얼굴을 보고 싶거든 인도의 시성 '타고르'의 얼굴을 보십시오. 백발의 머리, 넓은 이마, 깊은 눈, 우뚝 솟은 코, 굳게 다문 입술, 타고르의 얼굴은 하나님의 위대한 작품입니다.

20세기 인물 중 가장 멋이 있는 얼굴을 고르라면 망설이지 않고 타고르의 얼굴을 고르겠다는 사람이 많이 있습니다. 사색의 깊이와 품성의 깊이와 인격의 넓이를 갖는 얼굴입니다. 1913년 동양인으로서 처음 노벨문학상을 탄 시인이요, 사상가요, 소설가인 타고르는 그의 편지에서,

"위대한 날은 사랑의 날이요, 만남의 날"이라고 했습니다. 간결하지만 의미심장합니다.

인생은 너와 나의 만남입니다. 깊은 만남, 행복한 만남처럼 세상에 보람 있는 일이 없습니다. 우리는 좋은 스승을 만나고, 아끼는 제자를 만나고, 정다운 애인을 만나고, 다정한 친구를 만나고, 훌륭한 사람을 만나야 행복합니다.

인생은 너와 나와의 사랑입니다. 깊은 사랑, 영원한 사랑, 다정한 사랑처럼 인생에서 존귀하고 소중한 것은 없습니다. 산다는 것은 사랑하는 것입니다.

인생에서 가장 중요한 만남은 깊은 만남이요, 따뜻한 사랑입니다. 위대한 날은 사랑의 날이요 만남의 날입니다. 타고르의 말은 인생의 명언

입니다.

그는 우리나라를 '아시아의 등불'이라고 불렀습니다. 우리나라의 유구한 역사와 찬란한 문화를 꿰뚫어 보고, 세상을 훤히 밝혀줄 등불로 비유했습니다.

그렇습니다. 등불이 될 수 있는 충분한 자격과 능력을 지니고 있습니다. 그러나 사리사욕과 당리당략에 사로잡혀 서로 물고 늘어지는 정치력으로는 힘을 기를 수 없습니다. 경제는 세계수준인데 정치는 후진국 수준이라는 말을 정치가들은 귀담아 들어야 합니다.

세계인이 놀랄 힘을 길러야 합니다. 그것은 위대한 가능성의 존재인 어린이를 바르게 교육하는 데서부터 시작됩니다.

등불을 밝히기 위해 아랍 열강국 속에서 굳건히 버티고 나라를 발전시키는 유태인의 교육정신을 배워야 합니다. 유태인이 그 긴 유랑생활을 끝내고 나라를 다시 세워, 발전시켜 온 것은 어머니의 힘이 컸음을 모두 믿고 있습니다.

유태인 어머니들의 교육방법을 우리의 전통문화에 접목시켜 우리만의 교육방법을 깨쳐 적용해야 합니다.

한 나라가 흥하느냐 망하느냐 하는 것은 어린이를 어떻게 키우느냐에 따라서 결정되기 때문입니다.

어머니와의 행복한 만남에서 등불을 훤히 밝힐 사랑을 익혀야 합니다. 자애심이 많은 어머니는 도리어 나쁜 버릇을 길들이기 쉽습니다. 현명한 어머니는 스스로 고생을 겪고 고생을 통해서 인생을 알고, 인생과 싸워 나아갈 진취성과 용기를 갖게 해줍니다.

슬기롭고 포근한 어머니의 품이 우리의 희망입니다.

우리는 근본이 우수한 민족

도산 선생은 1878년 11월 9일 평남 강서군에서 태어나, 1938년 3월 10일 옥고로 인한 병환 때문에 순국하셨습니다. 그는 60년의 생애 동안 민족의 독립과 나라의 권리를 회복하기 위해 몸과 마음을 다 바치신 선각자이십니다.

우리나라는 한반도에 나라를 세운 후 외세의 큰 침략을 여섯 번 받았습니다. 수양제와 당태종의 침공, 원나라의 습격, 병자호란의 비극, 임진왜란의 곤욕을 치렀습니다만, 그 때는 나라의 맥이 끊이지 않았습니다.

그러나 최근에 일본한테 35년간 나라의 맥이 끊어지는 비극을 겪었습니다. 국토를 빼앗김으로써, 나라의 권리도 빼앗기고, 나라의 맥이 끊기고, 나라의 뿌리가 흔들리고 나라가 빛을 잃게 된 일제 35년간의 비극은 겪어 본 사람만이 압니다.

35년간 일본의 정치적 사슬에 얽매어 역사의 노예로 곤두박질하였으며, 온갖 고난과 굴욕과 불행을 겪다가 일제의 종살이에서 풀려난 지 겨우 60년이 되었습니다.

일제 말에 조선총독부의 한 고위고관이 도산에게 독립을 포기하고 일본에 예속해서 사는 수밖에 없다고 설득했습니다. 이야기를 끝까지 조용히 듣고 난 도산은,

"한 나라의 운명이 그렇게 간단하게 처리되는 것이 아닙니다."하여

간담이 서늘케 했다 합니다. 또, 운명하면서, "동지들이여, 낙심하지 마십시오. 일본은 가까운 시일 안에 반드시 패망합니다."라고 하여 일본의 패망이 가까이 왔음을 내다봤습니다. "우리는 근본이 우수한 민족입니다."라고 그는 한국인의 민족성을 간결하고 정확히 표현했습니다.

우리는 근본이 우수한 민족이기 때문에, 민족적 자신감을 가지고 꾸준한 훈련을 쌓으면, 인류의 존경을 받을 수 있는 세계의 모범 민족이 될 수 있다고 확신했습니다.

도산의 말씀은 지금 점점 맞아가고 있습니다. 몇 만 년이 지나도 튼튼한 기반 위에 잘 살고 강력한 나라를 만드는 것이 우리의 역사적인 목표입니다.

도산은 젊은 청소년들에게 인물 되기와 사랑하는 방법을 깨치기를 권하였습니다.

인물은 저절로 되는 것이 아닙니다. 큰 뜻을 세우고, 정성을 다해 힘을 길러야 합니다. 인격과 정신을 부지런히 갈고 닦으면, 많은 사람이 우러러보는 큰 인물이 될 수 있습니다.

사랑은 나눔에서부터 시작합니다. 나눔은 남을 배려하는 마음입니다. 내 몫을 챙기려는 마음을 버리고, 내가 가지고 있는 무엇이든지 나누려는 마음이 앞서야 합니다. 모든 것을 덮어주고 믿으며 바라고 견디어 내야 합니다. 나를 낮추며 겸손한 마음으로 늘 용서하고, 가난한 사람들의 마음을 헤아려보고 채워주려는 마음과 행동이 사랑의 시작입니다.

수십 명 수백 명을 포용할 수 있는 큰 그릇, 많은 사람에게 큰 감화와 영향을 줄 수 있는 뛰어난 사람이 되어, 사랑을 나누는 아름다운 사람을 그려봅니다.

밝게 빛나는 나라

우리는 우리나라가 밝게 빛나는 나라가 되기를 원합니다.

오천년의 역사 동안 우리나라는 남의 나라를 넘보거나 성가시게 한 일이 없습니다. 너무 착하여 늘 이웃나라의 침공을 받아왔습니다. 그러나 그때마다 모두 힘을 합쳐서 물리친, 끈기 있고 용감한 국민성을 지녔습니다.

역사의 흐름을 살펴볼 때 아쉬운 점이 있습니다만, 흘러온 역사를 다시 제자리로 가져다 놓을 수는 없습니다. 그 역사를 살펴보고 다시는 그런 후회가 없도록 정신을 가다듬는 일이 지금 우리가 해야 할 일입니다.

조선말 대원군의 쇄국정책으로 나라의 문을 너무 늦게 열어, 앞서가는 선진국들의 문물을 빨리 받아들이지 못한 아쉬움이 있습니다. 그러나 이제부터라도 과감하게 선진국의 심장을 파고 들어가 배울 것은 배우고, 우리의 나쁜 점은 미련 없이 버려야 합니다. 그러기 위해서 우리는 밝은 마음을 키우는 것이 중요합니다.

"하느님이 가라사대, 빛이 생겨라 하심에 빛이 있었다."

성서의 창세기에 나온 말입니다. 성서는 모두 66권입니다. 구약성경은 39권으로 히브리말로 써있고, 신약성경은 27권으로 그리스말로 기록되어 있습니다. 바이블(Bible)은 비브리오(Biblio)라는 그리스말에서 유래했으며 책이라는 뜻을 가지고 있습니다.

성서에 의하면 하느님이 6일간에 걸쳐 천지를 창조할 때 제일 첫쨋날 창조한 것은 빛입니다. 하느님께서 "빛이 생겨라!"하시자 찬란한 빛이 생겨났습니다. 밝은 것처럼 좋고 위대한 것은 없습니다.

우리는 밝은 얼굴, 밝은 눈, 밝은 웃음, 밝은 마음, 밝은 표정을 가지고 밝은 인생을 살고, 밝은 가정을 만들고, 밝은 나라를 세우고, 밝은 역사를 창조하고, 밝은 세계를 건설해야 합니다. 이런 밝음은 천진난만한 유아들의 얼굴에서 찾을 수 있습니다. 아직 세상의 더러움에 물들지 않고, 어려움에 젖어들지 않았으며, 어떤 욕심에도 크게 마음을 상하지 않았기 때문입니다.

어린이들의 마음을 배워 세상을 밝게 바라보며, 꿈을 좇아 이웃과 더불어 열심히 그리고 깨끗이 살아가려는 마음으로 채워지면 밝음을 찾을 수 있습니다.

인간은 빛의 아들이요 광명의 딸입니다. 우리는 밝게 빛나는 한국을 만들어가야 합니다. 밝은 마음을 갖고 밝은 사람이 되어야 합니다. 광명이란 빛나고 밝은 것입니다. 인간은 어둠의 딸이 아니요, 암흑의 아들이 아닙니다. 밝게 빛나는 국민이 되어 밝게 빛나는 나라를 만드는 것이 우리의 큰 염원이고 큰 소망입니다.

하느님은 사람도 아니요, 식물도 아니요, 물도 아닌 빛을 왜 제일 먼저 만들었는지 깊이 생각해봐야 합니다. 인류 최고의 고전이며 베스트셀러인 책 중의 책인 성서, 그 맨 첫 자리를 차지하는 빛의 아름다움과 고귀하고 위대함을, 마음에 가득 채우며 살아갈 때 세상은 더욱 밝아질 것입니다.

뿌리 깊은 나무

"뿌리가 깊은 나무는 바람에 흔들리지 아니하므로, 꽃이 찬란하게 피고 풍성한 열매가 많습니다."라는 '용비어천가' 제2장의 첫 구절이 생각납니다.

세종27년(1445년) 정인지, 권제, 안지를 시켜 조선 건국의 정당성을 도모하고, 후대 왕에 대하여 선을 권하며 악을 경계하라는 가르침, 그리고 훈민정음의 시험과 나라말로서 권위를 부여하기 위해 지은 글입니다. 조선왕조의 사적을 찬양한 대서사시며 송축가로서, 조선 창업이 정당하며 왕조의 운명이 영원할 것임을 밝힌 내용입니다. 다른 장과 달리 중국 고사를 전혀 인용치 않고 나라가 번창할 것을 나무에 비유하여 서술한 장으로 가장 문학성이 뛰어난 글입니다.

모든 식물은 뿌리가 있습니다. 이 뿌리가 땅에 완전히 뿌리를 내려 힘차게 뻗느냐 뻗지 못하느냐에 따라 그 식물의 번식이 좌우됩니다. 식물이 잘 자랄 수 있도록 때에 따라 알맞게 비료를 주고 가지를 쳐주며 벌레를 막아주면 식물은 무럭무럭 잘 자랍니다. 식물뿐 아니고 동물에게도 그 뿌리가 있습니다. 우수한 종은 없어지지 않고 다른 종보다 훨씬 번식을 왕성하게 합니다. 자기 종의 번식을 위해 약육강식이라는 말이 생겨나게 되었지요.

반만년의 오랜 역사를 지닌 우리나라는, 960여 번 외적의 침임을 받았지만, 오늘에 이르기까지 나라를 굳건히 지켜 물려주었습니다. 우리는 훌륭한 우리 조상들에게 항상 고마운 마음을 갖고 살아가고 있습니다.

또 우리가 이렇게 세계의 열강들과 어깨를 나란히 하여 열심히 살고 있는 것은, 우리의 후손들에게 경제적·정치적·문화적으로 뒤떨어지지 않는 훌륭한 유산을 남겨주기 위해서입니다. 뿌리를 튼튼히 해줌으로써 후손들은 더욱 큰 발전을 가져와, 이 지구상에서 자랑스럽고 찬란히 빛나는 나라를 세워 나갈 것을 바라기 때문입니다.

이 지구에는 2005년 현재 195개의 나라가 유엔에 가입하여 독립된 국가로서 서로의 주권을 존중하며 어울려 살고 있습니다. 우리와 피를 나눈 약 570만 명의 형제자매들이, 이 중 140개가 넘는 나라에서 그곳의 지리와 문화에 적응해가며 살아가고 있습니다. 우리는 이 분들을 해외동포라고 부릅니다. 미국 200만 명, 중국 199만 명, 일본 70만 명, 캐나다 11만 명의 순으로 많이 살고 있으며, 그 밖의 나라들에서도 높은 적응력을 보이고 있습니다.

말과 풍속이 다른 세계 여러 나라에서 우리말을 거리낌 없이 사용하고, 우리 문화를 자유롭게 누릴 수 없음에도 꿋꿋하게 살아가는 그들의 모습이 자랑스럽습니다.

그들이 뿌리를 내릴 수 있었던 것은 천 번에 가까운 외침에도 굳세게 버티고 살아온, 우리 민족 고유의 끈질김과 부지런함, 그리고 남을 괴롭히지 않는 순수한 성격을 이어받았기 때문입니다.

이 성격이 우리국민의 자랑거리이며 우리의 뿌리입니다. 또 우리의 말과 글과 아름다운 풍속을 지닌 문화가 우리의 뿌리입니다.

미래를 꿰뚫어 볼 수 있는 지혜

'한 여름 높이 솟은 포플러 나무 그늘에서, 서늘함을 마음껏 노래 부르며 즐기는 매미와, 제 몸보다 몇 십 배가 넘는 무거운 짐을 굴리며 땀을 흘리는 쇠똥구리 중 누가 더 지혜로운 삶을 사느냐?

눈에 보이는 이익만 생각한다면 약삭빠르게 넘겨버리는 생활방식이 지혜일 것도 같으나, 자기 한평생 백년을 내다보는 안목으로 살펴본다면 쇠똥구리의 삶이 더 지혜롭다 할 것입니다.

그런데도 우리들의 일상생활을 돌아보십시오. 순간만을 노리고 바람직하지 못한 잔꾀를 부리는 사람이 얼마나 많이 있습니까? 반만년 우리의 역사 속에서도 이 바르지 못한 버릇은, 민족의 얼과 미래로 향하는 슬기의 샘물에 몇 점의 오점을 남기지 않았습니까? 여러 번 있었던 외국침략을 미리 막지 못한 뼈아픈 역사적 사실이 이것을 증명하고도 남습니다.

그러나 임진왜란 때 이순신장군은, 앞날을 미리 내다보고 준비하여 치밀한 작전에 따라 싸웠기에 23전 23승이라는 역사상 큰 기록을 남겼습니다.

지도자가 미래를 내다볼 수 있는 밝은 눈을 가지지 못하면, 큰 불행을 당한다는 것을 여러 역사의 기록에서 찾아볼 수 있습니다.

또 한 가지 고구려의 멸망을 예로 들어보겠습니다. 연개소문은 당나라와의 전쟁을 치르기 위해 영류왕과 기존의 귀족세력과의 권력투쟁을 벌려, 귀족 백여 명과 영류왕을 죽였습니다. 국가 권력을 장악하고 당나라와의 전쟁을 준비하였습니다.

그러나 70여년에 걸친 수와 당나라, 거란과 신라와의 투쟁으로 인적, 물적 손실은 많은 국력을 소모시켰습니다. 연개소문의 독재는 민심혼란을 부추겼고, 국민생활은 도탄에 빠지게 되었습니다.

666년 연개소문이 병들어 죽자, 권력을 잡기 위해 남생, 남건, 남산 세 아들은 화합하지 못하였고, 끝내 동생인 연정토는 12성과 군사를 이끌고 신라에 투항하였으며, 남생은 그렇게도 아버지가 정벌의 대상으로 삼았던 당나라에 투항하기까지 이르렀습니다.

이 불미스러운 집안싸움은 민족사의 흐름을 서글프고 어렵게 만드는 계기가 되었습니다. 이 집안싸움이 슬기롭게 억제되었다면, 광개토대왕이 개척하신 넓고 넓은 만주 땅이 오늘날까지 우리 땅으로 자랑스럽게 지켜졌을 것입니다.

일본의 침략 시에 제 마음대로 중국에 떼어준 압록강 이북의 우리 간도 땅, 나라 잃은 백성들의 가슴을 아프게 했던 역사적 사실을 잊지 않아야 합니다.

이와 같이 만주 땅을 잃은 조상들의 뼈아픈 실수를 우리는 오늘날 교훈으로 삼아야 합니다. 그러자면, 남이 볼 줄 모르는 것을 볼 줄 알아야 합니다. 이러한 미래를 내다보는 지혜로 우리의 어제와 오늘을 꿰뚫어 보고, 밝은 내일을 설계하는 사람이 필요합니다.

성웅 이순신

우리나라 국민들에게 "제일 존경하고 있는 우리 조상이 누구냐?"고 물었을 때, 제일로 손꼽는 분이 이순신 장군입니다.

이순신 장군은 지금부터 460여 년 전인 1545년 4월 28일 새벽에 태어나셨습니다. 어려서부터 남달리 총명하고 무예에 뛰어났던 장군은, 32세에 무과에 급제하고 관직에 몸담으신 뒤, 여러 차례 억울한 모함을 받으셨습니다. 그러나 백성과 나라를 위하는 마음을 잃지 않고 꾸준히 맡은 바 직무에 충실하여, 위급한 나라를 구할 힘을 기르셨습니다.

조선 14대 선조 왕 때 그 당시 일본은 우리 조선을 자기의 속국으로 만들기 위해 침략이 잦았습니다. 드디어 명나라를 치기 위한 길을 내주라는 핑계로 임진왜란을 일으켰고, 아무런 준비도 없었던 조선은 큰 혼란 속에 빠지고 말았습니다. 선조대왕은 도읍지인 서울을 내주고 평양과 의주까지 피난을 가게 되었습니다.

이런 위기를 미리 내다본 이순신 장군은, 처음 전라좌수사로 부임하면서부터 화포를 만들고, 세계최초의 철갑선인 거북선을 만들어 군사들을 훈련시키는 등, 왜적과 대항해서 싸울 준비를 철저히 하였습니다. 열렬한 애국심과 탁월한 통솔력, 그리고 지혜를 갖춘 용맹스러움으로 그는 우리 민족이 낳은 가장 위대한 인물이 되었습니다.

뛰어난 통솔력을 발휘하여 적과 싸울 때마다 승리함으로써 승진이 무척 빨랐습니다. 따라서 한 때는 군인으로서 대 선배인 원균의 모함을 받아 옥살이까지 하였습니다. 삼도 수군통제사에서 물러나 백의종군까지 하면서도 나라를 건져야한다는 일념으로 결코 원망하지 않고 전장에 나섰습니다.

원균의 군대가 크게 패하고 다시 군대를 맡게 되자 오히려 감사하고, 120명의 군사와 12척의 배뿐인 아주 불리한 전력임에도, 지금의 해남과 진도 사이 바다인 울돌목(명량)해전에서, 10배가 넘는 왜적을 섬멸하여 왜놈들의 간담을 서늘케 하였습니다.

마지막 싸움터인 노량해전에서 적의 화살을 맞고 돌아가시며 남기신 말씀에서 장군의 애국심을 잘 알 수 있습니다.

"나를 가려라. 그리고 이 북채를 받아 내가 치는 것처럼 북을 울려라. 이 싸움이 끝나기 전에는 내가 죽었다는 사실을 아무에게도 알리지 말라. 저 원수의 왜적들을 우리 땅에서 깨끗이 내쫓지 못하고 죽는 것이 한이로다."

이 때 장군의 나이 54세. 1598년 12월 16일(음력 11월 19일)이었습니다.

충무공 이순신 장군은 내 몸을 돌보지 않고 조국과 민족에 헌신한, 우리의 오랜 역사상 가장 뛰어난 조상이십니다. 역사가들은 나폴레옹을 꺾은 영국의 넬슨제독도 감히 따를 수 없는 세계적인 인물이라고 장군을 평가하고 있습니다.

충무공의 나라와 민족을 사랑하는 마음, 남에게 의지하지 않고 스스로 나라를 지키려는 마음, 새롭게 생각하고 창조하는 태도, 용감히 싸우고 반드시 이기는 정신, 사사로움을 돌보지 않는 청렴한 생활태도는 우리가 본받아야 할 점입니다.

세계 해전사에 장군의 23전 23승의 대기록은 영원히 빛나고 있습니다.

다시 찾은 시온의 영광

1945년에 독립한 나라는 우리나라와 이스라엘 공화국입니다. 기원 70년 로마제국의 지배하에 있던 이스라엘은 독립운동을 일으켰으나 실패하고 말았습니다. 망국민으로 전락하여 세계 각국을 유랑하던 이스라엘 사람들은 그들의 고향인 팔레스타인에 조국을 재건하고, 시온의 영광을 다시 찾았습니다. 시온은 유태민족의 위대한 제왕인 다윗의 제단을 모신 예루살렘의 조그만 성스러운 산의 이름입니다.

이스라엘은 1948년 독립 이후 아랍세력과의 분규와 갈등으로 4차에 걸친 중동전쟁을 치러야 했습니다. 북에는 레바논과 시리아, 남에는 이집트, 동에는 요르단에 둘러싸인 남한 국토의 4분의 1 정도의 땅에 612만 명이 살고 있습니다.

그들의 생존은 가혹하고, 역사는 긴박합니다. 이스라엘은 전 국민이 병역의 의무를 지는 남녀개병의 징병제도로, 1억 아랍인의 포위 속에서 국가의 명맥을 굳건히 지키고 있습니다. 이스라엘 국민의 90%는 유태교인이며 기독교인은 2% 밖에 되지 않습니다. 세상에서 가장 무서운 것은 서로 다른 인종간의 갈등이며 종교가 다른 종파간의 편견입니다. 이 두 가지가 겹치면 그 무서움은 극에 달한다 합니다.

이스라엘과 아랍 세력 사이에 가로 놓인 이 두 가지 편견의 무서운 장벽 때문에 항상 위기적 상황이 계속되고 있습니다. 이스라엘 민족과 아랍민족, 그리고 유태교와 이슬람교 간의 갈등으로 중동을 '세계의 화약고'라고 일컫습니다.

역사의 가혹한 십자가를 지고 2천년 동안 고난과 시련의 가시밭길을 살아온 이스라엘은 우리에게 커다란 교훈을 주고 있습니다. 애국심, 종교관, 교육열과 교육방법, 준법정신 등 우리는 배울 것이 너무 많습니다.

우리가 많이 읽고 있는 '탈무드'에 대하여 이야기해 봅시다. 유태인들이 성전으로 여기고 있는 '탈무드'는 나라 잃은 유태인에게 5천년에 걸쳐 정신적 지주가 되어온 생활규범입니다.

농업, 제사, 여자, 민법과 형법, 사원, 순결과 불순 등 여섯 개로 구분되었으며, 20권 12,000페이지에 단어 수만도 무려 250여만 개 이상이고, 무게는 75킬로그램이나 된답니다. 기원전 500년부터 시작하여 기원후 500년에 걸쳐, 천년동안이나 구전되어 온 것들을 수많은 학자들이 10여년에 걸쳐 수집 편찬하였습니다.

오늘을 살고 있는 우리의 생활 속에까지도 깊이 관여하고 있기 때문에, 이것은 유태인들의 5000년에 걸친 지혜이며 지식의 보고라 할 수 있습니다. 인생은 무엇이며 또한 인간의 존엄이란 무엇인가? 행복은 무엇이고 사랑이란 무엇인가? 5000년의 기나긴 세월을 살아온 유태인들의 온갖 지적 재산과 정신적 자양분이 모두 이 한 권의 탈무드에 담겨져 있습니다.

조그만 땅에 사는 이 나라가, 주위의 몇 배가 넘는 아랍인에게 굴하지 않고 굳세게 버티며, 영화를 누리는 힘이 어디서 나오고 있는지 먼저 살펴봐야 합니다. 세계 곳곳에 흩어져 있어도 1800년 이상을 동화되지 않고 유태인의 독자성을 지켜왔음은 놀라운 일입니다. 그 원천은 '성서'를 오늘날의 것으로 삼고 그 가르침을 정신과 생활의 기둥으로 굳게 지켜왔기 때문입니다.

한 유학생의 반성

미국에 유학 가서 2년째 공부한 여학생이 겨울방학을 맞아 잠시 동안 귀국했습니다. 그 여학생은 신문투고란을 통하여 담담한 글을 올렸습니다.

"유학을 떠나기 전 어머니께서 그곳 겨울은 서울보다 더 춥다면서 값비싼 밍크코트를 사주셨습니다. 역시 겨울엔 무척 추워 그 옷을 입었는데 이상하게도 그런 고급 옷을 입은 사람은 나밖에 없었습니다."

그녀는 말을 이어갔습니다.

"간혹 무스탕이나 토스카나와 밍크 등 값비싼 옷을 입은 사람을 거리에서 보는데, 전부 한국 유학생이거나 한국 교포였습니다. 도시에 나가봐도 사정은 거의 비슷하였습니다. 밍크 옷을 입은 나를 보고 일본인 친구가 말했습니다. '멋있다'는 말보다는 '너 아주 값비싸 뵈는 옷을 입었구나.' 해서 약간 쑥스러웠습니다."

나라는 1인당 국민소득이 3만 달러가 넘는 부자나라인데 개인은 가난한 일본인이었습니다. 그러나 그들은 세계 어디를 가도 경제대국의 국민대접을 받습니다. 유학생의 투고는 이렇게 마무리했습니다.

"서울의 어디서나 볼 수 있는 우리나라 젊은이들의 화려한 차림을 미국서는 보기 힘듭니다. 뿐만 아니라 미국인은 검소한 생활이 몸에 배어 있습니다. 한국인은 머리에서 발끝까지 너무 많은 시간과 돈을 들이고 있는 듯합니다.”

“세계시장에 이렇다하게 내놓을 만한 한국산 제품이 삼성이나, LG의 가전제품과 휴대전화 이외에는 얼마나 됩니까? 우리 모두 절약하고 검소한 생활을 했으면 합니다.”

미국 유학중인 이 여학생은 미국과 외국인의 실태를 날카롭게 도려냈습니다. 아무리 세계를 누벼도 눈에 보이는 피사체를 제대로 못 본다면 부질없는 여행이 될 것입니다.

간혹 외국에 나갔을 때, 어떤 곳의 물건이 쓸 만하다는 가이드의 설명이 떨어지기 무섭게, 그 매장의 상품이 품절되는 현상을 목격하고 씁쓸한 웃음을 지은 적이 있습니다. 외국에 나가서 쓴 여행객의 카드 사용액이 나라 경제를 걱정할 정도에 이르고 있다는 신문 기사를 볼 때마다, 국민의 한 사람으로서 부끄러운 마음을 금할 수 없습니다.

외제차의 매출은 해마다 느는데, 안타깝게도 우리 차는 외제차의 매출상승률을 따르지 못하고 있습니다. 수억대의 골프채와 외제시계의 밀수, 유명상표의 의류와 고급가구의 수입 등 망국병이 다시 도지는 것 같아 가슴이 답답하기만 합니다.

국민들에게 번지고 있는 사치풍조, 졸부들의 돈이면 모든 것이 다 해결된다는 황금만능주의는, 급변하고 있는 사회상을 보여주고 있어 우리 마음을 무겁게 해주고 있습니다.

사회지도층은 물론 우리의 아버지와 어머니는 조상들의 청빈했던 생활을 다시 배워 그 본을 보여야겠습니다.

외국인은 우리를 어떻게 볼까?

우리나라에 살고 있는 외국인들은 우리를 어떻게 보고 있는지 궁금합니다. 그들이 보는 한국인은 세계인들이 보는 한국인일 수 있습니다.

그들은 우리를 '동방무례의 나라'라 하고 있습니다. 또 '뭐든지 빨리 빨리 너무 서둔다. 교육열은 높지만 한국을 닮고 싶지는 않다. 한국인은 모르는 사람에게 너무 쌀쌀하다. 한국인의 얼굴은 화가 잔뜩 나 있는 표정이다. 복잡한 길에서나 차안에서나 극장 안에서 부딪쳐도 인사가 없다. 사치가 심하다. 감정적이고 독선적이다.'는 등 단점을 꼬집습니다.

그러나 '한 번 사귀면 정이 많다. 솔직하고 친절하다. 낙천적이고 개방적이다' 하고 칭찬도 합니다.

우리는 구호로만 국제화와 세계화를 외칩니다. 외국인들의 눈에 비친 한국인은 인간관계에 있어서 세계 속의 시골뜨기 같은 인상이 짙습니다. 서울에 유학 온 외국인 학생들에게 물어 본 한국인에 대한 인상은 '매너가 없다. 거칠다. 공중예의가 없다. 음식을 먹거나 술을 마셔도 너무 급하다.'는 것입니다. 외국인들은 우리에게 이렇게 충고합니다.

'이제 한국인의 시야는 보다 길게, 사고는 보다 과학적으로, 행동은 보다 천천히 해야 되지 않느냐?'

우리는 이들이 지적한 단점을 겸허하게 받아들이고, 남의 충고를 귀담아 들어야 합니다. 그렇지 않으면 역사의 대열에서 뒤질 수밖에 없습니다.

나쁜 습관은 어린이때부터 관심을 가지고 계속 지도하면 바뀌어 집니다. 흔히 지적하고 있는 '빨리 빨리'의 성격을 단점으로만 생각하지 말고, 민첩성과 신속정확성을 계발하여 장점으로 발전시켜 나가면 더 좋겠습니다. 우리나라의 민주화가 짧은 기간에 이루어진 것은 나쁜 점은 버리고, 좋은 점은 하루 빨리 고치려는 마음가짐이 있었기 때문입니다.

'신화장조의 비밀'이라는 다큐멘터리를 시청하면서 문제해결을 위해 대처하는 능력을 자주 보게 됩니다. 정확한 문제분석과 신속한 해결능력이 세계를 제패한 가늠길이었습니다.

줄서기는 잘 되고 있습니까? 버스나 기차나 비행기를 이용할 때, 표를 구입하거나 출구를 빠져나갈 때의 모습이 아름답습니까? 운전솜씨는 어쩝니까? 핸들만 잡으면 속력을 내야 직성이 풀립니까? 규정 속도를 지키는 습관이 행복한 생활을 누릴 수 있는 첩경입니다.

얼굴 모습은 날마다 싸워서 화가 가시지 않는 모습입니다. 웃음이 가득한 환한 얼굴은 사랑을 느끼게 해줍니다. 사회가 더 밝아집니다. 만날 때마다 두 번 세 번 상냥한 미소와 함께 인사를 나눌 수는 없습니까? 집안 식구들부터 생활화하면 인사하는 습관이 저절로 몸에 배게 됩니다.

공중도덕은 지키자고 약속한 기본예절입니다. 남에게 폐를 끼치는 나쁜 버릇은 상대방의 기분뿐 아니라, 결국엔 내 기분까지도 상하게 만듭니다. 하나하나 단점을 찾아서 고쳐나가고 장점은 서로가 칭찬해 주며 격려해나갈 때 밝은 사회분위기가 조성될 것입니다.

우리의 고발정신

싱가포르는 오랫동안 영국의 식민지로 있으면서 합리적인 영국식 행정제도를 이어 받았습니다. 싱가포르 사람은 법률과 규정을 잘 지키며, 법을 위반하는 사람은 마땅히 처벌을 받습니다.

길가에서 담배꽁초나 휴지를 버리든지 침을 뱉는 사람에게는 200달러의 싱가포르 돈을 벌금으로 물립니다. 우리나라 돈으로 환산하면 약 7만원이나 되는 무거운 벌금을 물리지요. 이런 단속은 1년 365일 쉬지 않고 단속합니다.

싱가포르 사람들은 돈이 아까워서도 휴지나 담배꽁초 따위를 함부로 버리지 못합니다. 이래서 싱가포르 어디를 가도 거리가 깨끗합니다. 복지국가로 발돋움하고 있습니다. 잘못을 저지르면 누구인지 모르는 사람에 의해 고발을 당하는 나라입니다.

고발은 여러 사람들의 이익을 위해 필요합니다. 알고도 모른 체, 보고도 못 본 체, 듣고도 못 들은 체 하는 데서 고발정신은 멍듭니다. 공연히 남의 일에 간섭하는 것이 아니라 사회질서를 그르치는 행위를 바로잡자는 것입니다.

미국이나 영국, 프랑스와 독일 등 선진국에서는 이웃 부부 싸움도 경찰에 신고합니다. 그대로 두면 동네가 시끄러워지고, 내 집의 어린이들이 나쁜 영향을 받아서는 안 된다는 생각이 숨어 있습니다. 공익에 영향을 줄 염려가 있을 때는 가정생활도 문제가 됩니다. 이것도 질서유지를 앞세우는 논리입니다.

16세 이하의 미성년자를 고용하지는 않았는가, 미취학하는 어린이는 없는가를 살펴서 고발을 합니다. 교통법규를 위반한 친구를 고발하는 일이나, 같이 술을 마시고 운전한 친구를 고발하는 경우도 선진국에서 자주 보는 일입니다.

또, 누가 백화점에서 물건을 훔쳤을 경우, 목격자는 어떤 형식이든지 고발하여 도둑은 잡히고 맙니다. 도둑을 눈감아 준다는 일은 있을 수 없는 일입니다. 가는 곳마다 고발의 눈이 깔려 있습니다.

우리나라의 독일 유학생이 같이 의학을 전공하는 독일 여자 친구와 함께 술을 마시고 자동차를 타고 돌아왔습니다. 그런데 체 5분도 못돼서 교통경찰이 그 여자 친구와 함께 찾아 왔습니다. 술 마시고 운전한 것을 부인했지만, 독일의 의학도가 함께 술을 마셨다고 그의 면전에서 인정하는데 놀라고 말았다는 실화가 있습니다.

독일 의학도는 친구인 한국의 의학도를 보호하기 위한 준법정신에서 고발하였다 합니다. 상대방을 보호하기 위한 고발을 어떻게 생각해야 될까요?

부정을 보면 참지 못하고 고발하여야 하며, 고발한 자를 나라에서는 철저히 보호해 주고 있습니다. 그래서 선진국은 발전을 거듭하고 있습니다.

우리나라도 각종 부정부패를 보면 고발하는 제도가 점점 정착되고 있습니다. 공장의 패수 처리 부정, 회사와 공적자금의 유용, 질이 떨어지는 물품의 생산과 유통, 공사부실, 선거부정, 노동자의 임금 착취……. 그래도 언젠가는 신문과 방송에서 이런 기사들이 거의 자취를 감출 날이 오겠지요.

나 누 는 . .
사 . 랑 . 이 . .
아 름 답 다 . .

...... 꿈은
이루어진다

꿈★은 이루어진다

꿈은 이루어집니다. 그렇습니다. 그러기에 우리의 삶이 즐겁습니다.

2002년 월드컵축구경기가 열리고 있던 그 때, 우리는 태어나서 처음으로 감격적인 기쁨을 맛보았습니다. 집에서 거리에서 직장에서 교실에서 공원에서 카페에서 나이와 장소와 때를 가리지 않고, 모두모두 'Be the Reds'가 새겨진 빨간 T셔츠를 입고나와 빨간 물결의 수를 놓았습니다. 16강이 목표였던 우리의 축구가 8강, 4강의 꿈을 이루어 가면서 '우리도 하면 된다.'는 긍지를 가슴속 깊이 심어, 건국 이래 나라 전체가 최고의 에너지로 넘쳐 흐르게 해주었습니다.

서울의 한복판 시청 앞에서 광화문까지 발 디딜 틈 없이 들어선 응원 인파, 저녁밥을 설치고 꾸역꾸역 몰려든 인파를 보고 세계는 깜짝 놀랐습니다. 일사 분란한 응원 태도와 질서를 지키는 한국인의 모습, 응원 장을 깨끗이 치우는 국민들의 성숙된 모습에 아낌없는 찬사를 보냈습니다.

'대~한민국'과 '오~필승 코리아' 같은 구호외치기, '짜악짝 짝짝'의 손뼉치기 몸짓은 어느새 축구선진국임을 알리는 우리나라 고유의 상징이 되었습니다. 아울러 축구대회 이후에는 우리나라 각종 경기응원 몸짓의 트레이드마크가 되었습니다. 절대 공경의 대상이었던 태극기를 머리와 몸에 두르기도 하고, 새롭게 디자인하여 우리의 얼굴과 팔과 가슴에 내려앉혔습니다. 금기시 되었던 빨간색에 대한 이미지를 하루아침에 완전히 뒤바꿔 놓았습니다.

월드컵축구대회가 끝났습니다만, 우리에게는 4강이라는 신화 같은 이야기 말고도 우리나라에 대한 자긍심을 새삼 확인해 주었습니다. 그리고 우리 청소년들이 세계 속으로 한걸음 성큼 앞서 나아갈 수 있는 계기를 마련해줬습니다. 또한 교육과 사회현실을 비판하고 한국인이라는 사실을 만족스럽지 못하게 생각하고 있었던 청소년들에게 큰 변화를 가져다주었습니다.

지역과 계층을 뛰어넘는 단합으로 세계 곳곳에 흩어져 사는 우리 국민들을 결속시키는 효과를 가져왔습니다. 심지어 우리와 총부리를 맞대고 있는 북한까지도 휴전선의 고성능 방송에 귀를 기울이고, 함께 함성을 지르며 붉은 악마의 응원 열기에 들떠 '한 민족임'을 과시하였다 합니다.

'우리가 언제 이렇게 사랑한 적이 있었나?' '우리가 조국을 이렇게 자랑스러워 한 적이 있었나?' 하며 함께 어울려 신명나게 응원을 하였습니다.

늦은 밤까지 열기에 들떠서 시가지를 배회하였고, 카페나 호프집과 슈퍼 앞 길거리 술판에서 서로가 술값을 치르겠다고 아우성이었습니다. 어깨동무한 채 한데 얼려 목이 터져라 응원가를 부르고 구호를 외쳤습니다.

청소년들이 애국가를 부르며 눈물을 흘리고 '한국인임이 자랑스럽다'고 말할 때, 우리는 이미 월드컵 승리 이상의 성과를 거두었습니다. 이들이 월드컵을 통해 얻은 우리나라에 대한 자긍심을 바탕삼아 당당하게 세계 속으로 나아가는 날, 우리들의 꿈은 이들을 통하여 이루어질 것입니다.

붉은 악마가 되자(Be the Reds)

'Be the Reds' 란 말이 무슨 뜻인지도 모르고 빨간 응원T셔츠를 입었습니다. 한참 후에 알게 된 그 뜻은, '모두 붉은 악마가 되자' (Be the Red devils)에서 'devils' 의 's' 자만 살려 'Reds' 로 표현한 것이라 합니다.

'붉은 악마' 는 우리나라 축구선수들에게 붙여진 사랑스런 애칭이 되었습니다. 어원은 1983년 아메리카주의 멕시코에 열렸던 세계청소년 축구대회로 거슬러 올라갑니다. 박종환 감독이 이끈 청소년 팀은 세계의 축구강호들을 제치고, 4강 돌풍을 일으키면서 세계를 후끈 달아오르게 했습니다. 이때 축구선수들이 입었던 유니폼이 위아래 붉은색 유니폼이었습니다. 날쌔고 무섭게 그리고 두려움 없이 붉은 악마처럼 질주하여, 차례차례 상대한 팀들을 압도했기 때문에 열광한 축구팬들이 붙여준 이름입니다.

1997년 8월 '98프랑스월드컵 아시아지역 예선대회' 를 앞두고, PC통신의 축구관련 동호회의 제안에 따라 국가대표팀 서포터스(Supporters)가 처음 결성되었습니다. 아울러 명칭공모를 통해 '붉은 악마' 로 정식 명칭이 확정되었습니다.

그해 10월 열렸던 카자흐스탄과 원정경기에 여건상 직접 참석하여 응원치 못하고 광화문에서 동아와 조선일보의 옥상에 설치된 대형TV를 활용하여 간접적인 응원을 했던 것이 처음 시작이었습니다. 한국축구를 사랑하는 사람들의 열린 모임인 이 붉은 악마는, 이때부터 우리에게 큰 선물을 안겨주기 시작했습니다.

'레드 콤플렉스' 때문에 붉은색은 50여년을 통제당하면서 우리에겐 잃어버린 색이 되어가고 있었습니다. 붉은색은 청, 백, 흑, 황과 더불어 오방색의 하나입니다. 본디 남쪽을 뜻하는 주작(朱雀)으로 재앙이나 악귀를 쫓는 주술색입니다. 부적이나 인주가 붉은 주사인 것도 이와 같은 원리입니다. 태극기나, 단청, 색동옷, 심지어 일편단심의 단심(丹心)에서 붉은 색을 빼버리면 무슨 답변이 필요하겠습니까?

붉은색은 능동적이고 무엇인가 흥분하게 만드는 과격한 색깔로, 색채 심리학에서는 흥분·전의·도전효과를 가져오는 색으로 규정하고 있습니다. 민간 심성으로도 복을 불러들이는 색깔이기 때문에 지극한 사랑을 받아온 색깔입니다. 이 색을 우리의 12번째 태극전사인 붉은 악마들이 다시 찾아줬습니다. 붉은 혁명을 이뤄 냈습니다. 어떤 위대한 지도자나 어떤 세계적인 이념이 할 수 없는 커다란 일을 해냈습니다. 응원하는 동안 우리들은 '붉은색'과 '악마'에 대한 두려움을 잊을 수 있었습니다.

경기 때마다 서울시청 앞에서 광화문 거리를 가득 메운 붉은 옷의 응원물결은, 우리 자신뿐 아니라 세계를 놀라게 했습니다. 월드컵경기장에 가득 찬 붉은 물결의 응원석 위로 대형 태극기나 여러 가지 구호, 그리고 카드섹션이 펼쳐지면 우리는 모두 한마음이 되어, 말로 표현할 수 없는 흥분의 도가니에 빠졌습니다.

우리는 붉은 악마들 때문에 응원의 즐거움도 알게 되고 흥을 일으킬 줄도 알게 되었습니다. 여성과 젊은이뿐 아니고 남녀노소를 가리지 않고 태극기를 온몸에 두르고 나왔습니다. 얼굴에 페인팅을 한 국민의 모습은, 권위와 격식을 벗어 던지고 넘치는 기쁨과 신명을 확인시켜줬습니다.

먼저 내 자신을 이겨야 한다

진나라의 정치가 '여불위'는 귀한 손님 3000명을 모아서 '여씨춘추'라는 26권의 책을 만들었습니다. 다른 이름으로 '여람'이라고도 합니다. 완성된 책을 '셴양' 시의 문에 걸어 놓고 "이 책의 내용을 한자라도 고칠 수 있는 사람이 있으면 천금을 주겠다."고 할 만큼 완벽을 과시한 책입니다.

거기에 "남에게 이기려는 사람은 먼저 자기를 이긴다.(欲勝人者 必先自勝)"라는 말이 나옵니다. 인생의 싸움에는 자연과 인간의 싸움이 있습니다. 또 인간의 싸움에는 두 가지가 있습니다. 하나는 남과의 싸움이요, 또 하나는 자기와의 싸움입니다. 남과 싸워 이기기는 쉽습니다. 그러나 자기와 싸워 이기기는 매우 어렵습니다. 남과 싸워 이기려면 먼저 정욕에 사로잡히고 게을러지기 쉬운 나, 거짓된 나, 무책임한 나, 유혹에 빠지려는 나, 더러워지려는 나와 싸워 이겨야합니다.

내가 나를 이기는 것을 극기라 합니다. 극기란 욕망과 온갖 감정에 따라 일어나는 참기 어려운 생각을 누르고 이상과 목적을 실현하는데 전념하는 일을 말합니다.

세상에 극기처럼 어려운 일은 없습니다. 극기하려면 진정한 용기가 필요합니다. 그래서 철학자 플라톤은, "인간 최대의 승리는 내가 나를 이기는 것이다."라고 말했습니다.

세상에 성공한 모든 사람들은 모두 자기를 이길 수 있었던 사람들입니다. 김대중 대통령은 민주주의의 발전을 위해 죽을 고비를 수없이 넘기면서도 불의와 타협하지 않고, 자기 스스로를 다독이고 추스르며 싸워 이겼습니다. 이순신 장군은 갖가지 모함과 비난에도 나라를 살려야겠다는 일념으로 모진 고문과 수모를 참고 견뎠습니다. 링컨 대통령은 무지와 가난과 사회악을 참고 이겨내어, 미국의 남북전쟁을 승리로 이끌고 노예를 해방시킴으로써, 존경받는 대통령으로 세계인의 가슴속에 영원히 살아있습니다.

극기심을 갖고 극기할 수 있는 힘을 길러야 합니다. 이 세상에서 실패한 사람은 남에게 패배하기 전에 먼저 자기 자신에 대해 패배한 사람입니다. 성공한 사람은 남을 이기기 전에 먼저 자신을 이긴 사람입니다.

나의 마음속에 나의 적이 살고 있습니다. 이것을 우리는 내 안의 적이라고 합니다. 우리는 내 안의 적과 끊임없이 싸워야 합니다. 사람의 마음은 수양하지 않으면 내 한 몸의 안일을 위하고 악의 쪽을 따르기 쉽습니다. 이 세상에서 가장 강한 사람은 자기와의 싸움에서 이긴 사람입니다. 그래서 내 자신과의 싸움에서 이기기 위해 극기 훈련에 나서기도 합니다. 강한 정신력이 따라야 자신과의 싸움에서 이길 수 있기 때문입니다.

'역경'은 우리에게 자강불식(自疆不息)의 진리를 강조하였습니다. 쉬지 않고 자기 스스로를 강하게 만든 사람이 인생의 승리자가 될 수 있습니다.

내가 나하고 싸우는 싸움은 죽는 날까지 끊임없이 계속해야 하는 진지한 싸움입니다. 도덕적인 싸움이고, 선한 양심의 싸움으로 여기에 참된 인간 형성의 길이 있습니다.

고난 끝에 영광

'매경한고발청향(梅經寒苦發淸香)'

매화는 추위의 고통을 겪은 후에 맑은 향기를 내 뿜는다는 뜻입니다.

매화는 이른 봄 다른 식물보다 일찍 잠이 깨어 우리에게 맑은 향기로 추웠던 겨우살이를 위로해 줍니다. 추운 겨울을 참고 견뎠기 때문에 더 향기롭습니다. 온실에서 편하게 겨울을 난 매화와는 비교도 할 수 없을 만큼 향기가 짙습니다.

부모님의 편안한 보살핌 속에서 아무 걱정 없이 자란 사람과 어려서 부터 갖은 고생과 역경을 딛고 일어선 사람은 마음 씀씀이가 다릅니다. 물론 가난 속에서 살며 부자에 대한 분노나 사회구조의 모순을 탓하고, 부정적인 시각으로 세상을 바라보며 살아온 사람과 모든 일을 하느님께 감사하고 주워진 환경을 개척하며, 긍정적으로 살아간 사람과의 차이는 매우 큽니다. 어떤 생각으로 어떻게 살아왔느냐가 중요하지요.

매화는 높은 지조와 꿋꿋한 절개를 나타냅니다. 그래서 옛 선비들은 물론 많은 사람들의 사랑을 받아 왔지요. 궁궐이나 문벌이 높은 사람들의 집은 물론 일반 가정, 서원이나 사당, 사찰이나 교회 할 것 없이 심고 가꾸어왔습니다.

무쇠는 여러 번 높은 고열에서 풀무질하여 식히고 달구고 식히고 달궈 강철이 됩니다. 이름난 유명 선수들은 남이 알게 모르게 피나는 연습을 합니다.

한 사람의 시인으로 태어나기 위해서는 일 년에 천여 권의 시집을 읽고 옮겨 써보고 지어보고 고치기를 거듭한다고 합니다. 바이올린리스트나 첼리스트 기타리스트도 손가락에 물집이 생기고 껍질이 벗겨지기를 몇 번이나 한답니다. 권투 선수도 마찬가지지요. 잠자고 밥 먹는 시간까지도 아껴서 뛰고 다지고 친다고 합니다. 유명한 농구선수 야구선수도 아무도 없는 밤중에 혼자서 링에다 공을 던지고, 야구 배트의 스윙연습과 치고 달리기 연습을 한다지요. 성악가도 발성연습을 위해 목에서 몇 번이나 피가 터지는 아픔을 겪고 태어납니다.

이 세상의 모든 위대한 것은 몸과 마음을 온갖으로 수고롭게 하고 애쓴 산물입니다. 고생을 무릅쓰고 열심히 노력한 결과이고, 어려운 상황에서 고통을 이겨내며 모질게 노력한 소산입니다.

로마는 결코 하루아침에 이루어지지 않았습니다. 만리장성도 하룻밤 새에 쌓아올린 것이 아니지요. 진주를 캐려면 깊은 바다 속에 들어가야 하고, 산삼을 캐려면 깊은 산에 들어가 정성을 다해야 발견됩니다. 세상에 노력 없이 그냥 공으로 얻을 수 있는 일은 하나도 없습니다.

세계 곳곳의 이름난 산을 정복한 등산가들은, 산에 오르지 않을 때도 뛰며 걸으며, 가깝고 먼 산을 가리지 않고 신체를 단련시키고 있습니다. 쉽게 얻은 것은 쉽게 잃어버립니다. 공든 탑은 무너지지 않습니다.

고난 끝에 영광이 찾아옵니다. 승리의 월계관을 쓰려면 뼈를 깎는 노력을 한없이 기울여야 합니다. 피와 눈물과 땀을 흘려야 역사의 대업을 이룰 수 있습니다.

매화는 추위를 겪은 뒤에야 맑은 향기를 내뿜습니다.

이루려거든 꿈과 용기를

이탈리아 제노아 출신의 크리스토퍼 콜럼버스는 어려서부터 항해를 좋아했습니다. 지구가 둥글다는 것과 대서양을 서쪽으로 계속 항해한다면 틀림없이 인도에 도달한다는 것을 믿었습니다.

콜럼버스는 이 꿈을 실현하기 위하여 포르투갈과 스페인의 여러 왕을 방문하여 설득하였으나 모두 거절당하였습니다. 처음부터 비웃음거리가 되었지만, 그의 꿈인 지구를 반대로 돌아 인도에 도착한다는 생각은, 그 당시에는 생각지도 못한 아주 파격적인 것이었습니다.

마침내 1492년 8월 3일 스페인의 여왕 이사벨라의 후원으로, 산타마리아호 등 세척의 배에 150명의 승무원을 데리고 스페인의 파로스 항을 출발하였습니다. 이슬람세력인 '오스만 투르크'가 뱃길을 가로 막고 있기 때문에, 대서양을 서쪽으로 돌아 인도로 가는 새로운 항로를 개척하기로 했습니다.

가도 가도 끝이 없는 망망대해에서 그는 두 달 동안 불확실성의 미래와 죽음을 무릅쓴 싸움을 벌였습니다. 아무도 그들의 성공을 예측하는 사람은 없었습니다. 미지의 세계를 향해 스페인을 떠난 콜럼버스. 사나운 바람과 억센 파도, 보이는 것은 끝없이 펼쳐진 바다와 하늘뿐이었습니다.

선원들은 분노에 몸을 떨고 붉게 충혈된 눈으로 콜럼버스를 노려보기까지 하였습니다. 그것은 스페인으로 귀향하자는 무언의 협박이었습니다. 그런 상황에서도 그는 성경을 읽고 있었습니다. 그는 독실한 그리스도인이었습니다. '그리스도인의 삶에는 후퇴와 후회가 없다. 오직 전진과 성취만이 있을 뿐이다.' 라는 신념으로 항해를 계속하였습니다.

역경의 바다를 헤치고 내외적인 갈등과 처절한 자기 자신과의 싸움에서 이긴 끝에 그는 목적을 달성하였습니다. 만약 콜럼버스가 그 절망적 상황에서 다수의 뜻에 따랐거나 되돌아갔다면 신대륙을 발견치 못했을 것입니다.

10월 12일 그는 바하마에 도달하고 이 섬을 산살바도르라고 이름을 붙였습니다. 그는 마침내 아메리카 대륙의 발견이라는 역사적인 위업을 이루고 말았습니다.

그 후 네 번의 항해로 쿠바, 자메이카 섬, 중앙아메리카 등을 발견하여 신대륙의 탐험과 개척의 빛나는 발자취를 남겼습니다.

큰일을 이루려면 꿈과 용기가 있어야 합니다. 또 신념과 비전적인 정신이 강해야 합니다. 모험심이 없이는 큰일을 해낼 수 없습니다.

그를 적극적으로 신임하고 밀어주었던 이사벨라 여왕이 죽자 그의 사회적 지위는 점점 하락하였습니다. 그는 만년에는 가난과 질병과 실의에 빠져 세상을 떠났습니다.

그의 항해일지와 편지는 아메리카 발견에 관한 귀중한 역사적 문헌으로 남아 있습니다. 그는 죽을 때까지도 자기가 발견한 곳이 동양의 일부인 인도 땅이라고 믿고 있었습니다. 그는 꿈의 인간이요, 신념의 인간이며, 모험심과 용기가 있는 위대한 인간이었습니다.

꿈과 용기를 가져야 무엇이든지 이룰 수 있습니다.

링컨 대통령의 정의감

링컨이 변호사를 개업하여 일하고 있을 때의 일입니다. 한 사람이 어떤 사건을 맡기고 변호해 주라고 했습니다. 링컨은 대강의 설명을 듣고 난 후에 얼굴을 바로하고 말했습니다.

"나는 당신의 부탁을 들어드릴 수 없습니다. 그 이유는 당신이 나쁘며 상대방의 행동이 옳기 때문입니다."

그 사람은 링컨이 이상하게 생각되었습니다. 변호사란 사건의 의뢰만 받으면 일의 내용에 관계없이 변호를 맡아주는 것으로 알고 있었기 때문입니다.

"사례는 얼마든지 드리겠습니다. 꼭 맡아만 주십시오."

그러나 링컨은 단호하게 거절하였습니다.

"저는 변호사입니다만, 악을 선이라고 변호할 수는 없습니다. 사례비가 많고 적음은 아무 상관이 없습니다."

그 남자는 결국 단념하고 돌아갔습니다.

훗날 그는 연설초안을 그의 친구에게 보여줬습니다. 그러나 그의 친구는 원고를 다 읽고 난 후에 이렇게 충고하였습니다.

"사실은 이대로가 맞지만 만약 자네가 이대로 연설한다면 오히려 자네에게 불이익이 돌아오지 않겠나?"

그러나 링컨은 끝까지 물러서지 않고, 이렇게 말했습니다.

“괜찮아. 이게 사실인 걸. 이대로 말하지 않는다면 내가 내 자신을 용서할 수 없어……”

이 초안을 본 다른 친구도 적극 말렸습니다.

“안 돼, 이 연설은 안 된단 말이야, 우리 당을 약하게 할 수 있어. 또 무엇보다 자네의 당선은 위태로워……”

그러나 링컨은 연설문 내용을 바꾸려 하지 않았습니다.

“만약 이 연설문 때문에 낙선한다고 하여도 괜찮아. 나는 세상 사람들에게 아첨해 가며 당선하기보다는 차라리 사실을 사실대로 밝혀 낙선하는 것이 바라는 일이라네.”

결국 링컨은 정의를 택하여 연설을 강행하였습니다. 뒷날 링컨은 대통령이 되었고, 또 노예해방을 단행했기 때문에 남북전쟁이 일어났지만, 이런 비상시에도 링컨은 정의를 지키려고 노력하였습니다.

“노예를 무장시켜 그들의 주인이었던 자들과 싸우게 하자”고 어떤 이가 제의했을 때도 링컨은 거절하였습니다.

이런 까닭으로 세상 사람들은 링컨을 ‘정의의 신’이라고 우러러봤습니다.

몽블랑과 쾰른의 대성당

만년필을 즐겨 쓰던 시대는 지나갔지만, 아직도 많은 글을 쓰는 사람들은 만년필 사용을 고집하고 있습니다.

몽블랑은 세계적인 명품으로 70년 이상 세계시장을 누비고 있습니다. 몽블랑 펜에는 알프스 제일봉 몽블랑의 높이를 나타내는 숫자가 새겨져 있습니다.

"몽블랑은 그냥 필기도구를 생산하는 것이 아니라, 몽블랑은 문화를 생산한다는 프라이드로 만년필을 만듭니다."

몽블랑 플라이트 사장의 말입니다.

몽블랑은 펜촉 하나를 만드는데 150개의 공정을 거칩니다. 명품이 나오기까지의 과정이 얼마나 치밀한가는 설명할 필요가 없습니다. 세계시장을 주름잡는 브랜드는 결코 우연히 이뤄지지 않습니다.

우리의 싸구려 비닐우산은 1회용이었습니다. 요새는 더 튼튼한 헝겊으로 오래 쓸 수 있게 만들고 있어서 다행입니다만, 아직도 두고두고 오래 쓰기는 어렵습니다. 아파트가 주저앉고, 지하철에서 가스가 폭발하여 많은 사람이 죽었으며, 다리가 폭삭 내려앉기도 했습니다. 해마다 물난리가 나고 산불이 납니다. 이런 사고들은 세계인들 앞에 우리의 뒤떨어진 문화와 국민정신을 그대로 보여주고 있습니다.

원인은 기술의 문제도 하늘이 준 재앙도 아니고, 분명히 우리 국민들의 정신이 병들었기 때문에 많은 것이 무너지고 주저앉았습니다. 한 말로 우리들의 양심이 썩었기 때문에 많은 비극이 일어나고 있습니다.

영국의 어느 대학교의 잔디밭은 200년 이상을 손질하고 있습니다. 현장에서 이런 말을 들은 한국의 어느 교수님은 혀를 찼다고 합니다.

오스트리아의 서울인 빈에 있는 슈테판성당은 빈의 영혼으로 불립니다. 이 성당의 남쪽 탑 하나를 짓는 데 65년의 정성을 쏟았습니다.

2005년 4월 8일 10시 전 세계 국민들의 애도 속에 100만 인파가 몰려, 교황 요한 바오로 2세의 장례식이 치러진 로마의 바티칸 성베드로 대성당은 176년이 걸려 지어졌습니다.

독일의 쾰른대성당은 공사를 시작한지 754년이 된 현재까지도, 낙성식을 하지 않고 계속 짓고 있습니다. 754년이면 700년에 54년을 더한 햇수입니다.

아마 우리나라에서 이런 건물을 몇 백 년 걸려 짓는다면 야단법석일 것입니다. 여론도 좋은 방향으로 끌고 가지는 못할 것입니다. 뜸 들일 줄 모르는 데서 좋은 작품이 나올 수 있겠습니까? 큰 그릇은 서서히 달구어져야 명품이 됩니다.

인간이나 작품이나 모두 마찬가지입니다. 한국인들의 '졸속주의' 다시 말하면 '빨리빨리 주의' 와 '밀어붙이기 주의' 는, 특별한 경우를 제외하고는 이제 청산해야할 때입니다.

좀 더 끈기 있게 일을 처리하는 방법을 몸에 익혀야 세계 속에 우뚝 설 수 있습니다.

카네기 복지재단

앤드류 카네기는 1835년 영국 스코틀랜드 지방의 가난한 직물업자 집에서 태어났습니다. 10살 때 아버지의 사업실패로 파산해 미국으로 이민을 가게 되었습니다.

피츠버그에 정착하여 직조공장에서 종업원 생활을 하였습니다. 그는 근면 성실한 성격과 피나는 노력으로 1857년 22살에 펜실베이니아 철도회사 피츠버그 관리국장이 되었습니다. 30살 때에 피츠버그 철도회사를 설립하였고, 1868년 33살에 피츠버그 유니온 제철소를 경영하는 사업수완을 보였습니다. 1889년 54살에는 세계적인 카네기 제강회사를 설립하여 '강철왕' 으로 불리게 되었습니다. 그가 강철왕으로 불리게 된 데는, 이솝 이야기에 나오는 '토끼와 거북이' 의 달리기 시합을 연상하는 그의 근면성 때문입니다.

16살에 미국에서 전기제품 공장 공원으로 있을 때, 피셔라는 동료와 달리기 경주를 하였습니다. 그 친구는 키도 크고 다리도 길어 카네기를 순식간에 따라 잡았습니다. 그러나 카네기는 열심히 달렸습니다. 피셔가 마음을 놓고 '승리는 내 것이다' 하는 생각에서 잠시 걸터앉아 숨을 돌리고 있을 때, 카네기는 계속 꾸준하게 달려 피셔를 앞질렀습니다. 결국 카네기가 질 것 같았던 달리기에서 이기고 말았답니다.

그가 사업가로 눈을 돌리게 된 데는 한 가지 이야기가 있습니다.

어려서 런던의 빈민촌에 살고 있을 때, 가장 손쉬운 구두닦이를 하기 위해 구두약과 솔을 담은 통을 들고 길모퉁이에 가서 도구를 내려놓았습니다. 그런데 미리서 자리 잡고 있던 다른 구두닦이들이 몰려와서 소동을 벌였습니다.

"야 임마! 너 누구의 허락을 받고 여기 왔어. 자릿세라는 말을 들어본 적도 없니? 그 통 이리 내! 이 세상에는 공짜가 없다."해서 구두닦이 첫날에 밑천을 몽땅 빼앗기고 말았습니다.

그러나 일은 해야겠기에 빌딩 유리창 닦이로 들어가 겨우 용돈을 마련하였습니다. 카네기는 집으로 돌아와서 앞으로 살아갈 길을 곰곰 생각해 보았습니다. '런던의 빈민굴에서 지내다 보니 너무나 가난한 사람들이 많다. 어떻게든지 돈을 벌어서 사람들이 보다 잘 살게 하여 사회와 나라에 보탬이 되어야겠다.'

이러한 체험과 깨달음이 그를 세계적인 강철왕으로 만들게 되었습니다. '재산이라는 것은 본래 모든 사람에게 평등하게 분배되어야 하는 것이다. 내가 간직하고 있는 것은 한때 보관하고 있는 권한이 주어졌을 뿐이다. 모든 사람이 혜택을 골고루 받을 수 있도록 이용케 하는 것은 나의 임무다.'

이렇게 해서 카네기 복지재단이 설립되었습니다. 이 밖에 세계의 대부호가 된 그는 카네기 홀, 카네기 연구소, 카네기 영웅기금, 카네기 국제평화재단, 2,800개의 도서관 건립 등 공공사업에 3억 5천만 달러를 기증하였습니다. 그는 돈을 어떻게 벌고 어떻게 쓸 것인가를 우리에게 가르쳐 주었습니다.

돈을 버는 비결은 근면과 절약입니다. 열심히 일하고 돈을 아껴야 합니다. 시간과 금전을 최대한도로 활용하되, 이것을 지속적으로 해야 합니다. 돈을 많이 번 사람은 많아도 돈을 값있게 쓴 사람은 드뭅니다.

성공의 비결

"성공의 비결을 묻지 말라. 네가 해야 할 모든 일에 전력을 다하여라."

미국의 백화점 왕 '워너메이커'가 한 말입니다. 성공은 인간의 최대 관심사입니다. 미국의 대표적인 사업가로 손꼽히고 있는 워너메이커는 필라델피아에서 태어났습니다. 아버지는 벽돌공장에서 일하는 막노동자로 형편없는 생활을 해왔습니다. 교육도 제대로 받지 못하는 처지에서 일거리라고는 겨우 푼돈을 받는 잔심부름벌이에 지나지 않는 어려운 생활을 해왔습니다.

그러던 중에 어느 서점의 점원으로 취직하여 그런대로 고정수입을 얻게 되었고 열심히 일하여 저축을 하였습니다. 얼마 후에 저축한 돈으로 8년 만에 4,000달러의 기금을 만들었습니다.

그는 쓰러지기와 일어나기를 수십 번 거듭하면서도 오뚝이처럼 일어나 백화점 왕으로 우뚝 섰습니다. 존 워너메이커 상사를 설립하고 드디어 1896년에는 뉴욕에 미국 최초의 백화점을 창설하였습니다.

입신양명의 대표적인 인물의 하나입니다. 그는 사업에 크게 성공한 후에 얻어진 수입을 사회에 환원하는데 인색치 않았습니다. 주일학교를 창설하여 어린이들의 종교적인 신앙심을 북돋우어 주웠고, 위생박람회를 개최하여 미국인의 위생과 건강 증진에 최선을 다하였습니다.

또한 YWCA 창설에도 큰 영향을 끼쳤습니다. 필라델피아에 미국 최초의 상수도 설비를 완공하여 시민의 식생활에 이바지하였습니다. 해리슨 대통령 때는 체신부장관으로 우정통신망 발전에 공헌했습니다.

성공의 비결은 큰일이거나 작은 일에도 온힘을 다하는 것입니다. 작은 일에도 소홀히 해서는 안 됩니다. 남의 일을 자기 일처럼 열심히 해야 합니다.

사람은 자기 일에 미쳐야 합니다. 그것이 성공의 길이요 승리의 비결이며, 사업을 성취하는 근본입니다. 발명가는 발명품 만들기에 미쳐야 하고 학자는 연구에 미쳐야 하며, 기업가는 기업에 미쳐야 하고 작가는 자품에 미쳐야 합니다. 선생님은 가르치는 일에 미쳐야 하고 학생은 공부에 미쳐야 합니다. 미친다는 말은 최선을 다한다는 말입니다.

우리 주위의 사람 중 성공한 사례를 들어보면, 세계적인 기업가로 100대 기업에 들어간 경영인은 적지만, 학자나 예술가, 운동선수는 많습니다. 지휘자 정명훈, 바이올리니스트 정경화와 장영주, 설치예술가 백남준, 소프라노 조수미, 축구선수 박지성과 이영표……. 이루 셀 수 없을 만큼 많은 사람이 자기 일에 미쳐 최선을 다하고 있습니다.

이렇게 자기가 하는 일에 미친 사람이 많을 때 사회는 더욱 발전하게 됩니다. 거기에 워너메이커의 나눔 정신을 더하여 실천하면 밝은 사회가 이뤄질 것입니다.

자기 일에 미쳐야 하고 나눔이 몸에 배어야 합니다.

미국의 거필드 대통령

미국 제 20대 대통령인 제임스 거필드(1831~1881)는 오하이오주 촌락에서 태어난 빈농의 아들이었습니다. 어려서부터 온갖 궂은일을 해왔고 고학으로 학업을 계속하여 결국은 대통령에까지 선출된 인물입니다. 대통령에 당선되어 취임식을 하는 날 거필드는 시골집 어머니에게 정중한 초대장을 보냈습니다.

"오늘의 내가 있게 된 것은 오로지 어머님의 뒷받침이 있었기 때문입니다. 저의 대통령 취임식장에 꼭 참석하시어 축하해 주시기 바랍니다."

어머니는 몸이 불편하다고 참석을 사양하였습니다. 거필드 대통령 당선자는 어떻게든지 어머니를 그 자리에 모셔야 되겠다고 결심한 끝에 차를 보내어 어머니를 모시고 왔습니다. 취임식장에 노모를 모시고 들어오는 순간 우레와 같은 박수가 터져 나왔습니다. 이 박수는 새 대통령에 보내지는 것이 아니라 그의 노모에게 보내지는 것으로 생각되었습니다.

대통령은 취임식장에 이르러 어머니를 자신이 앉을 의자에 앉게 했습니다. 그는 일어선 채 취임선서를 하고 인사말을 하였습니다. 그리고 노쇠한 어머니를 드높이 추켜올렸습니다. 참석자들의 우레와 같은 박수 갈채가 다시 한 번 울려 퍼졌습니다. '그 어머니에 그 아들이 있었다.'는 감격적인 대통령 취임식장의 풍경이었습니다.

거필드는 학교에 다닐 때 학업성적이 뛰어났지만 항상 한 학생에게는 계속 뒤떨어지고 있었습니다. 그러니까 1등은 못하고 항상 2등만 계속하였습니다.

어느 날 공부를 마치고 기숙사 복도를 지나가다가 어느 방에 불이 켜져 있는 것을 보았습니다. 문틈으로 누군가하고 살펴보았더니 1등을 하는 친구의 방이었습니다. 언제까지 공부를 하는가하고 기다렸는데 10분 후에 불이 꺼지고 잠을 자는 것을 보았습니다.

그때부터 거필드는 내일부터 저 친구보다 10분 더 공부를 하고 자야겠다고 마음먹고 공부한 결과 1등을 하게 되었습니다. 공부를 10분간 더 하냐 못 하냐에 따라 1등과 2등이 바뀌게 되었습니다. 거필드는 대통령 취임연설 때 이렇게 말했습니다.

"어린이 여러분! 10분을 이용하십시오. 이것이 모든 성공으로 이끄는 비결입니다."

10분이란 시간은 결코 짧은 시간이 아닙니다. 하루 영어 단어 2개씩 외울 수 있다면 10일간에는 20개, 한 달이면 60개, 1년이면 720개를 외울 수 있습니다. 공부가 한 시간 끝나면 10분간 쉬는 시간이 있습니다. 10분간의 시간 이용 방법에 따라 앞으로 굉장한 차이가 있을 것입니다.

그가 초등학교 5학년 때 담임선생님이, "앞으로 어른이 되면 어떤 사람이 되고 싶습니까?"라는 질문에 다른 사람들이 대통령, 사장, 법관, 교사, 운동선수, 가수, 배우 등 그들의 꿈을 이야기하였습니다.

그러나 거필드만은, '저는 사람다운 사람이 되겠습니다. 큰일을 해서 이름을 떨치기보다도, 먼저 사람다운 훌륭한 사람이 되지 못하면 개나 돼지보다 못합니다. 사람다운 사람이 되는 게 첫째라고 생각합니다.' 라고 대답하여 선생님을 놀라게 했다합니다.

박사보다 마이스터를

독일 본의 쾰른가에 위치한 요하네스 오르켈바우어사는, 도제 15명을 포함한 전 직원이 70명 안팎의 세계 제일의 파이프 오르간 제작회사입니다. 118년의 가업을 4대째 잇고 있는 '한스 게르트 클라이스' 회장은 68세로 독일의 인문고를 졸업하고 베를린대학에서 통신학과 음향학을 전공하다 부친으로부터 기술을 전수 받아 회사를 운영하고 있습니다.

그는 파이프 오르간의 전통적인 고딕양식을 지금 보고 들을 수 있는 모양과 색상, 음색을 갖춘 현대적 오르간으로 혁신시켰습니다.

"나는 파이프 오르간의 제작자이지 마이스터는 아닙니다. 제작자와 마이스터는 실력과 간판 중에서 무엇을 중시하느냐는 시각차에 불과합니다."

마이스터란 독일에만 있는 독특한 제도로 어느 한 분야에 뛰어난 기술을 가진 사람에게 국가가 시험을 치러서 부여하는 이름입니다. 그는 부친에 이어 1974년부터 26년째 독일 파이프 오르간 마이스터협회 회장을 맡고 있지만, 마이스터로 불리는 것을 싫어합니다. 그는 국가주관의 마이스터 시험을 치르지 않았으나, 국가가 실력을 인정해 마이스터 자격을 주었습니다.

"나는 인생이 시험이나 간판에 의해 좌우되지 않는다는 것을 체험했습니다. 중요한 것은 자신의 실력입니다. 누가 나에게 졸업장을 제시하라면 내보일 것이 없이 미미합니다. 그러나 무엇을 했느냐고 묻는다면 내가 만들어, 세계 곳곳에 설치한 많은 파이프 오르간을 보여줄 수 있습니다.”

그가 만든 파이프 오르간은 독일 전역의 대성당은 물론이고 교황청, 아테네와 케임브리지, 뮌헨, 교토의 콘서트홀 필리핀 대성당, 오하이오 주립대 등에 설치되어 있습니다. 지금은 보수 중인 754년이 된 쾰른 성당에 설치할 파이프 오르간을 만들고 있다합니다.

그는 도제나 마이스터는 돈을 버는 직업이 아니라, 휴가도 적고 늘 새로운 것을 배워야 하는 사람임을 강조하고 있습니다. 그가 제시한 도제의 요건은 졸업장이 아닌 무엇을 할 수 있는 능력과 당장 무엇을 만들 수 있는 실력 그리고 성실성을 들고 있습니다. 한 도제는 마이스터들의 잔심부름을 하면서 자존심이 상해 울기도 했지만, 목수·주물·용접·설계 등 각 분야에서 삼사십년씩 일한 그들로부터 체험을 배우지 않고는 마이스터가 될 수 없다고 하였습니다.

클라이스 회장은 사무실벽과 2개의 큰 방에 파이프 오르간은 물론, 건축·디자인·미학·음향·전기·종교 등에 관한 책을 두고 틈만 나면 읽고 있습니다. 계속하여 해마다 서너 편의 논문과 책을 출간하고 있습니다.

‘마이스터란 단순한 전문가가 아니고 기술 외에 관련분야 전문가를 만나도, 실력과 인격적 소양이 뒤떨어지지 않는 정상인(頂上人)이다’

그는 한 번 만들면 200년 이상 가는 파이프 오르간을 후세들이 어떻게 생각할지 몰라 완벽할 수 없지만 이전 것보다 잘 만들려고 늘 노력한다고 말하고 있습니다. 그들이 자랑하는 장인정신입니다.

참된 삶의 길을 담는 큰 그릇

중세 최대의 철학자요 신학자였던 '성 어거스틴'은, 방탕했던 젊은 시절을 뉘우쳐 이교도들에게 전교하고, 가톨릭교회의 교리를 체계화하는 데 공헌한 분입니다.

그리고 그리스도교 신앙을 '신학'으로 발전시키는 데 크게 공헌한 최초의 주교였습니다. 그의 참회록은 지금까지 써진 자서전 중에서 가장 특출한 자기 고백으로 보여지고 있습니다. 왜냐하면 매우 인간적인 측면에서 써진 책이기 때문입니다.

이 책은 모든 사람들이 성자라고 부르고 있으나 자기 스스로는 죄인이라고 생각했던 한 인간에 의해서 써졌습니다. 자신의 좌절과 실패, 진리탐구의 과정, 그의 죄악의 순간만을 풍요롭게 살찌워주는 책입니다. 어떤 이는 이 책을 철학서 가운데 가장 위대한 작품이라고 합니다.

성 어거스틴이 어느 날 황혼녘 바닷가를 혼자 거닐고 있었습니다. 그는 우주와 인간에 관한 깊은 명상에 잠긴 채 조용히 발걸음을 옮기고 있었습니다.

문득 정신을 차려보니까 눈앞에서 천진난만하게 생긴 소년 하나가 표주박을 가지고 바닷물을 모래밭에 파인 웅덩이에다가 퍼붓고 있었습니다.

"너는 아까부터 그 표주박을 가지고 바닷물을 퍼서 그쪽 웅덩이에 쏟

곤 하는데 무엇 때문에 그러느냐?”

소년은 아주 의젓하게 대답하였습니다.

“예, 저는 이 작은 표주박으로 이쪽에 있는 바닷물을 몽땅 저쪽에 있는 웅덩이에 퍼서 옮겨보려고 합니다. 한 번 결정한 일이니 평생이 걸리더라도 기어코 해내고야 말겠습니다.”

성 어거스틴은 기가 막혔습니다. 한없이 넓고 너른 바다, 끝도 없이 꽉 차 있는 바닷물을 저렇게 작은 표주박으로 몽땅 모래밭의 웅덩이 속에다 옮겨 놓다니…….

“애야, 너의 뜻은 크고 높은 것이지만 그것은 절대 불가능한 일이다. 어떻게 이런 작은 표주박을 가지고 저렇게 많은 바닷물을 옮길 수 있겠니? 더구나 저렇게 작은 웅덩이에 말이다. 그러니 이제 그 일일랑 그만두고 집으로 돌아가거라.”

가만히 듣고 있던 소년은 의외의 말을 던지는 것이었습니다.

“선생님, 그러시다면 제가 한 말씀 여쭈겠습니다. 어째서 선생님께서는 그렇게 작은 머리를 가지고 이 한없는 우주의 진리를 몽땅 알아내겠다고 애를 쓰고 계십니까? 바닷물은 많긴 하지만 그래도 한계가 있습니다. 그러나 진리는 무한하고 영원한데 선생님의 유한한 삶을 가지고 그것을 모두 알아낼 수 있겠습니까?”

참으로 의미 있는 이야기입니다. 우리의 머리는 보기에 작게 보이지만 능력의 한계는 끝이 없습니다. 컴퓨터를 보십시오. 인터넷 그림그리기, 계산하기, 문서작성, 천체거리의 측정, 우주 탐사선의 제작과 발사 등 못하는 것이 없습니다. 이 컴퓨터도 인간이 만들었습니다.

유한한 삶이지만 두뇌의 활용에 따라 무한한 진리를 캐낼 수 있습니다. 유한한 삶이라고 포기할 수는 없지 않습니까?

나 누 는 . .
사 . 랑 . 이 . .
아 름 답 다 . .

… 넘치는
호기심으로

넘치는 호기심으로

호기심을 가집시다.

우리는 상상력과 창의성의 어머니인 호기심이 있기 때문에 사물을 보고 배우며 깨달아 알게 됩니다.

호기심과 상상력은 대개 동시에 일어납니다. 동화를 듣거나 TV나 만화책을 볼 때, 호기심이 일어나고 동시에 상상의 나래를 펴, 주인공과 같은 감정을 갖게 되고 천사나 왕자가 되기도 합니다.

"인류는 그 상상력에 의해서 지배당하고 있다."고 한 나폴레옹의 말이나, "상상력은 지식보다 훨씬 중요하다."고 한 아인슈타인의 말에서 알 수 있듯이, 상상력은 우리의 삶에 큰 역할을 하고 있습니다. 상상은 우리가 자라는데 강력한 자극이 되고 있으며, 우리의 삶을 더 기름지고 신나게 합니다.

인류문화는 왕성한 호기심과 상상력으로 발달하였습니다. 비행기, 냉장고, 라디오, TV, 컴퓨터에 이르기까지 갖가지 문명의 이기들은 호기심과 상상력이 밑거름 되어 발명되었고, 더 새롭고 더 편리하게 날로 변하고 있습니다.

우리의 머릿속에는 '왜 그래, 어떻게' 와 같은 숱한 호기심으로 가득 차 있습니다.

이 호기심은 사물을 예사롭게 보지 않고 늘, '왜 그럴까?' '어째서 이렇게 되었나?' '어떻게 하면 더 좋아질까?' 와 같은 많은 궁금증을 가지고 살펴봐야 길러집니다.

그리고 이 궁금증을 풀기 위해 언제나 누구에게나 물어보는 습관을 몸에 지녀야 합니다. 물어서 아는 것은 부끄러운 일이 아니고, 아주 자연스럽고 당연한 마음가짐으로 공부하는 방법의 한 가지일 뿐입니다.

궁금증을 묻어두지 말고 친구나 부모님, 그리고 선생님께 물어서 풀어가도록 해야 합니다. 또한 스스로 도서관에서 많은 정보를 수집하여 해결할 수도 있으며, 컴퓨터를 이용하여 정보를 수집·분석·종합함으로써 해답을 찾을 수 있습니다.

넘치는 호기심은 우리의 삶을 변하게 합니다.

호기심, 꿈꾸는 것은 새로운 생각의 뿌리이며, 창의성은 상상력을 실현시키는 힘입니다.

세계 제1의 창의성

　　우리 국민은 세계적으로 우수한 머리를 가지고 있습니다. '신화창조의 비밀'이라는 다큐멘터리를 즐겨 시청하면서, 이 좁은 땅에서 세계열강들과 겨루고 살아가려면 우수한 두뇌를 계발하는 일이 무엇보다 중요하다는 것을 알 수 있습니다.

　　우리는 역사 이래로 많은 외침을 받아 왔지만, 그때마다 지혜롭고 독창적인 문화를 발전시켜왔습니다. 고조선 시대부터 현재에 이르기까지 훌륭한 지도자와 장군, 학자가 많이 있었습니다. 그분들이 지닌 공통점은 남보다 뛰어난 창의성을 가지고 있었습니다. 세계적 자랑거리인 금속활자나 측우기와 고려청자, 그리고 한글은 그 중에서도 빼어난 문화유산입니다.

　　싸움에서 절대 필요한 화약을 만들어낸 고려 최무선이 없었으면, 왜구의 시달림에 계속해서 안심하고 살 수가 없었을 것입니다. 임진왜란에서 서남해역과 전라도를 오래까지 지킬 수 있었던 것은, 이순신장군의 지략과 용기, 창의성이 뛰어난 거북선이 있었기 때문이었습니다.

　　최근에는 정보통신 분야에서 세계가 깜짝깜짝 놀라는 신기술을 늘 발표하고, 새로운 제품을 생산하여 세계경제에 큰 영향을 끼치고 있습니다. 모두 밤낮을 가리지 않고 노력한 우리의 창의적인 머리가 빚어낸 특별한 작품들입니다.

인터넷 보급과 소득에 따른 통신요금의 비율, 인터넷 이용률 등 활용 정도의 3가지 요소를 종합적으로 분석해 정보통신의 발전 정도를 평가하는 지표인, 디지털기회지수(DOI)의 국가별 순위에서 한국이 세계1위를 차지했습니다.

애니메이션 분야에서도 30여 개국에서 우리의 작품을 TV 시청률이 가장 높은 시간대에 편성해 놓고 수입계약을 서두르고 있습니다. 또 온라인게임시장의 성장을 주도하고 있으며, 최고의 브랜드 만들기에 힘을 쏟고 있습니다. 지난 번 미국 로스앤젤레스에서 열린 세계가전품전시회에서 우리나라 기업들은 대기업·중소기업 구분 없이 선도적인 기술과 디자인으로 디지털가전시장의 혁신을 이끌었습니다.

한류라고 하는 유행어를 만들어낸 우리의 젊은이들은, 새로운 형태의 노래와 춤으로 사람들을 사로잡고 있습니다. 젊은 작가와 영화인들이 만들어낸 우리의 영화와 드라마는 이미 동남아를 한류문화에 흠뻑 빠지게 하였습니다.

우리나라는 땅이 좁으며 남한인구는 4천 5백만입니다. 그러나 절대빈곤의 밑바닥에서 허우적대다가 불과 한 세대만에 세계 11위의 무역대국으로 발전했습니다. 모두 우리 국민의 새로움을 추구하는 끈질김과 번뜩이는 창의성이 밑받침되었기 때문입니다.

세계는 지금 눈에 보이지 않는 무한경쟁 속에서 소리 없는 전쟁을 치르고 있습니다. 누가 먼저 적은 비용으로 높은 가치를 인정받는 발명품을 생산해내느냐의 싸움입니다. 창의적인 생각을 짜내고 이 생각을 잘 다듬어서 우수한 제품을 시각을 다투어 빨리 만들어 내야 합니다.

선도적인 기술과 디자인은 창의적인 머리에서만 나옵니다.

자랑스러운 우리글

　세종대왕은 조선의 제 4대 임금님입니다. 1397년 태종의 셋째 아들로 태어났습니다. 어려서부터 학문을 좋아해서 밤새워 책을 읽는 것은 물론 심지어 화장실에 앉아서도 책을 읽었답니다. 백성을 지극히 사랑하고 나라를 튼튼히 하는 데도 힘을 써, 우리나라 역사상 제일 훌륭한 임금님으로 꼽히고 있습니다.

　북쪽 국경을 튼튼히 하기 위해 김종서 장군을 두만강 동남쪽에 보내, 병사가 머물 수 있는 여섯 개의 진을 치게 했습니다. 또 최윤덕을 보내 여진족을 내쫓고 압록강 상류지방에 네 개의 진지를 만들기도 하였습니다. 남쪽의 왜구가 노략질이 심하여 이를 소탕하기 위해, 1419년에는 이종무를 보내 대마도를 정벌케도 하였습니다.

　농사짓기, 조선 팔도지리 펴기, 인쇄술 개발, 측우기, 천체관측기구, 해시계와 물시계 만들기 등 백성들의 생활에 많은 보탬이 되도록 힘썼습니다. 그 중에서도 세계 사람들이 깜짝 놀랄 만큼 큰 업적은 우리글을 만든 일입니다. 지금은 '한글' 이라 하지만 그 때는 '백성을 가르치는 바른 소리' 라는 뜻을 가진 '훈민정음' 이라고 불렀습니다.

　1418년 8월 10일 왕위에 오르자마자 학문연구소인 '집현전' 을 만들고 성삼문, 박팽년, 정인지, 신숙주, 최항, 이개, 이선로 등과 함께 한글 연구에 몰두하였습니다.

1443년 오랜 연구 결과 28자의 훈민정음이 완성되었습니다. 그러나 곧 반포하지 않고 궁중에 '정음청'이라는 연구기관을 두어 3년간이나 시험해 봤습니다. 그런 다음 이만하면 백성들이 하고 싶은 말을 쉽게 쓰고 익힐 수 있겠다고 판단이 되자, 1446년에야 훈민정음을 반포하였습니다.

1445년 맨 먼저 펴낸 책이 '용비어천가'로 세종의 선조인, 목조, 익조, 도조, 환조, 태조와 아버지 왕인 태종에 이르기까지 사적을 찬송 송축한 아름다운 노래입니다. 1447년에는 '부처님의 공덕을 찬송한 노래'인 '월인천강지곡'을 만드셨습니다.

1997년 10월 1일 유네스코는 우리의 글인 훈민정음을 세계기록유산으로 지정하였습니다. 언어연구학으로 세계 최고인 영국의 옥스퍼드의 언어학 대학에서는 세계 모든 문자순위를 합리성, 과학성, 독창성 등의 기준으로 진열해 놓았는데, 우리 한글이 자랑스러운 1위를 차지하였습니다.

한글이 발음기관을 본떠서 만들었다는 것도 독특하지만, 기본 글자에 획을 더하여 음성학적으로 동일계열의 글자를 만드는 가장 체계적인 문자라고 평가했습니다.

전 세계에 6500 종의 언어 중, 문자가 없는 언어는 3000여종이 됩니다. 그래서 가장 사용하기 쉬운 우리 한글이 문자보급의 대상이 되어 연구 중에 있습니다. 또 지식정보화 사회로 성숙해 갈수록 한글의 우수함이 증명되고 있습니다. 인터넷이 보편화된 지금 우리처럼 자신의 언어로 유무선 통신을 통해 글을 자유롭게 사용하여 채팅을 하고, 메일을 보낼 수 있는 특권을 가진 나라는 손꼽을 정도입니다. 생각할수록 세종대왕의 창의력과 미래를 내다보는 안목에 머리가 숙여집니다.

우리의 발명왕 장영실

발명왕하면 우리는 미국의 에디슨을 떠올립니다만, 우리나라에도 에디슨 못지않은 발명왕이 있었습니다. 그분은 560여 년 전 조선시대 세종대왕을 받들어 많은 발명품을 만드신 장영실입니다.

장영실은 신분제도가 아주 엄격했던 시대에 종으로 태어나, 자칫했으면 이름도 알려지지 않은 농부로 일생을 마칠 뻔하였습니다. 장영실의 아버지는 경상도 동래현에 소속되어 있었던 관청기생의 몸에서 태어난 아산 장 씨로 관청의 종이었으며, 어머니 또한 기생이었습니다.

그러나 어느 해 심한 가뭄으로 온 나라가 걱정에 고생하고 있을 때, 강물을 끌어들여 흉년을 막을 수 있는 농기구를 발명하였습니다. 이 일로 세종대왕의 부름을 받아 종의 신분을 벗어날 수 있는 길이 열렸습니다. 물론 장영실에게 벼슬을 내림이 옳지 않다하여 반대가 심했지만, 세종대왕은 사람 됨됨이를 꿰뚫어보고, 하루아침에 상의원 별좌라는 5품 벼슬을 내렸습니다.

우리나라 역사상 가장 찬란했던 과학기술문화를 꽃피운 때는 세종대왕 때입니다. 이 시기에 이뤄진 방대한 과학발명품은 세종의 명에 의해서 이뤄졌습니다. 사회가 안정되어 세종대왕은 중농정책을 폈으며 따라서 농업에 밀접한 관계가 있는 천문학과 역학연구에 힘썼습니다. 또 정치질서를 하늘의 이치와 관련시키려는 성리학자들의 영향이 있었기 때문에 과학적인 발전을 이룰 수 있었습니다.

그가 1441년 세계 최초의 우량계인 측우기를 발명하였고, 또한 강물의 높이를 잴 수 있는 수표를 발명하여, 비 내리는 양과 홍수로 하천이 범람하는 것을 알려주게 되었습니다. 그는 천체의 운행과 현상을 관측하는 기계를 설치해둔 간의대의 건축공사와 천문의기 제조 감독, 1434년(갑인년) 구리활자인 갑인자의 주조, 천문기계인 둥근 거죽에 해와 달과 별 등의 천체를 그려 천체의 운행을 관측할 수 있는 혼천의(혼의기) 제작, 천체 관측용인 대소간의, 휴대용 해시계인 현주일구와 청평일구, 해시계인 정남일구, 공중시계인 앙부일구, 주야겸용인 일성정시의, 태양의 고도와 뜨고 짐을 재는 규표, 시간과 계절을 알 수 있고 천체의 움직임도 관측할 수 있는 옥으로 만든 물시계인 옥루를 만들었습니다.

우리나라 역대의 역법에 원나라와 명나라의 역법을 도입하여, 서울을 표준으로 작성한 '칠정산'이라는 우리나라 달력 등 헤아릴 수 없을 만큼 많은 발명품이 그의 손길을 거쳤습니다.

그러나 그의 말년은 불행하였습니다. 세종대왕이 종묘행차에 타고 갈 가마를 만들었는데, 비바람에 가마가 부서져 임금이 땅에 떨어졌습니다. 다행히 그 동안의 업적을 인정하여 세종이 곤장 80대로 줄여줘 맞고 쫓겨났습니다. 그 후 그의 행방에 대하여는 기록이 없고 사망연대도 밝혀지지 않고 있습니다.

어려운 환경에서도 실망하지 않고 굳세게 노력하는 열의와 자신감으로, 노비의 신분으로서 훌륭한 과학자가 된 장영실. 자신이 가진 소질과 재주를 마음껏 발휘한 굳은 의지는 본받아야합니다. 1991년부터 국내 최고의 산업기술 분야에 공적을 쌓은 사람에게 '장영실상'을 주고 있습니다.

메모하는 습관

"기억력이 좋은 머리보다도 무딘 연필이 낫다."라는 독일의 격언이 있습니다. 또 한문에도 '총명불여둔필(聰明不如鈍筆)'이라고 이와 똑같은 말이 있습니다. 아무리 기억력이 뛰어난 총명한 머리도 둔한 연필을 당할 수 없습니다.

우리 국민은 메모를 잘 하지 않는 국민입니다. 이것이 우리가 선진국에 비해 뒤떨어진 증거의 하나입니다. 세계에서 메모를 가장 잘하는 국민은 일본 사람입니다. 일본이 선진국의 대열에서 앞장을 서게 된 것은 결코 우연한 일이 아닙니다. 평생교육의 의지와 정열이 강한 사람만이 메모를 합니다.

인간은 잊어버리는 동물입니다. 인간은 새로운 정보의 60%를 1시간 내에 잊어버린다는 연구가 있습니다. 따라서 필요한 정보라고 생각이 될 때는 즉석에서 메모를 하여 정착시켜두지 않는다면, 두 번 다시 그 정보를 만나지 못할지도 모릅니다.

"잊지 않기 위해서 메모를 한다."는 가장 기본적인 효용가치를 꼭 머리에 새겨두어야 합니다. 메모의 기술에 대하여 베스트셀러가 된 책을 낸 일본의 '시카토 켄지'나 '마쓰다 다께끼'는 "잊어버리기 위해서 메모를 한다."는 말도 하였습니다.

"이것도 기억해 두어야 한다. 저것도 기억해 두어야 한다며 항상 신경을 쓰고 있으면 정신 건강에 좋을 리가 없으므로 뇌 속을 항상 비워두다가 어떤 것이 필요할 때는 메모를 보면 된다. 계속 잊어버리고, 항상 깨끗이 비워둔다. 이것이 건강에 가장 좋다. 텅 비어 있으니 새로운 일에 흥미를 지닐 수 있고 아울러, 새로운 일이 수월하게 머릿속으로 들어온다.”

이와 같이 메모는 ‘잊어버리기 위한 도구’ 이기도 합니다. 분명히 모든 것을 덮어놓고 머릿속에 담아둔다면, 중요한 일에 사고를 집중시킬 수 없습니다.

순간적으로 떠오른 어떤 생각도 보물처럼 여겨야 합니다. 흔히 아이디어라고 합니다. 아이디어란 사라지기가 쉽습니다. 독창성이 뛰어난 작품을 만들어 내는 사람이나 새로운 일을 발견하는 사람은, 이런 아이디어를 함부로 흘러버리지 않고, 어떤 형태로든 자기 것으로 만들어 오래 간직하여 이용하고 있습니다.

천재적인 학자일지라도 베개 밑에 메모 수첩을 두고 자며, 꿈속에서 떠오른 일도 재빨리 기록할 만큼 노력하고 있는 경우가 많습니다. 더군다나 우리 같은 보통사람들이 다른 어떤 일을 하려면 절대로 착상을 놓쳐서는 안 됩니다. 착상이나 아이디어라는 것은 갑자기 장소를 가리지 않고 발생한다는 사실이 동서고금의 에피소드에 자주 등장합니다.

그리스의 유명한 수학자 아르키메데스는 목욕탕에서 비중의 원리를 깨닫고 벌거숭이가 된 채로 시내를 뛰어다니며 ‘유레카(알았다)’ 를 외쳤습니다. 모차르트는 ‘마적’ 의 멜로디가 당구를 치던 중에 떠올랐다고 하며, 증기기관으로 유명한 제임스 와트는 골프장의 클럽 하우스로 걸어가던 중에 아이디어가 떠올랐다고 합니다.

순간 머리를 스치고 지나가는 생각이 인생이나 세계를 크게 바꿉니다. 우리의 머리는 믿을 것이 못됩니다. 이 세상의 성공한 자와 승리자는 모두 메모하는 습관을 가졌습니다.

천재는 흘린 땀과 영감의 조화

‘천재란 99%의 땀과 1%의 영감으로 만들어진다.’

발명왕 에디슨은 하루에 4시간만 자면서 연구하고 발명하여 전등, 전선, 축음기, 확성기, 영사기 등 1150여 종의 발명품을 만들어 냈습니다.

그렇다고 에디슨은 천재가 아니었습니다. 천재란 머리가 아주 뛰어나게 영리한 사람을 말합니다. 위의 말을 바꿔 말하면, ‘천재는 머리를 1%만 활용하고 노력은 그 몇 배인 99%나 해야 한다.’ 는 말입니다.

또 우리는 흔히 발상이 뛰어나고 머리가 아주 좋은 사람을 가리켜 ‘천재’ 라는 말을 씁니다. 그럼 천재들은 어려서부터 항상 뛰어나고 특별히 노력하지 않아도 되는 것일까요?

발명왕으로 유명한 에디슨은 초등학교 시절 상상력이 풍부하고 호기심이 많은 학생이었습니다. 암탉이 병아리를 까기 위해 알을 품고 있는 것을 보고, 에디슨도 병아리를 까기 위해 광에서 하루 종일 웅크리고 앉아 있었다는 일화는 아주 유명합니다.

그러나 그는 학교에서 배우는 내용조차 잘 이해하지 못하는 학습부진아였습니다. 그래서 결국 학교는 그만 두고 집에서 어머니에게 공부를 배워야 했습니다. 아들의 특별함을 먼저 알아채고 차분하게 체계를 갖춰 가르친 현명한 어머니가 없었으면, 에디슨은 훌륭한 발명가가 되지 못했을 것입니다. 에디슨의 어머니는 우리 아이의 취미는 무엇이며, 누구와 어울리기를 좋아하고, 다른 아이들과 어떻게 달라지기를 바라며, 어떻게 해줄 때 좋아하는가를 알아서 서로 대화하고 문제를 풀어 나갔습니다. 어머니와 에디슨이 서로 마음과 생각, 경험들을 같이 넓혀감으로써 학습이 성공적으로 이뤄졌습니다. 따라서 많은 독서가 필요했습니다.

그 때부터 시작한 독서는 평생 동안 에디슨의 왕성한 지식욕을 채워줄 수 있었습니다. 드디어 에디슨은 발명가로서 큰 성공을 거두었지만, 이에 자만하지 않고 죽을 때까지 발명을 계속하였습니다. 아무리 뛰어난 재주를 가지고 있다고 해도 노력하지 않으면 어떤 결실도 맺을 수 없습니다.

전등을 발명할 때, 에디슨은 1237번의 실험 끝에 성공했을 만큼 대단한 노력을 기울였습니다. 에디슨 자신의 호기심이나 풍부한 영감에만 의지한 채 땀 흘리지 않았다면, 그것은 단순한 공상으로 끝났을 것이며, 위대한 발명품들은 결코 만들어지지 않았을 것입니다.

우리 모두도 에디슨과 같은 재능을 가지고 있습니다. 99%의 노력을 한 사람은 에디슨처럼 되고, 머리만 믿고 노력하지 않는 사람은 절대로 에디슨처럼 될 수 없습니다. ‘의문은 발명의 어머니’란 말이 있습니다. 어떤 사물을 볼 때 항상 ‘왜 그럴까?’ 라는 의문을 가지고 탐구하는 생활이 필요합니다.

에디슨의 유명한 말이 생각납니다.

“나는 어떠한 경우에도 낙담하지 않는다. 가치 있는 일을 해내기 위해서는 세 가지가 있다. 첫째 부지런함, 둘째 분발, 셋째 상식이다.”

라면이야기

라면하면 우리 식생활에서 없어서는 안 될 음식으로 자리 잡은 지 오래되었습니다. 외국 여행이나 등산, 낚시 등 레저에도 꼭 챙겨야 할 필수품입니다. 눈 덮인 산꼭대기에서 컵라면을 먹으며 발아래를 내려다보는 낭만, 외국여행 때 달리는 열차 안에서 라면을 나눠먹을 때의 그 맛을 우리는 쉽게 잊지 못합니다.

라면은 건조식품으로 수분이 많은 식품에 비하여, 단위중량당 영양분이 많으며, 튀긴 식품으로 잘 변하지 않아 주요 식품으로 자리 잡은 지 오래 되었습니다. 특히 지방이 많아 120g당 500cal의 열량을 내는 고칼로리 식품입니다.

라면의 유래는 두 가지 설이 있는데, 첫째는 중국의 건면에서 유래되었다는 이야기입니다. 중일전쟁 때 관동군이 전쟁 비상식량인 건면의 맛을 보고 종전 후, 일본에서 건면을 식용유지로 튀겨서 보관하기 쉽게 포장하고, 별도의 수프를 개발함으로써 라면이 되었다는 이야기입니다. 둘째는 일본인들이 다른 나라의 모방 없이 자체적으로 만들었다는 설이 있는데, 두 번째의 설이 라면개발의 일반적인 정설로 되어 있습니다.

우리나라에는 1963년 삼양식품의 삼양라면이 처음으로 일본의 기술을 배워와 생산했습니다. 인스턴트식품 중에서 단연 으뜸으로 손꼽히는 라면은 식품업계의 혁명으로까지 극찬을 받았습니다. 1958년 일본에서 발명되어 시판된 라면은 일본의 사업가였던 '안도우 시로후꾸' 에 의해서 빛을 보게 되었습니다.

1950년대는 일본이 1945년 제2차 세계대전 패배의 후유증으로 건국 이후 최대의 고난을 맞고 있을 때였습니다. 식량이 부족하다보니 당시 지구촌 대부분의 나라들이 그랬듯이, 일본 또한 미국의 잉여 농산물인 밀가루를 지원받아, 빵을 만들어 먹으며 겨우 연명하고 있었습니다.

그러나 쌀을 주식으로 하던 전통적인 식습관 때문에 빵만으로는 허기진 배를 만족시킬 수 없었습니다. 바로 이 때 밀가루를 이용한 새로운 식품 개발을 생각한 사람이 안도였습니다. '밀가루를 이용하여 쌀밥 못지않은 주식을 개발할 수 없을까?'

끈질긴 연구에도 실패만 거듭되고 몇 년이 흘러갔습니다. 어느 날 술집주인이 생선묵을 기름에 튀기고 있는 것을 본 순간, '바로 저것이다.' 하는 탄성이 터져 나왔습니다.

그는 기름에 밀가루 반죽을 묻힌 생선을 넣는 순간, 밀가루 속에 있던 수분이 순간적으로 빠져나오고, 튀김이 끝난 음식에는 작은 구멍이 무수하게 생기는 것을 관찰하였습니다. '생선묵 튀기는 원리를 이용하는 거야!' 안도는 서둘러 실험실로 가서 우선 밀가루를 기름에 튀겨 보았습니다. 대성공이었습니다.

국수속의 수분이 증발되고 국수가 익으면서 속에 있는 작은 구멍이 무수하게 생겼습니다. 또 이것을 건조시켰다가 뜨거운 물을 부었더니 이번에는 작은 구멍에 물이 들어가면서 먹음직스러운 국수가 되었습니다. 며칠을 보관해도 변치 않았습니다. 안도는 드디어 라면개발에 성공하였습니다. 그는 사업가로서 명성을 되찾으며 라면발명가라는 명예도 갖게 되었습니다.

루드의 코카콜라병

1886년 미국남부 조지아주의 애틀란타 시약제사인 JS 펨버튼 박사 (1831~1888)가 코카의 잎, 콜라의 열매, 카페인 등을 주원료로 하는 음료를 만들어 '코카콜라'라는 이름으로 상품화하였습니다. 후에 이 시의 약제사인 '캔들러'가 제조판매권을 사들여 1919년 현재의 회사조직을 설립하고 청량음료로 판매를 시작하였습니다.

우리나라에는 1968년 두산그룹의 시작으로 우성식품, 범양식품, 호남식품 등 지역별로 제조회사를 두고 운영하였으나, 1997년 현지 법인인 '한국 코카콜라 보틀링'이라는 주식회사를 설립하여 지금까지 운영하고 있습니다.

그런데 코카콜라가 대중화되어 사람들의 사랑을 받는 데는 그 맛에도 있지만, 코카콜라를 담은 유리병의 디자인이 큰 힘이 되었다는 이야기가 있습니다.

이 병을 발명한 '루드'는 1905년 미국 조지아 주 근교의 가난한 농부의 아들로 태어났습니다. 루드는 어려운 가정형편으로 중학교에도 진학하지 못하고 도시로 나가서 신문배달, 심부름꾼 등을 거쳐 병공장의 정식 공원으로 일하게 되었습니다.

어느 날 그의 친구 주디가 오려 가지고온, '코카콜라병 현상모집. 상금 최저 1백만 달러에서 최고 1천만 달러'라는 현상공모를 보았습니다.

그는 6개월간 공장을 휴직하고 친구와의 만남도 뒤로하며, 병 모양을 고안하는데 온 힘을 기울였습니다.

회사가 제시한 '모양이 예쁘고, 물에 젖어도 미끄러지지 않으며, 보기보다는 콜라의 양이 적게 들어가는 병'을 만들기는 참으로 어려웠습니다. 6개월째 고생하고 있던 어느 날, 주디가 입고 온 그 당시에 유행하던 통이 좁고 엉덩이의 선이 아름답게 나타나는 긴 주름치마에서 힌트를 얻어, 새로운 병을 고안해내었습니다.

다음날 루드는 이 병을 미국 특허청에 출원하고, 철공소에서 일한 경험을 살려 직접 견본을 만들었습니다. 그리고 직접 회사의 사장을 찾아갔습니다.

모양도 예쁘고 물에 젖어도 미끄러지지 않으며, 콜라의 양이 많이 들어가지도 않은 것을 여러 가지 실험으로 입증하였습니다. 그리하여 사장은 현상공모 내용에 하나도 틀리지 않음을 확인하고 계약을 하였습니다. 그리고 무려 6백만 달러의 많은 금액을 받았습니다. 하루아침에 6백만 불의 사나이가 된 루드는, 훗날 주디와 결혼하여 고향에서 유리제품 공장을 운영하면서 일생을 행복하게 보내게 되었습니다.

어떤 사물이나 현상을 허투루 보아 넘기지 않고, 깊이 살펴보는 태도가 한 사람의 인생을 크게 바꿔 놓았습니다. 여자의 몸매처럼 아름다운 곡선, 거기에다 허리가 잘록하게 들어가니 손에 잡기 좋아 미끄러워질 위험이 적고, 또 콜라양도 상대적으로 덜 들어갈 수 있는 디자인.

코카콜라의 브랜드 가치와 함께 코카콜라 병이 가지는 디자인적인 가치가 결국은 상품의 가치를 더 높여줬습니다.

모차르트의 코

우리는 어렸을 적에 달걀을 세울 수 있느냐? 없느냐? 내기를 많이 하였습니다. 콜럼버스의 이야기를 듣지 못한 사람은 세울 수 없다고 했을 것입니다. 창의성이 있느냐 없느냐의 문제입니다. 창의성은 상식적으로 생각하지 않고 생각에 변화를 가져올 때 발휘됩니다. "생각을 바꾸면 미래가 보인다."는 말이 있습니다.

생각을 바꿔 누구도 할 수 없다는 일을 해낸 분이 바로 현대 그룹의 정주영 회장님입니다. 서산 방조제를 만들 때 일입니다. 마지막 조류를 막는 일을 해결치 못하고 밤낮으로 걱정이 태산 같았을 때, 폐선을 가져다 급한 물살을 막았던 일화는 너무도 유명합니다.

그것뿐이 아닙니다. 우리나라는 선박건조를 위해 힘쓴 결과 세계적으로 유명한 조선국이 되었습니다. 더군다나 배는 꼭 배 만드는 도크가 있어야만 만들 수 있다는 일반적인 생각을 깨고, 육지에서 만들어 바다 위에 띄우는 신기술을 개발하여 세상 사람들을 깜짝 놀라게 하였습니다. 즉 발상의 전환입니다.

또한 세계 최초로 도크보다 더 큰 배를 만들 수 있는 공법을 개발한 한진중공업과 해상에서 가스를 공급할 수 있는 새로운 개념의 LPG 수송선을 만들어낸 옥포대우조선소의 기술에도 박수를 보냅니다.

위대한 인물은 아무도 할 수 없는 일을 해내는 사람이 아닙니다. 위대한 인물은 남들이 할 수 없다고 포기하는 일도 할 수 있다고 생각하며 결국 그 일을 해내는 사람입니다.

음악가 모차르트 이야기를 들려드리겠습니다. 모차르트는 어느 날 아무도 칠 수 없는 피아노의 화음을 쳐 보이겠다고 친구들과 내기를 하였습니다. 그리고는 재빨리 그 화음의 악보를 오선지에 그렸습니다. 그 악보는 오른 손과 왼손을 동원하고도 하나가 모자라는 동시에 11개의 건반을 눌러야 연주되는 것으로 인간으로서는 도저히 칠 수 없는 듯 보이는 악보였습니다.

그러자 친구들이 비웃었습니다.

"이걸 칠 수 있는 사람은 아무도 없어!"

모차르트는 고개를 가로저으며 조용히 말했습니다.

"하지만 난 분명히 칠 수 있어"

모차르트는 피아노 앞에 앉았습니다. 모차르트는 열 손가락으로 피아노의 건반을 누르면서, 동시에 나머지 하나의 건반은 그의 코로 살짝 눌러버렸습니다. 11개의 건반을 열 손가락으로 동시에 누르면서 연주한 것입니다. 모차르트의 창의성이 돋보이지 않습니까?

이와 같이 도저히 불가능하다고 처음부터 생각하는 것은, 우리가 할 수 있는 소중한 일들을 포기하게 만들 수 있습니다. 우리는 살아가면서 해야 할 일, 하고 싶은 일들이 너무나 많습니다.

어떤 일이라도 포기하지 말고 새롭게, 그리고 다른 방법으로 생각해 보는 습관이 매우 중요합니다.

증기기관차와 스티븐슨

증기기관차를 발명한 영국의 조지 스티븐슨은 석탄광산의 화부 아들이었습니다. 집안일을 돕기 위하여 14살 때부터 탄광보일러의 조수로 일했습니다. 쉬는 날에는 진흙으로 여러 가지 모양의 보일러를 만들어 놓고 즐거워하였습니다.

그는 18살이 되도록 자기 이름 하나 제대로 쓰지 못하는 글장님이었습니다. 그래서 남에게 떨어지지 않기 위해서는 글을 배워야겠다고 결심하여, 낮에는 일하고 밤에는 학교 선생님 댁을 찾아가 초등학교 교과서를 열심히 배웠습니다.

22살 때에는 당당한 보일러 기관사가 되어 광부들을 지도하게 되었습니다. 이렇게 자리가 굳어지자 보일러에 바퀴를 달아 석탄을 실어 나르면, 작업의 능률도 오르고 사람들의 힘도 덜어줄 수 있다고 생각하여 적극적으로 연구를 시작하였습니다.

33살 때에 마침내 그의 소망이던 증기기관차가 완성되어 시운전을 하게 되었습니다. 곡식을 운반하는 화물차 8대에 석탄을 싣고 시속 4마일(약 7km)로 달렸습니다. 세계 최초로 화물열차가 달린 기록입니다. 1814년 7월 25일의 일이었습니다.

10년 후인 1823년에는 스톡턴과 달링턴 사이에 철도를 가설하였습니다. 1825년 9월 27일 스티븐슨 자신이 시운전하여 38개의 차량을 이끌고 시속 12~16마일의 속도로 철길을 달렸습니다.

거듭된 연구로 1830년에는 리버풀에서 맨체스터까지 선로를 가설, 세계 최초이며 최대인 철로를 개설하고 개통시킴으로써 세계 인류에게 오늘의 혜택을 입혀주게 되었습니다.

지금 우리나라는 시속300km이상을 달리는 고속철도까지 발전하였습니다. 해방 후의 '칙칙 푹푹' 하는 증기기관차는 석탄의 힘으로 움직였지만, 기름의 힘으로 달리는 디젤기관차와 전기의 힘으로 달리는 전기기관차까지 발전하기에 이르렀습니다.

익산에서 순천까지 완전 복선화되고 고속철도가 다닐 수 있게 철로 확장공사가 마무리되면 순천서 서울까지 3시간대로 달릴 수 있습니다. 그렇게 되면 우리나라는 완전 1일 생활권이 되어 생활의 틀이 크게 바뀌게 될 것입니다.

교통수단은 이렇게 나라 발전의 원동력이 됩니다. 길을 넓히고 철로를 복선화하고, 뱃길을 열며, 하늘을 마음대로 날 수 있게 하는 등 땅위와 하늘과 바다를 거침없이 이용할 수 있게 될 때 우리나라는 더욱 큰 발전이 올 것입니다. 아울러 더 빠르고 안전한 기차로 서울, 평양, 신의주를 거쳐 중국과 러시아를 구경하고 유럽으로 달릴 수 있는 길이 열릴 것입니다.

'보일러에 바퀴를 달아 많은 석탄을 옮길 수 없을까?' 라는 조그마한 생각이 발전하여 증기기관차를 만들고 전기기관차까지 발전하게 되었습니다.

우리도 생활하면서 불편한 점이 있으면 더 편하게 바꿀 수 있는 방법을 깊이 생각해봅시다. 그러면 좋은 결과를 얻을 수 있습니다.

라이트 형제의 도전정신

지금으로부터 100여 년 전, 미국 오하이오주의 데이튼이라는 작은 마을에서 자전거 가게를 운영하던 윌버 라이트, 오빌 라이트 형제가 살고 있었습니다. 그들은 집안 형편이 가난하여 중학교밖에 다니지 못하였지만, 열심히 노력하여 기술자로서 당당하게 살아왔습니다.

두 형제는 어려서부터 어떻게든지 하늘을 날아보고 싶다는 공통된 생각에서 우선 연날리기에 관심을 가지고 열심히 따라다녔습니다. 그리고 독일의 릴리엔탈이 저술한 '하늘을 나는 실험' 이라는 책을 사서 열심히 읽었습니다.

릴리엔탈은 세계 최초로 글라이더를 만들어 하늘을 난 사람이었습니다. 이 책에 푹 빠져버린 라이트 형제는 3년 후에 글라이더를 만들어 키티호크 해안 절벽에서 시험비행을 해보기로 하였습니다. 바람이 세고 나무가 없는 바닷가 모래사장이니까 크게 다칠 염려는 없다고 판단했었습니다.

"형이 먼저 해야지!"

오빌이 글라이더의 끈을 잡고 절벽 쪽으로 뛰어갔습니다. 해안의 바람을 타고 글라이더가 하늘로 솟아올랐습니다. 그런데 30미터 앞에서 모래바닥에 추락하고 말았습니다.

"형, 괜찮아?"

오빌이 달려갔습니다.

"괜찮아, 우리 글라이더가 이제 날았지 않니?"

형제는 손을 붙잡고 좋아했습니다.

형제가 연구를 거듭하여 글라이더를 날려 보았으나 역시 엔진을 달아야 오래 날 수 있다고 생각했습니다. 그러나 엔진 무게가 대단해서 그대로는 도저히 날 수 없었습니다. 그래서 연구를 거듭한 끝에 가벼운 엔진을 개발해냈습니다.

1903년 12월 17일, 키티호크 해안에서 엔진을 단 비행기의 시험비행이 이루어졌습니다. 15명의 명사들이 초청되었으나 5명만 참관하였습니다. 이번에는 아우 오빌이 먼저 시험비행을 하였습니다. 엔진이 장착되고 프로펠러가 돌면서 비행기가 절벽에서 비행하였습니다. 40미터 정도 날고 모래밭에 착륙하였습니다.

형 윌버가 달려와서 "네가 세계 최초의 비행기 조종사다."하고 끌어안았습니다.

"이제 내 차례다. 내가 질 수 있겠니?"

형이 두 번째 비행을 하였는데 이번에는 6미터 높이 떠서 100미터 거리를 날아갔습니다. 위버는 용기를 얻어 다시 비행을 하여 이번에는 240미터를 날아갔습니다.

이렇게 연구를 거듭하여 항공기는 세계를 누비는 가장 빠르고 편리한 교통수단으로 발전하게 되었습니다.

자동차 왕 포드

지금 세계를 휩쓸고 있는 교통기관으로 자동차를 빼놓을 수 없습니다. 자동차 발명가인 헨리 포드는 미국 디트로이트 출생입니다. 그가 12살 때 아버지와 마차를 타고 가다가 철로 위를 달리는 기차를 보고 매우 신기하게 생각했습니다. 이 무렵 그 친구가 세발자전거를 타고 다녔습니다. 그 세발자전거를 빌려 타면서 '말(馬)이 없이 달리는 마차'에 대한 새로운 창안을 하였습니다.

그런데 교육을 제대로 받지 못한 포드에게는 새로운 창안을 뒷받침해 줄 만한 사람이 없었습니다. 말이 필요 없는 마차라는 것은 생각할 수도 없는 것이었습니다. 포드에게는 에디슨이 발명한 전기기구에 관한 생각이 스쳐갔습니다.

"그렇다. 전기 아니고도 다른 원동력이 있을 것이다."

이렇게 해서 연구해낸 것이 휘발유로 움직일 수 있는 자동차엔진의 시초였습니다. 첫 번째 시운전을 하는데 시동을 걸자마자 차가 천천히 움직이기 시작했습니다. 그러나 얼마 안가서 머물고 말았습니다. 차를 점검해 보니 나사 하나가 풀려 있었습니다. 그것을 손질하고 나니 차는 기분 좋게 달렸습니다.

12년 동안이나 부지런히 오직 '말이 없이 달리는 마차'를 만들겠다고 벼려 오던 헨리 포드의 꿈이 이루어졌을 때, 그 감격을 누구보다 몸으로 느낀 것은 그의 아내였습니다. "우리 집안의 가장은 역시 당신뿐이오. 오직 당신만을 받들고 살겠습니다."하고 눈물을 흘렸습니다.

세계 최대의 자동차제조업체인 헨리 포드회사는 1903년에 설립되었습니다. 그의 나이 40살 때였습니다. 포드는 이렇게 말했습니다.

"인생은 40살까지 준비시대이고 그 이후부터 본격적인 사업이 시작되는 것입니다. 40살이 되어도 사업을 못하는 인간은 성공을 기대하기 어렵습니다."

이미 돌아가셨지만 세계에서 손꼽을 수 있는 자동차왕국을 건설한 우리나라의 정주영 현대자동차 회장에 대한 이야기에는 우리가 새겨들어야 할 말들이 너무나 많습니다. 무(無)에서 유(有)를 창조한 분입니다. 우리가 그분들에게서 본받아야할 창의성은 헤아릴 수 없습니다.

자원이 부족한 우리나라에서 우리가 살 길은 헨리 포드처럼 창의적인 기술개발에 있습니다. 세계 어느 나라를 여행해도 곳곳을 누비는 현대를 비롯한 기아, 대우의 자동차와 삼성, 엘지, 대우의 깃발을 보며 우리는 큰 자부심을 느낍니다. 강대국의 거리에 HYUNDAI, KIA, DAEWOO, SAMSUNG과 LG 등 우리나라 유명 상표를 볼 때마다 가슴이 떨리고 뿌듯함을 느낍니다.

'코리어 넘버 원!'을 외치는 외국인을 만날 때는 나도 모르게 어깨가 으쓱해집니다. 애국심이 절로 솟아오릅니다. 세계인이 갖고 싶어 하는 일등상품으로 핸드폰, 에어컨, 냉장고, 자동차, 도자기, 마이크형 노래방 기기, MP3 등 상품수를 점점 늘여나가고 있습니다. "코리아, 파이팅!"

나 누 는 . .
사 . 랑 . 이 . .
아 름 답 다 . .

…아름다워라 우리집

행복한 삶을 누리기 위한 마음을 살찌우는 지혜

아름다워라 우리집

"가정은 네가 그곳에 가야만 할 때, 그들이 너를 받아들여야만 하는 곳이다." – 로버트 프로스트

성서에 나와 있는 탕자의 비유가 바로 이와 같은 가정의 궁극적인 의미를 잘 표현해 주고 있습니다. 죽을죄를 지어도 용서해 주는 유일한 장소가 바로 가정입니다. 사회나 법이 용서해 주지 않아도 가정만은 용서해 줍니다. 아버지가 물려준 모든 재산을 탕진하고 거지가 되어 돌아온 아들을 용서하고 반겨주는 부모가 계시는 곳입니다.

가정이란 인간의 생명을 얻는 곳이고 생명을 되돌려주는 곳이기도 합니다. 특별한 사람을 제외하고는 누구나 가정에서 태어나고, 가정에서 죽으며, 가정에서 궁극적인 행복을 맛보며, 가정에서 삶의 진정한 의미를 발견합니다.

사람들이 자기의 보람과 긍지와 자랑과 기쁨을 나누고 싶을 때, 자기와 똑같이 그것을 누려주는 가족이 있으므로 그는 진정한 행복을 누립니다.

가정 안에서는 간섭이 적고 최대한으로 자유를 보장받을 수 있기 때문에 사람들은 안식을 얻을 수 있습니다. 들어오고 나가고, 생각하고 말하고 행동할 때, 다른 사람을 의식하지 않고 지낼 수 있는 유일한 장소가

가정입니다.

그래서 가정을 안식처라고 말하고 있습니다. 학교에서 돌아오는 어린이나 직장에서 돌아오는 식구들 모두가 가정을 또다시 치열하게 경쟁해야 하는 곳으로 생각하지 않습니다. 모두 하루의 고단한 몸과 마음을 쉬기 위해서 돌아오는 곳입니다. 밖에서 받은 어렵고 괴로웠던 갖가지 일들을 잊어버리고 씻어버리는 곳입니다.

또 식구들에게 자기가 겪었던 억울함이나 수모, 창피함이나 비난과 설움과 공격받았던 분노, 울분 등 정신적으로 받은 스트레스를 털어버리고 위로받는 곳이기도 합니다. 혹시 잘못된 일이나 행동을 나무라거나 못났다고 손가락질 하지 않고 서로가 서로를 위로해 주고 위로받는 곳입니다.

집은 살기 위한 곳이지 남에게 보이기 위한 곳이 아닙니다. 삶의 의미를 찾는 곳이고 사람이 되기 위해서 지혜를 터득하는 곳입니다.

가정은 있되 가정을 떠도는 사람들에게서는 가정이 주는 가장 중요한 사랑과 믿음과 평안함을 찾아보기 어렵습니다. 따라서 사람이 가정을 갖지 못하면 비극을 겪게 됩니다.

남들이 밖에서 보기에는 아름답고 번듯하게 잘 꾸며진 집들이 많이 눈에 띄지만 찬바람이 도는 집들이 있습니다. 따뜻함, 믿음, 부드러움, 아늑함, 생동거리는 힘을 느끼지 못하는 집은 집이 아닙니다. 가장 중요한 사랑이 넘치지 않기 때문입니다. 감옥같이 느껴지면 이미 집으로서 구실을 할 수 없습니다.

사랑과 꿈을 키울 수 있는 보금자리인 가정을 지키는 일은 우리의 미래를 위한 길입니다.

인간 최초의 학교인 가정

가정의 제일 중요한 기능은 교육적 기능입니다. 가정은 인간 최초의 학교요, 부모는 인간 최초의 스승입니다. 어린이는 가정에서 부모에게 말을 배우고 예절을 배우고 의식주에 관한 기본 습관을 배우고 인간의 도덕을 배우고 문화의 전통을 배우고 가치관을 배우고 생활 방식을 배웁니다. 이리하여 전통이 계승되고 역사가 면면하게 이어집니다.

맹모삼천지교는 가정교육의 중요성을 말해 줍니다. 부모는 자녀의 양육자인 동시에 교육자입니다. 부모는 교육자로서의 자각과 책임을 가져야 합니다. 인간이 이 세상에서 받는 교육적 영향 중에서 부모에게 받는 영향이 가장 큽니다.

"학교는 인간을 못 만든다."라는 말은, 학교 교육의 한계를 지적한 말입니다. 오늘날처럼 지식 교육에만 치중하고 상급학교 입시 교육에 치우치는 학교교육으로는 결코 근본목표인 전인 형성을 할 수 없습니다. 현대의 학교교육은 인간다운 인간을 만들기 어렵습니다.

자녀를 학교에 보냄으로써 교육이 다 이루어진다고 생각해서는 안 됩니다. 학교 교육은 교육의 일부이며 더 중요한 것은 가정교육입니다. "문제아동이 있는 것이 아니라, 문제가정이 있다."는 명언을 우리는 잊지 않아야 합니다. 범죄와 비행을 저지르는 문제 아동은 문제가정에서 생깁니다.

가정의 또 하나의 기능은 도덕적 기능입니다.

가정은 인간의 성격 형성의 가장 중요한 장소입니다. 일찍이 스위스의 교육자 페스탈로찌는,

"가정은 도덕의 학교다."고 말했습니다.

우리는 가정에서 인간도덕의 원형과 기본을 배웁니다. 우리는 가정에서 사랑과 협동과 복종과 권위와 희생과 봉사와 의무와 책임과 대화와 공동생활의 지혜를 배웁니다. 인간의 사랑은 가정에서 시작됩니다. 부모는 도덕의 스승이요, 윤리의 교과서입니다. 부모의 일거수일투족이 자라나는 자녀에게는 지혜가 되고 교훈이 되고 길잡이가 되고 귀감이 됩니다. 인간의 첫째 학교는 가정이고, 둘째 학교는 학교이며, 셋째 학교는 사회입니다.

자녀를 교육하는데 아버지의 영향도 크지만 어머니의 영향은 더 큽니다. 어머니의 무릎은 어린이의 학교요, 어머니의 품은 어린이의 교실이요, 어머니의 말씀은 어린이의 교과서입니다. "한 사람의 훌륭한 어머니는 백 사람의 선생과 맞먹는다."는 교육학자 헤르바르트의 말은 결코 허식의 과장어가 아닙니다. 훌륭한 인간의 배후에는 위대한 어머니가 있었습니다.

인생에서 가정의 위치처럼 중요한 것은 없습니다. 우리는 가정에서 나와서 부모처자와 형제자매가 기다리고 있는 가정으로 돌아갑니다. 가정처럼 따뜻한 곳이 없습니다. 사랑과 신뢰와 협동과 이해의 온화한 공기가 흐르는 곳입니다.

가족이 화목하지 못하면 모든 일이 제대로 이루어지지 않습니다. 가정은 인생의 온실입니다.

어머니의 손길

1억 2천만분의 1의 높은 경쟁률을 뚫고 유일하게 어머니의 몸 안에서 살아남아 '나' 라고 하는 존재가 태어났습니다. 이러한 과정을 생각하면 '나' 의 소중함은 당연합니다.

우리는 어머니란 말만 들어도 가슴이 그냥 뜨거워집니다. 어머니, 어머니가 계셨기에 오늘의 내가 있고 내일 또한 행복한 생활을 누릴 수 있습니다. 세계적으로 유명한 위인들을 살펴보면 그 뒤에는 살아 계시는 동안 자녀들을 위해 보살펴 주신 따뜻한 어머니의 손길이 있었습니다.

어머니의 따뜻한 격려말씀 한 마디로 바른 길을 인도해 주고, 호된 꾸지람이나 따끔한 회초리로 잘못을 바로 잡아줄 때 어린이는 바로 클 수 있습니다. 사랑이 깃든 어머니의 손길이 필요합니다.

700여 년 전 신성 로마제국의 황제였던 '프레데릭 2세' 가 십자군 원정 중에 어린이의 발육에 관한 최초의 연구실험 중 실시했던 "기본욕구를 모두 채워줘도 안아주거나 달래주는 행위가 없으면 죽음에 이르고 만다."는 발견은 어머니의 손길이 얼마나 큰지를 알려주고 있습니다. 어머니의 품에 안겨서 어머니의 체온을 느끼며 사랑을 느껴보지 않고는 바른 성장을 할 수 없습니다.

하버드 의대 소아과학 명예교수인 '베리 브래즐턴 박사' 는 "외적인 반응을 보여주지 않고 무시하며 학대하는 환경에서 자란 아기는 2~3세에도 화를 잘 내고 우울증에 시달리며 절망에 빠진다."고 밝혔습니다.

'도로시 로우 놀트'의 '삶을 통해 배우는 어린이들'이라는 시 한 편을 소개합니다.

'비방을 받으며 자란 어린이는 / 비난하는 것을 배웁니다. / 적대와 미움을 받으며 자란 어린이는 / 싸우는 것을 배웁니다. / 놀림을 받으며 자란 어린이는 / 부끄러움 타는 것을 배웁니다. / 질투하는 분위기에서 배운 어린이는 / 죄의식의 감정을 배웁니다. // 관대한 태도로 키운 어린이는 / 인내하는 것을 배웁니다. / 격려 받으며 자란 어린이는 / 감사하는 마음을 배웁니다. / 공정한 대우를 받으며 자란 어린이는 / 정의로움을 배웁니다. / 안정감을 갖고 자란 어린이는 / 자기 자신을 좋아하는 것을 배웁니다. / 포용과 친밀함으로 키운 어린이는 / 이 세계에서 사랑을 발견하는 것을 배웁니다.'

어머니 아무리 바쁜 일상이라지만, 어린이들과 함께하는 시간을 많이 가지시기 바랍니다. 사랑의 첫걸음은 관심과 이해입니다. 어린이들의 생활을 꼼꼼히 살펴보시고 잘한 일은 더 잘할 수 있게 칭찬해 주십시오. 잘못한 일을 발견했을 때는 따뜻하고 간절한 말씨로, 또는 엄하게 나무라시는 일을 게을리 하지 마시기를 바랍니다.

어머니의 손길에 따라 여러분의 어린이들은 얼마든지 변할 수 있습니다.

진정한 도덕교육

진정한 도덕교육은 사랑을 가르쳐주고 실천하게 하는 교육입니다. 그 동안 우리의 교육은 사랑을 가르쳐주는 교육에 소홀하였습니다.

유치원에서부터 각 급 학교의 교육목표를 분석해 보면, 지성과 덕성과 건강과 기능을 고루 갖춘 사람을 기르는데 초점이 맞춰져 있습니다. 그러나 입시중심의 교육영향으로 바라는 인간을 제대로 육성하지 못하고 있습니다.

유치원과 초등학교에서는 조화로운 인간 육성을 위해 교육과정이 편성되고 운영되고 있습니다만, 중·고등학교로 올라갈수록 일류대학 진학을 위한 절름발이 교육이 이뤄지고 있습니다.

가정 또한 많은 부모들이 새벽부터 밤늦도록 사회활동에 참여하는 바람에 아이들과 충분한 시간을 갖지 못하고 있습니다. 이런 이유로 자녀들에 대하여 함께하지 못한 미안함과 세심한 배려를 하지 못하는 죄책감으로 타이르는 것조차 삼가고 있습니다.

식당이나 지하철이나 목욕탕이나 기차 안이나 공연장 등 공공장소에서 큰소리로 떠들고 고함을 지르며 뛰어다녀도 방관만 하고 있습니다. 그런다고 아이들의 기가 살아나는 것은 절대 아닙니다. 아이들에게 이렇게 해라 저렇게 해라 타이르는 법도 없고, 잘못을 했을 때 그 잘못을 따지지도 않습니다. 남의 눈치보다 아이들의 기분을 맞추기에 급급하여 훈계하는 것을 찾아보기 어렵습니다.

도덕적인 가르침이 아이들을 사랑하지 않는 것으로 생각할 것 같아 두려워 하고 있습니다. 따라서 좌절이나 실망이나 지루함을 아이들로부터 거두어 주는 것이 부모들의 임무인 것처럼 착각하고 있습니다. 권위 세우기를 주저하고 아이를 기르는 것이 아니라, 동무가 되어주는 것이 더 마음 편한 것처럼 생각하고 있습니다.

아이들은 어릴 때부터 가정에서 도덕적인 가르침을 받아야 바른 사람이 되는 유일한 길입니다. 부지런함과 참고 견디는 성격, 책임을 다하고 스스로를 다스리며 의연해질 수 있는 마음, 정직하고 용서하는 마음은 어릴 때부터 가정에서 길러야 합니다.

덕성이란 모두를 긍정하고 모두를 사랑하는 마음입니다. 사람을 차별치 않고 모든 사람과 어울려 사는 마음, 나를 버리고 남을 존중하는 마음입니다. 노여워하지 않고 두려움을 느끼지 않으며, 들뜨지 않고 차분하게 살아가는 마음입니다.

학생들이 거칠고, 버릇없고, 말 안 듣고, 덤벼들고, 낭비하는 습성이 고쳐지지 않는다고 걱정하고 있습니다. 학교와 부모가 협조하여 도덕교육을 해야겠다고 공감하면서도, 갖가지 이유로 자녀들의 문제에 접근하지 않습니다. 잘못을 뻔히 알면서도 변명하고 감싸기에 바쁩니다. 심지어는 모든 책임을 학교에만 떠넘기려 합니다.

올바른 도덕교육인 사랑을 알고 사랑을 나누는 교육은, 어릴 때부터 몸에 배게 꾸준히 지도해야 효과가 있다는 사실을 명심해야 합니다. '시간이 흐르면 길러지겠지' 하고 막연하게 기대하는 마음가짐은 자녀교육에 실패를 가져오고 맙니다. 한번 길들여진 습관은 고치기 어렵기 때문입니다.

인생의 지혜

백년이나 천년 전과 지금의 지식의 양을 비교해 보면, 우리가 알아야 할 지식은 상상할 수 없을 만큼 폭발적으로 증가하고 있습니다. 날마다 지식의 홍수 속에서 헤어나지 못하고 있는 실정입니다.

그러나 '탈무드'를 비롯하여 유태인의 고전을 읽어보면 '인생의 지혜'에 있어서는 오히려 인간이 퇴보하고 있는 것 같다 합니다.

유태인의 가정에서는 1주일에 하루는 가족들이 모여 앉아 아버지가 아들에게 '성서'나 '탈무드'를 가르칩니다. 안식일은 가족들이 모여서 생활하는 가정일입니다. 그래서 오늘날에도 유태인은 안식일에 특별한 사정이 없는 한, 여행을 하지 않는 생활이 불문율처럼 지켜 내려오고 있습니다. 사업가나 영업사원도 이날은 피하여 활동하고 있습니다.

유태인은 교육이라고 하면 학교라는 공공의 시설보다 가정을 먼저 생각합니다. 그것은 어린이들이 학교에서는 지식을 배우지만, 가정에서는 지혜를 배우기 때문입니다. 그리고 어린이들의 생활중심은 가정에 있습니다.

우리의 가정생활과 비교해보면 생각할 점이 너무 많습니다. 우리는 거의 학교와 학원에 어린이들을 맡기다시피 하여, 학교가 끝나기 무섭게 학원을 순회하다 저녁 늦게 피곤한 몸으로 집에 돌아옵니다. 아버지는 아버지대로 어머니는 어머니대로 일터에서 시달려 저녁상 앞에 함께 앉을 시간조차 없으니 가정교육이 이뤄질 시간이 없습니다.

자녀 교육에 대한 관심이 깊은 가정을 제외하고는, 가정교육이 제대로 이뤄지지 않고 있습니다. 바른 인성지도는 가정에서부터 시작해야 함에도 가정교육에 힘을 기울이지 않는 현실이니, 문제 학생이 발생하지 않을 수 없습니다.

지식은 발전해가고 있습니다. 그러나 지혜는 옛날과 다름이 없습니다. 5천년 이상이나 앞서나온 성서나 탈무드를 유태인이 존중하는 것은 그 안에 지혜가 있기 때문입니다. 지식을 써놓은 책과 지혜를 써놓은 책은 뚜렷이 구별됩니다. 지식의 책과 지혜의 책을 함께 읽지 않으면 안 됩니다. 책은 지식을, 인생은 지혜를 줍니다.

"지식과 지혜를 구분하고 어린이들에게 지식을 가르쳐야 하는 이유는, 지식 그 자체에 목적이 있다기보다는 지혜를 갖도록 하기 위해서"라고 '몽테뉴'는 역설했습니다. 그는 결코 지식을 경시하지 않았지만, "지식공부의 목적은 어린이들이 학식 있는 사람이 되도록 하는 데 있는 것이 아니라, 삶을 살아가는 지혜를 얻도록 하는 데 있다"고 믿었습니다.

책을 읽되 스스로 생각하려 들지 않으면 아무것도 배울 수 없습니다. 성서나 불경이나 우리의 고전은 읽는 것이 아니고 배우는 것입니다. 그 안에 들어 있는 삶의 지혜를 곰곰 생각하며 배워야지요.

지혜는 책으로 읽히기보다는 부모가 자녀들에게 이야기로 전하는 방법이 더 효과적이라는 연구결과가 있습니다. 이 말은 우리의 부모들에게 커다란 가르침을 주고 있습니다.

유태인 어머니의 가르침

미국 전체 인구 중 유태인이 차지하는 비율은 3%이지만, 미국 유명한 대학교 교수는 30%가 유태인입니다. 노벨상 수상자의 약 15%가 유태인이기도 합니다. 이런 유태인의 재능은 어디에서 왔을까요?

유태인의 두뇌가 본디 좋은 데서 온 것은 아닙니다. 그들의 어린이를 길러낸 가정교육에 있습니다. 나라 없이 2000년간이나 떠돌이 생활을 할 때 살아갈 수 있는 길은 오직 지혜와 지식에 의존할 수밖에 없었습니다.

제2차 세계대전 중 600만 명의 유태인들이 독일의 강제 수용소에서 가스를 마시고 숨져갔습니다. 그렇지만 수용소에 갇힌 유태인 중에서 최후까지 살아야겠다는 목표와 희망을 버리지 않는 사람들은 살아남았습니다. 생존에 대한 불사조 같은 희망이 소생의 기적을 안겨주었습니다.

기록을 보면 1944년 크리스마스가 지난 며칠 뒤에 많은 사망자가 생겼습니다. 그들은 중노동, 영양실조, 전염병, 악천후에 시달리면서도 크리스마스까지는 꼭 돌아갈 줄 믿고 있었습니다. 이런 희망과 저항력이 느닷없이 사라지면서 숨져갔습니다. 절망 속에서도 한 줄기의 희망을 잃지 않는 용기야말로 대단히 소중한 것이 아닐까요?

세계에서 가장 먼저 글에 대한 장님을 없앤 나라가 유태민족입니다. 그들은 중세 때 이미 문맹자를 없앴습니다. 유태인 어머니들의 애칭은

'교육마마' 입니다. 유태인들은 딸을 대학교수와 결혼시키기를 바랐습니다. 테이블 위에 잉크가 쏟아지면 옷은 그 다음이고 책부터 챙겼습니다. 책을 사랑하는 유태인의 격언입니다.

유태인들은 절망 속에서도 유머를 잃지 않습니다. 유머만이 살아남는 지혜이기 때문입니다. 우리가 본받아야 할 유태인들의 좋은 점은 많이 있습니다.

스스로 결정할 수 있는 판단력을 길러주려고 애쓰는 이스라엘의 어머니는, 다른 어린이들과 놀면서 화합, 질서, 공동체 의식, 자기훈련, 참을성, 책임감, 창의성을 배우게 합니다.

이런 것들은 사회 속에서 남과 어울려 살아가면서 깨쳐야 할 필수적인 덕목입니다.

이런 덕목들은 영어나 컴퓨터나 회화나 피아노보다 자연스럽게 길러줄 수 있는 공부입니다. 과외수업에 찌들어 자발적인 놀이 활동을 빼앗는 일은 더 중요한 일을 놓치는 일입니다.

"오늘 학교에서 선생님께 무슨 질문을 했니?"

"그래, 참 잘했구나."

"너는 어떤 생각을 가지고 있니?"

"남을 위해 얼마나 봉사활동을 했니?"

이와 같은 말이나 질문을 얼마나 하고 있는지 반성해 봅시다.

또 내 아이에 대하여 얼마나 자세히 알고 있는지 곰곰이 생각해보고, 마음을 열고 이야기할 수 있는 기회를 자주 가지십시오. 지금도 늦지 않았습니다.

나 누 는 . .
사 . 랑 . 이 . .
아 름 답 다 . .

… 위인들의
어머니와 부인

위인들의 어머니

어머니! 세상에서 가장 아름답고 위대한 말입니다. 우리는 어머니의 목숨을 바꿀 만큼 큰 아픔을 통해 새 생명을 얻었습니다. 어떤 값으로도 치를 수 없을 정도로 값진 사랑이 어머니의 사랑입니다. 이런 값진 사랑에 우리는 얼마나 보답하고 있는지 곰곰 생각해 봅시다.

어머니의 마음을 편안하게 해드리기는커녕 상하게 한 일이 더 많습니다. 어머니께서 우리의 응석을 한없이 받아 주신다는 믿음 때문에 너무 많은 일들을 철없이 저질러 놓아 어머니의 걱정을 산 일이 한 두 가지가 아닙니다.

어머니의 사랑은 솟아오르는 태양처럼 따뜻하고 희망을 줍니다. 가없는 바다처럼 넓고 포근합니다. 한 줄기 시원한 바다처럼 우리의 마음을 맑게 씻어 줍니다. 우리는 이런 사랑을 먹고 자랐습니다. 그 사랑 없이는 모든 것을 이룰 수 없습니다. 수없이 많은 위인 명사들의 뒤에는 틀림없이 훌륭한 어머니가 계셨습니다.

아인슈타인이 엉뚱한 질문으로 학교에서 등교를 거부당했을 때, 어머니는 특별한 머리를 가진 아이로 생각했습니다. 혼자 생각하며 추리하는 능력이 뛰어남을 발견하고 칭찬을 아끼지 않은 나머지 인류역사에 오래 남을 과학자로 키웠습니다.

링컨의 어머니는 밤늦도록 책을 읽어줘 관찰력이 뛰어나고 사리분별이 정확한 대통령으로 길러냈습니다. 에디슨을 학교 교장선생님이 바보 같은 아이라고 했을 때 학교를 그만 두게 하고, 에디슨의 어머니는 나름대로 진단한 능력을 최대한 계발하여 발명왕이 되게 하였습니다.

빌 게이츠가 아버지의 3개월 치 봉급을 털어 사준 컴퓨터에 푹 빠져 하버드 대학을 중퇴하자, 어머니는 아들의 머리에는 미래에 대한 생각으로 가득 찬 것을 발견하였습니다. 미래의 주인공인 빌을 위해 보조자 역할을 다했습니다. 마침내 빌 게이츠의 어머니는 미래에 대한 용기를 불어 넣어준 결과 세계 제일의 컴퓨터 황제가 되게 하였습니다.

피카소는 학교에 다니기는 하였지만 읽기, 쓰기, 산수 등은 거의 익히지 않고, 그림그리기 외에는 알파벳의 순서조차 기억하지 못했습니다. 그러나 어머니는 "네가 군인이 되면 반드시 장군이 될 것이고, 만약 신부가 되면 로마 교황도 될 수 있다"고 신뢰와 지지를 해 주었습니다. 그 결과 세계적인 화가가 될 수 있었습니다.

정직과 개척정신을 길러준 닉슨의 어머니, 앞을 내다보고 굽힐 줄 모르는 의지를 길러준 율곡의 어머니, 인간에 대한 사랑과 예술적 감성을 길러준 채플린의 어머니 등 헤아릴 수 없을 만큼 많은 훌륭한 어머니가 계셨습니다.

여러분의 어머니도 이 분들의 사랑에 뒤지지 않습니다. 갖가지 재난 속에서도 몸 바쳐 우리를 지켜 튼실하고 슬기롭게 길러주신 어머니, 지금 이 시간에도 우리가 잘 되기만을 빌고 계십니다. 어떠한 희생도 마다하지 않습니다. 그 은혜를 어디다 비길 데 없습니다.

먼저 '어머니의 사랑' 을 알고 그 사랑에 보답하는 마음을 갖는 것이 중요합니다.

정직성과 의협심을 길러준 워싱턴의 어머니

지금으로부터 200여 년 전, 영국에서는 크롬웰이 나라를 휘어잡고 반대당에 대한 박해가 심했습니다. 한편 워싱턴 집안은 20세기경부터 몇 사람의 영웅을 배출했을 만큼 유서 있는 가계로, 자유의 신천지를 찾아 북아메리카로 이주하였습니다.

조지 워싱턴의 아버지 오거스틴은 이주 4대째의 사람으로 많은 밭과 노예를 소유하고 대농이 되어 있었습니다. 또, 아버지의 두 번째 부인인 '메어리 포올'은 버지니아 주 훌륭한 집안 딸로 슬기로운 사람이었습니다. 워싱턴은 '메어리 폴'의 장남으로 1732년 2월 12일, 버지니아주 웨스트모어랜드 란 곳에서 태어났습니다. 늘 숲속의 집 난로 가에서는 하루의 일을 마친 어머니가 아이들에게 성서나 옛 이야기 등 여러 가지 이야기를 들려주었습니다.

이렇듯 자연 속에서 자란 조지에게 어머니의 감화는 매우 컸으며, 그의 일생을 지배한 사상도 모두 난로 가에서 길러진 것이었습니다. 그는 학교에서도 늘 좋은 성적을 받았습니다. 그가 고등교육을 받을 나이가 되자 아버지가 "아직 미국의 교육수준이 낮고, 부잣집 아이들은 거의 영국 본토에 돌아가 공부하고 있으니, 조지도 그렇게 했으면 좋겠다."고 하자 어머니는 반대하였습니다.

"영국 본토의 교육수준은 이곳보다 나은지 모르겠습니다만, 조지는 제

곁에서 공부했으면 좋겠습니다."

어머니는 모성애도 모성애지만 조지가 자기 곁에서 공부해야 올바른 인간으로 성장할 수 있다고 믿고 있었습니다. 조지가 만11살 때 아버지가 돌아가시자, 아이들의 교육과 가사, 농장 일 등 모두 어머니가 맡아 하게 되었습니다. 그럼에도 하늘이 내리신 책무라고 믿고, 어머니는 굳세고 부지런하게 살림을 꾸려 나갔습니다. 조지는 16살 때 어머니의 희망에 따라 측량공부를 하였으며, 정직과 의협심으로 성실하게 공부하여, 정부 측량기사가 될 수 있었습니다. 그러다 '독립전쟁'에 휩쓸리게 되었습니다.

1776년 7월 8일, 미국 독립선언문을 공포하며 의사당에 자유의 종소리가 온 나라에 울려 퍼졌습니다. 온 국민은 이 종소리를 듣기 위해 5년 동안을 싸웠습니다. 기쁨에 넘친 이웃들은 워싱턴의 집에 몰려왔습니다. 이 때 워싱턴의 어머니는 군중들을 향하여 소리쳤습니다.

"이 대승리는 모두 하느님이 내리신 것입니다. 우리는 그것을 잊어서는 안 됩니다." 어머니는 아들을 찬양하는 말은 하지 않았습니다. 하지만 군중들은 어머니의 갸륵하고 아름다운 마음을 알고도 남았습니다. 드디어 대통령이 된 워싱턴은 어머니와 함께 대통령 관저에서 살도록 권했지만, 어머니는 단호하게 거절하였습니다.

"너의 효심은 정말 고맙게 여기지만 나는 이미 늙은 사람, 남에게 신세지지 않고 고향에서 조용히 지내고 싶구나. 내 걱정은 말고 너는 맡은 바 천직에 온힘을 다 하여라. 그러면 하느님은 너를 이끌어 주시고 또 은총을 내리시리라."

그녀는 1796년 12월 14일, 풀숲 우거진 고향마을에서 잠자듯 조용히 눈을 감았습니다. 미국 의회는, "워싱턴은 전쟁에서도 제1인자였고, 평화에서도 제1인자였으며, 동포들의 마음속에서도 제1인자"라는 결의안을 채택하였습니다.

드루펜 부인의 뛰어난 내조

미국의 제4대 대통령(1809~1817)이었던 제임스 매디슨은, 제퍼슨에 비하면 키도 작고 몸도 몹시 허약해서 대통령 취임식에서도 긴장한 모습과 피로를 이겨내지 못하는 모습을 보여줬습니다.

허약한 체질과 그에 따른 병약한 사고를 이겨내고, 그가 대통령이 되기까지는 전임 토마스 제퍼슨 대통령의 공도 컸지만, 누구보다도 아내인 드루펜의 내조가 매우 컸다고 합니다.

매디슨은 허약하고 정치적 수완이 미숙했을 뿐이지 '위대한 조그만 사람'이라는 평이 있을 정도로 비범했고, 헌법 전문가로는 제퍼슨보다 훨씬 유식하였습니다.

미국의 국가적 생존이 위태로웠던 최초의 전쟁 동안에 보여준 지도력은, 크게 용기 있는 행동으로써 모든 사람들을 감탄케 했습니다. 또한 전쟁 시에 헌법을 위반하지 않는 대통령 중의 한 사람이었습니다. 많은 대통령들은 국가의 생존이 걸려 있는 위기에 봉착하면, 그 방법이 옳고 그르건 간에 헌법을 통하지 않고 손쉬운 지름길을 택했습니다.

시민 전쟁 동안 링컨대통령은 의회가 승인하지 않은 자금을 썼고, 계엄령을 선포했으며 출정영장을 중단시켰습니다. 2차 대전 중 루즈벨트는 일본계 미국인들을 강제로 수용했고, 존 애덤스는 다만 전쟁의 위협이 있다는 이유로 반대세력을 감옥으로 보내게 하는 '외국인 규제 외 선동 금지법'을 통과시켰습니다.

그러나 매디슨은 언론을 통제하지도 않았고, 개인 재산으로 독차지하지도 않았으며, 심지어 영국인이 체시피크만으로 상륙해서 워싱턴에 있는 국회의사당을 불태웠어도 그 누구 하나 감옥에 보내지 않는 용기를 보여줬습니다.

이런 용기 있는 행동 뒤에는 항상 그를 믿고 조언해준 부인이 있었기 때문입니다. 부인인 드루펜에 대한 이야기는 모든 여성들의 모범이 되고도 남습니다. 매디슨은 두 차례에 걸쳐 대통령을 연임하였고 재임 중에는 전쟁과 내우외환으로 많은 시달림을 받았습니다.

이러한 어려움을 드루펜 부인은 언제나 원만하게 해결해주는 역할을 다했습니다. 드루펜 부인에게는 어떠한 일이 생겼을 때 정확하게 그 사실을 기억하는 명확한 기억력이 있었습니다. 그 사실과 날짜까지 확실하게 새겨두는 컴퓨터 같은 두뇌의 소유자였습니다.

매디슨이 대통령에 재임하는 동안, 많은 정적들의 정치적 공격을 받고 궁지에 몰리는 일도 많았습니다. 그러나 그 때마다 드루펜 부인의 컴퓨터 두뇌로 상대방의 과오를 지적하고 반격함으로써 위기를 모면하는 성과를 올렸습니다.

대통령 임기를 마치고 버지니아 고향으로 돌아와서 늙으신 어머니를 모시고 살면서도 언제나 드루펜 부인의 내조를 크게 내세웠습니다. 훗날 모든 동네 사람들이, "드루펜은 시어머니에게 정성을 다하고 남편에게도 정성을 다하는 모범여성이었습니다."라고 칭찬을 아끼지 않았다 합니다.

링컨 어머니의 유언

그의 이력을 소개하면 다음과 같습니다.

'가난한 켄터키 주의 농촌 출생으로 학력은 초등학교 중퇴. 독학으로 법률공부를 시작함. 빚 갚는데 15년 걸림. 불행한 결혼으로 끝나버림. 소규모 사업체를 차렸으나 또 망함.

측량기사와 우체국 직원으로 전전하다 피나는 독학으로 변호사가 됨. 하원의원에 출마했으나 낙선함. 다시 도전하여 당선되었으나 초선 임기 후 재출마하여 낙선. 신경쇠약으로 오랫동안 앓아누움. 상원의원에 출마하여 낙선함. 부통령에 출마하여 낙선함.

1860년 대통령에 당선됨. 게티스버그에서 역사에 남을 위대한 연설을 하였으나 청중들로부터 반응은 냉담. 언론으로부터 매일 비난을 받고 반 이상의 국민들로부터는 배척을 당함. 1865년 저격범의 흉탄에 쓰러짐.'

참으로 많이 쓰러지고 많이 일어섰습니다. 끝없는 도전을 할 수 있는 자만이 성공할 수 있다는 교훈을 준 분입니다.

미국 제16대 대통령인 '에이브라함 링컨'은 영국에서 이민해온 가난한 집의 아들로 태어나, 켄터키 주 통나무집에서 태어났습니다. 아버지는 정직하게 살아왔지만, 아이들의 교육에는 전혀 관심을 두지 않는 고

집불통이었습니다.

그럼에도 불구하고 미국의 대통령으로 그처럼 위대한 업적을 남길 수 있었던 것은 그의 어머니의 영향을 받았기 때문입니다. 어머니는 학식은 별로 없었지만 신앙심이 깊은 여인이었습니다. 밤낮을 가리지 않고 아들 링컨의 건강과 신앙심에 특별한 관심을 두어 병에 걸리지 않게 키웠습니다.

공부하는 데에 관심이 있는 링컨은 학교에 갈 수 없었으나 이웃집에서 책을 빌려 열심히 공부하였습니다. 이처럼 열심히 책을 읽는 것을 보고 어머니는 낡은 성서를 손에 들고 링컨을 불러 하루 한 번씩 성서 구절을 읽어주었습니다. 링컨은 어머니의 품에 안겨 성서구절을 듣는 것이 일과처럼 되었고, 그것이 더없는 즐거움이 되었습니다. 이렇게 모자간의 교류가 이뤄지던 9살이 되던 해 갑자기 어머니가 전염병에 걸려 눕고 말았습니다. 그리고 임종 때를 맞이하여 아들의 머리에 손을 얹고 이렇게 말했습니다.

"너는 아버지를 정성껏 섬겨야 된다. 이웃집과도 사이좋게 지내고, 언제나 하느님께 감사하는 마음을 간직하고 살아야 한다."

링컨의 어머니는 숨을 거두었습니다.

링컨 대통령의 '노예해방' 이라는 역사적인 대업이 이루어진 배후에, 그 위대한 어머니의 영향력이 있었다는 사실을 아는 사람은 별로 없을 것입니다.

"내가 이렇게 존재할 수 있었던 것과 또 현재의 내 지위며 희망 같은 그 모든 것은 결국 어머니로부터 물려받은 것입니다. 하느님, 부디 어머니를 축복해 주소서."

링컨의 어머니에 대한 존경심은, 친구이며 정치적 동지인 '빌리 헌던' 에게 한 말 속에 영원히 남아 있습니다.

꿈과 용기를 심어준 케네디의 어머니

케네디의 어머니 로즈여사가 숨진 것은 1995년 1월 25일. 104세의 장수를 누리며 영광과 비운을 모두 겪은 강인한 어머니였습니다. 80세까지 골프를 즐긴 로즈 여사, 84년부터 심장발작을 일으켜 휠체어의 몸이 되었습니다. 로즈 여사의 생애는 다채롭습니다.

여사는 신문팔이에서 시작하여 보스턴 시장까지 오른 존 피치제럴드의 딸로서 엄격한 가정교육을 받으며 자랐습니다. 뛰어난 능력을 지닌 그녀는 1914년 케네디가와 인연을 맺고 4남 2녀를 두었습니다.

여사의 시아버지는 아일랜드 출신의 가난한 부모를 따라 미국으로 건너와 강한 생명력으로 많은 돈을 벌었습니다. 여사의 남편은 이를 기반으로 사업을 넓혀나가 억만장자가 되었습니다.

다음은 대통령에 야심을 품었습니다. 그는 자식들을 통해 대통령의 꿈을 심었습니다. 이런 자식들에게 로즈 여사는 힘줘 말했습니다.

"1등이 아니면 실패다."

운명의 장난은 잔인했습니다. 대통령의 꿈을 담았던 장남인 조셉 2세가 2차 대전 중에 비행기 조종사로 참전했다가 숨졌습니다. 48년엔 큰딸 캐서린이 비행기 추락사고로 숨졌습니다. 차남 케네디가 대통령에 당선된 해는 60년, 이어 로버트는 법무장관, 에드워드는 상원의원에 뽑혀 케네디가의 영광은 절정에 다다랐습니다.

1961년 1월 20일, 케네디가 35대 대통령으로 취임하면서 14분에 걸친 취임 연설에서 역사에 남을 많은 명언을 남겼습니다.

"받는 자가 되지 말고 주는 자가 되어라."는 용감한 개척자적 정신이 말속에 약동하고 있습니다.

"나라가 나를 위하여 무엇을 주었는가 묻기 전에, 내가 나라를 위하여 무엇을 하였는가를 물어라."

"우리는 지금 뉴프론티어의 선두에 서 있습니다. 뉴프론티어는 모든 미국인에게 용기와 헌신과 격렬한 노동과 자기희생을 요구합니다."

"어떤 국민이 역사의 제물로 전락하고, 어떤 국민이 역사의 주인이 될 수 있느냐. 힘없는 나라는 역사의 제물이 되고, 힘 있는 나라는 역사의 주인이 될 수 있다."

그런데 운명의 장난은 끈질겼습니다. 존과 로버트는 63년과 68년에 암살당하는 비운을 겪게 되는 등 케네디가의 비극이 시작되었습니다. 이때의 로즈 여사는 비장한 마음으로, "내 아들 중 하나가 쓰러지면 그 다음 아들이, 그 아들이 쓰러지면 또 다음 아들이 일어설 것이다."라고 하였습니다.

그녀는 비극 속에서도 자녀들에게 용기를 심어주는데 빈틈이 없었습니다.

그 뒤에도 비극은 이어졌습니다. 손자들과 증손자들 사이에서도 강간, 마약복용 등 스캔들이 그치지 않았습니다. 이어지는 비극 속에서도 로즈 여사는 절망하지 않았습니다. 강한 어머니만이 강한 자녀를 키울 수 있지 않을까요?

지극한 사랑을 준 페스탈로치의 아내

'교육자의 스승'으로 불리고 있는 페스탈로치는 스위스 취리히에서 태어났습니다. 그가 아직 어렸을 때 잔돈이 생기면 가끔 동네 구멍가게에 가서 과자를 사먹었습니다. 그런데 몇 번이나 군것질을 하는 페스탈로치에게 가게 집 딸이, "어린애가 군것질이 심하구나. 돈을 아낄 줄 알아야지."하고 점잖게 타일렀습니다.

그것이 인연이 되어 두 사람은 결혼을 하였는데 1769년 페스탈로치가 24살, 안나가 32살로 남편보다 여덟 살이나 위인 연상의 여자였습니다. 그 아내를 만나는 데는 또 다른 인연이 있었습니다. 부룬추리라는 절친한 친구가 있었는데 워낙 몸이 약해서 젊은 나이에 죽으면서 안나를 소개해 주었습니다.

"자네는 참 순진하고 재능도 있고 앞으로 훌륭한 인물이 될 것이네. 그런데 너무 순진하고 감정적이어서 실수가 많을 것이네. 그런 자네에게는 현명하고 결단력 있는 아내가 필요한데 마침 내가 잘 아는 숙녀를 소개해 주겠네."

그렇게 소개받은 아가씨가 바로 안나였습니다.

페스탈로치가 여덟 살이나 적으니 도저히 맞지 않은 결혼이었습니다. 뿐만 아니라 안나의 뛰어난 미모와 페스탈로치의 못생긴 외모를 보고 사람들이 걸맞은 부부라고 생각하지 않았습니다. 그러나 이들은 너무나 행복한 결혼생활을 하였습니다.

안나는 남편의 순정에 탄복하였고 페스탈로치는 부인의 미모와 그 총명함을 인정하여 완전히 부부간에 사랑하며 살았습니다. 안나는 남편의 인격과 정신력, 그리고 깊은 사랑을 만족하게 여겼습니다. 45년 동안 남편의 곁에서 정성을 다해, 정신적으로 물질적으로 도움을 주어 '교육자의 스승'이라는 명예로운 이름을 남기게 하였습니다.

안나 부인은 78살인 1816년에 수명을 다하였지만, 그녀의 지극한 정성을 오직 남편에게 바치고 세상을 하직하였습니다. 가장 믿을 만하고 뒷받침이 되어준 아내를 잃은 페스탈로치의 슬픔은 무엇으로 달리 표시할 방법이 없었습니다.

길을 걸으면서도 유리조각이나 사금파리를 주어서 호주머니에 담아, 경찰의 의심을 받았던 페스타로치의 여린 마음은, 안나와의 사랑에서 익힌 생활 태도였습니다.

그는 유언을 통해 무덤에 비를 세우는 것을 원치 않았습니다. 다만 들녘에 뒹구는 자연석 하나를 무덤에 세워 표해주기를 바랐습니다.

지금의 비석은 그의 100년제 때 세운 것입니다. 생각이 깊은 사람일수록 자기 몸의 사후처리를 조촐하게 다루기를 원한 것 같습니다. 페스탈로치의 검소한 생활은 안나와의 생활이 빚은 결실이었습니다.

생각이 없고 머릿속이 텅 빈 사람일수록 자기 몸의 사후 처리까지 신경을 곤두세우는 모양입니다. 생각 없는 사람들은 살아서는 호화 주택에 호화생활을 마다하지 않습니다. 거기다 숨져서 시체가 들어갈 곳도 역시 호화무덤을 마다하지 않습니다. 우리는 페스탈로치와 안나와의 생활에서 너무나 많은 것을 본받을 수 있습니다.

바른 성격을 형성해준 비스마르크의 어머니

독일의 비스마르크는 철혈재상으로 이름이 남겨질 만큼 고집대로 행동하는 황소 같은 사나이로 널리 알려져 있습니다. 비스마르크는 성질이 매우 급했으며 건강 또한 대단하여 한 번 계획한 일은 끝까지 밀어 붙였습니다.

그러나 어려서부터 그렇게 강건한 체격을 타고난 것은 아니었습니다. 얼마나 성미가 급한지 식사 때에도 음식을 제대로 씹지 않고 입에 넣자마자 꿀꺽 삼키고 마는 그러한 성격이었습니다.

아들의 건강을 크게 걱정한 어머니는 음식물을 잘 씹어서 제대로 소화시키는 방법을 생각해서 권하였습니다. 이러한 습관을 고쳐주기 위하여 여러 가지로 노력하였으나, 쉽게 고쳐지지 않았습니다. 어머니는 여러 가지로 궁리한 끝에, 음식물을 입에 넣을 때 어떻게든지 시간을 끌어 충분히 씹을 수 있는 시간을 벌어주자는 생각을 했습니다.

그래서 호기심을 불러일으키기 위해 작은 종이쪽지에 동물과 여러 가지 꽃을 그리기 시작했습니다. 이러한 작은 그림들을 많이 그려서 차곡차곡 접어 봉지에 담아 식탁 위에 올려 놓았습니다. 비스마르크가 식탁에 앉아 식사를 시작하면 어머니는 이렇게 말하였습니다.

"이 봉지 속에 참 재미있는 것이 있다. 밥 먹으면서 하나씩 꺼내어 펼쳐보겠니?"

비스마르크는 재미있는 것이 무엇인지 궁금했습니다. 음식을 입에 넣고 우물우물 하면서 접은 종이를 하나하나 펼쳐 보니까 정성스럽게 그린 개, 고양이, 새, 다람쥐, 사자, 늑대 같은 동물도 있고 예쁜 새도 나왔습니다. 비스마르크는 식사 때마다 그 봉지 속의 그림을 펴보는데 재미가 들어, 어느새 씹지도 않고 꿀꺽 삼켜버리던 식사습관이 고쳐졌습니다.

독일의 국력을 반석처럼 다지고 나라의 위용을 세계에 떨치게 할 수 있었던 성격의 형성은 어머니의 절대적인 힘이었습니다. 그는 독일 통일의 역사적 대업을 성취한 초대 재상(宰相)으로서, 봉건 군주들이 국토를 나누어 차지하여 세력 다툼을 하고 있을 때, 프러시아를 하나의 근대국가로 만들고, 독일이 대약진할 수 있도록 기초를 수립한 사람이었습니다. 비스마르크는 1882년 국회에서 다음과 같은 명연설을 하였습니다.

"평상시에는 평상시의 방법이 있고, 비상시에는 비상시의 방법이 있습니다. 비상시에는 비상적인 방법을 쓸 수밖에 없습니다. 언론이나 다수결의 방법으로는 비상시의 어려운 문제를 해결할 수 없습니다."

그러면 무슨 방법을 써야 하는가. 철(鐵, 쇠)과 혈(血, 피)입니다. 철은 무기요, 혈은 군대입니다. 그래서 비스마르크를 철혈수상(鐵血首相)이라고 일컫고 있습니다.

그는 독일의 통일을 위해 첫째는 덴마크와의 전쟁을 했고, 둘째는 오스트리아와 전쟁을 했으며, 셋째는 프랑스와의 전쟁을 하여 세 번 다 이겼습니다.

"서로 대립된 마음을 하나로 융합시키려면, 서로 공동의 목표를 가져야 하고, 공동 목표를 달성하기 위해 공동 노력을 해야 한다."란 명언을 남겼습니다.

주세페 마치니 어머니의 정성

주세페 마치니는 가불, 가리발디와 더불어 이탈리아의 개혁을 가져다준 사람입니다.

19세기 초 이탈리아는 여러 국가들로 나누어져 있었습니다. 남부는 부르봉가의 왕이 시칠리아 왕국을 지배하고, 중부에는 교황이 교황령을, 북부는 함스부르크 제국이 롬바르디아와 베네치아 지방을 각각 다스리고 있었습니다. 그 외에 토스카나 공화국, 파르마, 모테나는 오스트리아에 예속된 귀족들이 다스렸고, 샤르테냐 섬은 이탈리아 왕조인 사부아 왕조가 다스리고 있었습니다.

이런 정치적 분립상태에서 문화적·경제적인 분열상을 더 심각하게 겪고 있었습니다. 이탈리아 전 지역에서는 통일을 지향하는 열정보다 지방적인 전통을 중하게 여기는 정신이 보편적이어서 북쪽 도시인들은 남쪽 시칠리아인들에 대하여 동족으로서의 애정이나 친밀감이 없었고, 경제적인 유대강화도 매우 미약하였습니다.

1815년 나폴레옹이 몰락한 뒤에도 조국의 독립과 자유를 쟁취하기 위한 비밀결사가 조직되어 활발하게 움직였으나, 보수반동자와 외국의 간섭으로 성공할 수 없었습니다.

이런 좌절 속에서 이탈리아 독립을 위해 전 생애를 바친 뛰어난 투사가 주세페 마치니(1805~1872)였습니다. 그는 낭만적 자유주의자였으며 공화제의 형태로 조국 이탈리아가 통일되기를 염원한 민족주의자였습니다. 그는 고대 로마가 이탈리아의 영광을 나타내고, 중세 로마가 기독교의 영광을 밝혔듯이 제3의 로마는 자유로운 민족과 개인의 존엄성을 인정해주는 나라로 우뚝 설 것을 희망했습니다.

그러나 이렇게 투사적인 그도 어렸을 때는 아주 나약한 소년이었습니다. 한때 목숨을 이어가지 못할지도 모른다는 걱정도 있었으나, 어머니의 헌신적인 사랑으로 위기를 벗어날 수 있었습니다.

겨우 5살 때에 문밖 출입을 하게 되면서부터 사람들을 대하고 동물들을 만나면서 사회생활에 대한 흥미를 느끼기 시작하였습니다. 어느 날 어머니의 손에 이끌려 공원을 거닐다가 돈을 달라고 해서 구걸하는 걸인의 모자 속에 넣었습니다. 동전 떨어지는 소리가 땡그랑 울리는 소리를 듣고 마치니가 싱긋이 웃자, 그 걸인도 주름진 얼굴에 미소를 지었습니다. 어린이의 고운 마음씨에 주위 사람들은 칭찬하는 마음으로 모두 얼굴에 미소가 번졌습니다. 어머니도 속으로 흐뭇해하며, "자, 이제 좋은 일도 했으니 집으로 가자."고 하면서 손을 잡아끌었으나, 다시 걸인 앞으로 가서 손을 내밀고 악수를 청했습니다. 주름진 손을 내밀어 마치니와 악수를 하고 난 그 걸인은 눈물을 흘리며 말했습니다.

"마님, 이 아드님은 반드시 큰 인물이 될 것입니다. 잘 키워 주십시오."

마치니는 과연 이탈리아의 국민을 잘 사는 사회로 이끌어준 역사적인 인물로 손꼽히게 되었습니다. 어머니의 희생적인 사랑 없이는 이러한 인물이 나올 수 없었을 것입니다.

신념과 용기를 심어준 화가 피카소의 부모

세계적인 화가로 명성을 크게 떨쳤던 피카소. 그는 학교공부에는 신경을 쓰지 않고 그림 그리는 재능만 키운 어린이였습니다.

피카소는 학교에서 배우는 읽고, 쓰고, 셈하는 기초적인 어떤 공부에도 관심이 없었던 아이였습니다. 학교에서는 그림공부에만 열심이었고, 교과서의 남은 부분은 온통 그림으로만 채워져 있었습니다.

그렇지만 피카소의 부모님은 공부하라는 말은 전혀 하지 않았습니다. 그는 집에 돌아오면 누구에게도 방해를 받지 않고 오직 그림그리기에만 몰두할 수 있었습니다.

아무 생각 없이 공부하는 것이 제일 효과적이라는 말이 있습니다. 그러나 그것이 실현되는 것은 자기가 철저히 좋아하는 일에 몰두할 때라는 것입니다.

피카소는 그것을 위한 거의 이상적인 조건이 갖춰졌던 행복한 아이였습니다. 피카소만큼 자기가 좋아하는 것만을 위해 보낼 수 있었던 생애도 드물다고 생각됩니다.

피카소가 고국인 스페인을 떠나 파리에 머물러 있을 때는 매우 궁핍한 생활을 하였지만 화판과 붓만은 처분하지 않았습니다. 그의 인생에서 그림을 없애면 아무것도 남지 않는다는 것을 잘 알고 있었기 때문입니다.

피카소 부모는 아들에 대한 믿음이 있었기에 신념과 용기를 가질 수 있었습니다. 이 마음이 피카소에게 전해져서 기대 이상의 능력을 발휘했다고 믿습니다.

"네가 군인이 되면 반듯이 훌륭한 장군이 될 것이며, 만약 신부가 된다면 교황이라도 할 수 있다"고 어머니는 신뢰와 지지를 보내주었습니다.

부모는 자녀들의 능력을 얼마든지 과대평가해도 지나치지 않습니다. 더욱이 그런 부모야말로 자식이 갖고 있는 힘을 제대로 키워줄 수 있는 훌륭한 부모라고 생각됩니다. 자식이 어느 정도 잠재적인 능력을 가지고 있는지도 모르고, 과대하게 평가해도 나쁘지 않을 텐데 그것을 과소하게 평가해서 어느 한계 안에서만 자식을 볼 수밖에 없다면 그 부모는 바보 같은 부모일 것입니다.

그런 뜻에서 피카소는 이상적인 부모를 두었습니다. 늘 아버지의 흉내만 내며 그림만 그리고 있는 아들의 재능을 인정하고, 10살 때 아버지가 교사로 있는 미술학교에 입학시켰습니다. 그리고 집에 돌아와서도 아들이 좋아하는 그림만 그리도록 하고 다른 것은 못해도 나무라지 않았습니다.

피카소가 13살 때 드디어 제자가 선생님의 실력을 넘어 섰다고 인정이 되자, 아버지는 자기의 붓과 물감을 피카소에게 물려주고 자신은 그림그리기를 그만두었습니다.

"스승을 뛰어넘은 제자는 흔히 볼 수 있지만, 제자의 우수한 재능을 인정할 수 있는 스승은 그렇게 많지 않습니다. 제자의 능력을 인정할 줄 모르는 스승은 쓸데없이 제자의 재능에 간섭하고 오히려 우수한 재능을 망치기 쉬운 법입니다."

피카소 부모님 말씀은 우리 부모들이 새겨 들어야 할 말입니다.

세계적인 문호 빅토르 위고의 어머니

프랑스의 대 문호 빅토르 위고는 베장송에서 태어나 어머니의 엄격하고도 자애로운 가르침을 받고 자라났습니다.

그가 여섯 살 때의 일입니다. 그 이웃에는 천문학자가 살고 있었는데 그 집 마당에 사과나무가 몇 그루 있었습니다. 그 집 주인이 어느 날 담장을 치려고 마당에 기둥을 세우기 시작했습니다. 사과가 열리면 어린이들이 탐내어 모여들 것을 생각해서 미리 막아 버리자는 생각이었습니다. 이것을 본 위고의 어머니가 사과나무집 주인에게 말했습니다.

"우리 아이들에게는 잘 타일러서 댁의 마당에 가지 않도록 하겠으니 담장을 치지 않으셔도 되겠습니다."

이렇게 해서 담장을 치지 않고 지냈습니다. 여름이 되어 사과가 주렁주렁 달리고 가을바람이 불자 사과가 날로 붉어지기 시작했습니다.

"어머니, 옆집 사과가 빨갛게 익었네요."

위고가 손가락질을 하였습니다.

"그래, 참 곱게 잘 익었구나. 그렇지만 남의 것이야! 남의 것을 탐내서는 안 된다는 거 알지?"

어머니의 말씀은 근엄했습니다. 얼마 후 사과나무에서 사과가 하나 둘씩 떨어지고 있었습니다. 위고가 그것을 보고 사과가 떨어졌는데 주워 오면 안 되는지 또 물었습니다.

어머니는 정색을 하고 말하였습니다.

"남의 사과는 떨어진 것이라도 주워오면 안 된다."

이렇게 어머니의 엄격한 지도를 받고 자라난 위고는, 자기 물건과 남의 물건에 대한 구별을 철저히 해서 세상을 곧게 살고 고매한 인격자로서, 그의 작품도 거의가 정직하게 살도록 강조하는 내용이었습니다.

그의 불후의 명작이라고 평가받고 있는 '레미제라블' 은 그가 60살에 내놓은 작품으로 주인공으로 나오는 '장발장' 의 성격 묘사는 독자들의 심금을 울려주는 깊이 있는 세계를 보여주고 있습니다.

그는 처음 시인이 되겠다고 어머니와 의논해서 작품을 발표하고 그 이름이 알려질 무렵, 영국 헨리왕의 동상을 세우면서 현상금을 걸고 시를 널리 공모하자 거기에 응모하려고 정력을 기울이고 있었습니다.그런데 어머니가 중병에 걸려 모든 것을 포기하고 어머니의 간병에 나섰습니다. 응모할 생각은 할 수도 없었습니다.

어머니는 곁을 떠나지 않은 아들에게 물었습니다.

"네가 헨리왕의 동상에 바치는 시를 쓴다고 했는데 어떻게 되었니?"

"지금 시를 쓸 형편이 안 되어 아직 손을 쓰지 못하고 있는데요."

어머니는 이 말을 듣고 크게 실망하였습니다.

"나는 벌써 보낸 줄 알았었는데……. 나 때문에 그렇게 되었다면 너무나 안타깝구나. 너는 네 길을 가야 하지 않니?"

위고는 용기를 내어 어머니에게 시를 구상할 수 있는 시간을 허락 받은 후에 시작에 몰두하였습니다. 하룻밤 새에 작품을 완성하여 다음날 아침에 시를 낭송하자, 어머니는 더없이 기뻐하며 아들의 능력을 높이 평가해 주었습니다.

이렇게 해서 빅토르 위고의 시가 영국 헨리왕의 동상에 바쳐지는 명시로 지금까지 남겨지게 되었습니다.

앞날을 내다본 나폴레옹의 어머니

세계사의 영웅으로 추대 받는 나폴레옹의 어머니는 '레시치아'라는 여걸이었습니다. 코르시카 전쟁 당시에 낭자군을 이끌고 참전한 지휘관 이었으며, 나폴레옹은 그의 둘째 아들로 코르시카에서 태어났습니다.

나폴레옹도 귀족 가문에서 태어났으며 그의 부친은 변호사였습니다. 8살 때 이웃집 과실나무에 먹음직스러운 열매가 열렸습니다. 그러자 누이동생이 그것을 따달라고 조르는 바람에 나폴레옹이 그 과일을 따기 위해서 나무에 올라갔다가 어머니에게 발각되었습니다.

"너는 왜 남의 과실을 몰래 따려고 했느냐? 벌을 받아야 되겠다." 하고는 3일 동안 곡간에 갇히는 신세가 되었습니다.

오빠가 억울하게 당하는 것을 동생이 어머니에게 사실대로 고백하여 겨우 풀려 날 수 있었습니다.

어머니는 아이들을 코르시카와 같은 섬에서 살게 둘 것이 아니라, 앞날을 위해서도 본토에 보내어 공부를 시켜야 되겠다고 생각했습니다. 그래서 11살의 형 요셉과 9살의 나폴레옹을 파리로 유학하도록 주선하였습니다.

나폴레옹은 10살에 유년학교에 입학하였고 15살에 사관학교에 들어갔는데 성적은 언제나 우등생이었습니다. 당시 사관학교 생도들은 거의 귀족출신이거나 부호의 아들이었습니다. 나폴레옹은 그 중간 계급이었기 때문에 다른 생도들과 비교가 될 수 없을 만큼 어려운 생활을 하고 있었습니다. 이를 딱하게 생각한 어떤 친구가, "용돈이 부족하면 좀 돌려줄까?" 하고 물었을 때, "염려해주는 것은 고맙다. 그렇지만 우리 집안은 좀 가난해서, 생활비를 절약해 보내주시는 돈을 내 마음대로 펑펑 쓸 수 없는 처지니까, 살아오는 방식대로 절약해서 살아나가야지."하고 거절하였습니다.

나폴레옹은 어렸을 때부터 이처럼 부모의 처지를 이해하고, 거기에 맞추어 살아가도록 노력한 효심 많은 모범소년이었습니다.

백전백승의 명장 나폴레옹도 벨기에의 한 도시인 워터루 근교에서 영국의 명장 웰링턴에게 패배하여, 남대서양의 외딴섬인 센트 헬레나 섬에서 6년간 고생하다가 51세로 세상을 떠났습니다.

'포탄이 쏟아지는 선두에 서라.'

이것은 전쟁할 때 그의 행동 강령이었습니다. 그는 전쟁터에서 죽음을 두려워하지 않고 용감무쌍했습니다. 나폴레옹은 명장으로서 3대 무기를 갖고 있었습니다.

첫째는 초인적인 용기로 항상 백마를 타고 제일 앞장서서 싸웠고, 둘째는 부하들을 극진하게 사랑했으며, 셋째는 놀라운 웅변력이었습니다. 그 웅변력은 책을 놓지 않고 꾸준히 읽은 힘이었습니다.

그는 글을 잘 썼습니다. 그의 문장은 간결하면서 사물의 핵심을 찔렀습니다. 30세에 이미 그의 문체는 확립되었다 합니다. 그의 이런 성격은 그의 어머니에게 받은 가르침의 결실이었습니다.

아들의 재능을 먼저 알아차린
아인슈타인의 어머니

아인슈타인은 어렸을 때부터 똑똑한 아이는 아니었습니다. 신동이기는커녕 13살 때의 학교 생활기록부에는 학습부진아로 기록되어 있습니다.

그의 담임선생님이 어머니를 불러, "수업 중 계속 엉뚱하고 바보 같은 질문으로 다른 학생에게 피해를 많이 주니 수업에 들어오지 않기를 바란다.' 며 학교에 나오지 않도록 권유하였습니다.

그의 아버지도 아들을 어딘가 모자란 아이로 여겼습니다.

그러나 단 한 사람 어머니만, '아이의 엉뚱함을 남다른 특별함' 으로 믿었습니다. 자신의 아들에게 남다른 재능이 있음을 알고 아인슈타인의 내면세계에 들어가 그를 이해하려고 노력했습니다. 어머니는 아인슈타인이 혼자서 생각하고, 추리하는 능력이 우수하다는 것을 찾아냈습니다. 그래서 늘 격려하고 칭찬해주는 것을 잊지 않았습니다.

그 결과 아인슈타인은 열다섯 살이 되면서 유클리드, 뉴턴, 스피노자의 작품을 소화할 수 있었습니다.

어머니는 아들이 보통 사람과 특별히 다른 점이 있다는 것을 오히려 희망으로 삼았습니다. 어머니의 사랑과 슬기로움이 아들을 큰 인물로 만들었습니다. 제대로 알지 못하고 다른 사람들과 똑같이 부진아로 취급하였다면, 인류 역사에 오래 남을 과학자가 존재할 수 있었을까요?

이렇게 우리는 어머니의 힘이 부진아를 천재로도 만들 수 있음을 알 수 있습니다. 어머니는 배 앓아 자식을 낳기도 하지만, 정신적으로도 훌륭한 어린이로 기를 수 있습니다. 아이와 가장 많은 시간을 보내고 또 출산의 고통만큼이나 애정도 깊을 수밖에 없는 어머니는 어머니만이 가질 수 있는 따뜻한 체온으로 아이의 재능이라는 씨앗의 싹을 틔우고 열매를 맺게 할 수 있습니다.

아인슈타인의 어머니는 유태 어머니의 상징적인 존재라고 할 수 있습니다. 유태 어머니를 일컫는 ‘주이시 마더’라는 말이 어느덧 고유 브랜드가 되어 세계 어머니들의 귀감이 되고 있습니다.

특히 유태 어머니들에게는 지나친 열정 때문에 빚어지는 부작용이 발견되지 않습니다. 방법과 절차에 대한 고민 그리고 이를 풀어가는 대화가 항상 전제되기 때문입니다. 그녀들의 어떤 점들이 그렇게 만들었을까요? 유태 어머니들의 자녀교육에 대한 여러 가지 전통을 깊이 살펴봐야 합니다.

개성을 인정해 준다든지, 스스로 문제를 풀 수 있도록 도와준다든지, 많은 질문에 귀찮아하지 않고 꼬박꼬박 대답해 주는 끈기라든지, 모르는 것은 솔직히 모른다고 이야기하고 같이 답을 찾아본다든지, 서로 다른 생각을 해보게 한다든지……

우리는 유대인의 어머니에게서 배워야 할 공부가 너무나 많습니다. 그들은 어떤 경우에도 실망하지 않고 자녀들의 잠재가능성을 믿고 재능을 찾아서 계발하려는 데 교육의 목표를 두고 있습니다.

정직한 이광요 수상과 검소한 아버지

싱가포르는 지하자원은 아무것도 없지만, 국민 1인당 소득은 2005년도에 26,350 달러에 가까워, 동양에서는 37,290달러의 일본을 다음가는 높은 수준입니다. 우리나라는 세계 49위로 16,460달러입니다.

20년 동안이나 수상 자리를 차지하고 있었던 이광요(李光耀)씨는 아주 정직한 지도자입니다. 깨끗한 정부를 만들려는 수상의 집념은 대단하였습니다.

싱가포르가 오늘날 이렇게 발전하게 된 것은 수상의 청렴결백한 생활이 크게 밑받침이 되었습니다. 싱가포르의 국민들은 정부와 공직자들의 정직성을 아주 높게 평가하고 있습니다.

이광요 수상이 20여 년 동안이나 국민의 지지를 받은 중요한 이유도 바로 정부의 정직함에 있습니다.

수상의 직속 기관으로 부패 방지 특별 기구가 있습니다. 이 기구는 공직자들의 수뢰나 권력 남용을 감시하고 있으며, 공직자들의 부정부패가 드러나면 지위의 높낮음을 가리지 않고 서릿발 같은 처단을 합니다. 나아가 부정부패 공무원에 대하여는 처단에 그치지 않고 공직에서 추방해 버립니다.

공무원들의 보수는 민간 기업체에는 미치지 못하지만, 넉넉하게 생활을 보장해 주고 있습니다. 민간의 경제활동은 공정한 경쟁과 시장원리에 따라 기업들의 자율에 맡기고 있습니다.

조세와 금융 등을 통한 정부의 특혜나 인가와 허가의 융통이 매우 제약되어 있어, 공무원들과 결탁할 틈을 결코 주지 않고 있습니다.

이러한 제도적 장치가 싱가포르 정부를 '깨끗한 정부'로 만든 것입니다.

이광요 수상의 청빈한 생활은 그의 아버지의 생활태도가 심어준 가정교육의 결과였습니다.

이광요 수상의 아버지는 오래 전부터 시계포를 생업으로 운영해 왔습니다. 지금도 수상의 아버지는 그대로 시계포를 운영하고 있습니다. 체면을 몹시 내세우는 우리들이 보기에는 이해하기 어려운 일인지도 모릅니다.

아들은 아들대로 정직한 수상을, 아버지는 아버지대로 오랫동안 이어온 시계가게를 버젓이 해가고 있습니다. 자기의 생업을 정직하게 이어가는 그 자세가 얼마나 떳떳하고 아름답습니까?

아버지도 아버지이지만, 아버지의 생업을 소중히 여기는 수상의 자세도 참 훌륭합니다. 땀 흘려 자기의 생업을 이어가는 그 이유는 모든 생활인에게 무엇인가를 가르쳐주고 있습니다.

아버지는 아들의 힘과 배경 따위에는 관심이 없고, 아들의 일과 자기의 일을 전혀 다르게 보고 있습니다. 싱가포르의 국민들은 이러한 사실에서 많이 배우고 있을 것입니다. 정직한 사람, 땀 흘려 노력하는 사람만이 잘 살 수 있다는 것을 생활 속에서 깨우치고 있을 것입니다.

투철한 교육관에 담긴 인생론적 담론

송수권_ 시인

유태인의 경전인 탈무드에는, "지식은 가르칠 수 있어도 지혜는 가르칠 수 없다."는 말이 나옵니다.

그들의 오랜 생활경험에서 터득된 말로서 이는 유태인의 학교교육이나 가정교육의 지침서가 되어온 말입니다. 지식이 경험을 통과해서 이루어진 산물(産物)이 상상력이고 지혜라는 사실에는 다른 의견이 있을 수 없습니다. 따라서 이 책도 행복한 삶을 누리기 위해서 '마음을 살찌우는 지혜' 라는 표제 이름을 가져왔음을 알 수 있습니다.

평생을 일선 교단에 몸담아 헌신해 왔고, 수필가이기도 한 안규금 교장선생님이 틈틈이 짬을 내어, 정년퇴임의 기념작품으로 마지막 남기고자 한 글들을 한군데 모아 놓았습니다.

이는 투철한 교육관에 담긴 인생론적 담론으로서 '나누는 사랑이 아름답다' 는 주위의 권고는 물론, 평소 사람 됨됨이를 알아보는 주위 여러분들의 뜻에 의해서 펴내게 된 책입니다. 이웃과 사회, 학교와 가정교육에 이어져 있는 많은 고리로서, 재임기간에 훈화내용을 첨삭(添削) 가필

(加筆)한 글들로 뿌리 찾기 교육을 확실하게 다져놓으려는 뜻이 무엇보다 큽니다.

1장~10장은 여러 성현(聖賢)이나 선각자들의 글을 인용하여 새로운 시각으로 다시 고쳐 쓰거나 창작한 글들입니다. 성인들은 물론 학생 스스로도 그 깊은 뜻을 마음에 새길 이야기입니다. 시간 나는대로 학교에서는 선생님과 학생들이, 집안에서는 부모님과 자녀들이 진지하게 대화를 나눌 수 있는 좋은 자료가 될 것으로 생각됩니다.

11장~12장은 가정의 행복과 나라의 흥망성쇠가 어머니의 가정교육에 있음을 보여주는 자료입니다. 2000년간의 나라 없는 설움에서 벗어나 새로운 나라를 세운 유태인의 지혜와 재능이 위대한 어머니의 교육열에서 비롯되었듯이, 가정의 행복과 나라발전의 원동력은 깨어있는 어머니의 교육에 있습니다.

우리 어머니들이 현명한 어머니로 거듭날 때, 가정은 웃음꽃이 활짝 피고 자녀들은 나라발전의 주춧돌이 될 것을 믿어 의심치 않습니다.

오늘날, 청소년들이 '무국적화(無國籍化)' '세계화(世界化)' 되어 날이 갈수록 외래문화의 양식에 빠져듦으로써, 제나라의 전통윤리관(傳統倫理觀)과 가치관(價値觀)을 잃어간다는 기우(杞憂)의 소리가 높은 이때, 이 책은 아주 유용하게 읽힐 줄 믿습니다.

이는 곧 청소년들은 물론 학부모들의 교육에 대한 수월성(秀越性)을 재확인하는 일이며, 자칫 한쪽으로 치우치기 쉬운 지식과 경직(硬直)된 사고(思考)의 도수로(導水路)를 막아, 창의성을 바탕으로 한 자기 삶을 열도록 하는데 그 방향이 놓여 있기도 합니다. 그러므로 이 책이 여러분과 여러분의 자녀들의 인생에 새로운 길이 열릴 만큼 뚜렷한 기회를 마련하고, 소양(素養)과 학습에 다소나마 보탬이 되었으면 하는 간절한 바람으로 이 발문을 씁니다.

평소 존경하고 흠모(欽慕)하는 안규금 선배님과 함께 같은 길을 가면서, 서툰 글이나마 임중도원(任重道遠 : 짐은 무겁고 가야할 길은 멂)으로 이 붓을 들지 않을 수 없음을 고백합니다. 누가 묻지 않아도 이 책에 실린 편편(片片)의 글은, 이 시대에 거울로 삼을 말씀으로서 우리 마음을 오래까지 향기롭게 적셔줄 것입니다.

'하이데거'가 말한 이런 글(말)은 '존재의 집'이며 '혼(魂)이 깃들이는 집'이 될 줄 믿습니다. 접시는 그 소리로써 그 장소에 있음을 알리고, 사람은 말로써 그 지식이나 교양과 인품 등 자신의 존재 가치를 드러낸다고 합니다.

항상 공부하는 자세로 사람다운 향기가 배어나는 선배님의 문빈(文彬:글의 내용과 형식이 어울려 갖추어져 있는 모양)에 감읍(感泣)하며, 문운(文運)이 오래까지 빛나기를 바랄 뿐입니다.

2006. 3. 26

위인들의 어머니에 대한 이야기가 외국인에 한정되어 있는데, 우리 조상들의 어머니 교육에 대해서는 다음 기회로 미루었습니다. 이해해 주시기 바랍니다.

이 책을 지난해 결혼 40주년을 기념한 날 펴내려 준비하였습니다만, 갑작스러운 교통사고로 늦어지고 말았습니다. 다행히 건강을 다시 찾아 펴낼 수 있도록 도와주신 여러분에게 감사말씀 드리고, 모든 영광을 하느님께 돌립니다.

이 책이 나오기 까지 따가운 비평과 격려로 글을 살펴준 아내 김정자에게 고마운 마음을 전하고 싶습니다.

많이 참고한 책을 말씀드리면 다음과 같습니다.

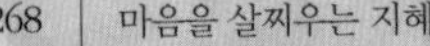

1. 강대진, 『마음을 열어주는 훈화교육』(경기 : 진원인쇄, 2001)

2. 김소천, 『역사상식 100가지』(서울 : 바른사, 1996)

3. 김은호, 『손거울』(서울 : 현대사회연구소, 1983)

4. 마빈토케이어지음 박인식옮김, 『탈무드』(서울 : 육문사, 1983)

5. 안병욱, 『빛과 생명의 안식처』(서울 : 삼성출판사, 1979)

6. 안병욱, 『빛과 지혜의 샘터』(서울 : 철학과현실사, 1992)

7. 양치문, 『마음의 선물』(서울 : 태성문화사, 2000)

8. 오강남, 『도덕경』(서울 : 현암사, 1995)

9. 윤재근, 『살아가는 지혜는 가정에서 배운다』(서울 : 대교, 1998)

10. 이상희·아셀하임, 『IQ100의 천재 150의 바보』(서울 : 조선일보사, 1996)

11. 장기근, 『노자·장자』(서울 : 삼성출판사, 1976)

12. 장기근, 『한글 명심보감』(서울 : 범우사, 1997)

13. 차운기, 『바른삶·바른글(상)』(광주 : 미래교육신문, 2000)

14. 최 현, 『채근담』(서울 : 범우사, 1998)

15. 한국교육출판, 『매일매일 인성교육』(교육자료 1999, 2월호 별책 부록)

행복한 삶을 누리기 위한

마음을 살찌우는 지혜

초판1쇄 찍은 날 2006년 5월 15일
초판1쇄 펴낸 날 2006년 5월 15일

지은이 안규금
펴낸이 송광룡
펴낸곳 도서출판 심미안(광주광역시 남구 양림동 24-18번지 2층)
전　화 062-651-6968
팩　스 062-651-9690
이메일 simmian03@hanmail.net
등　록 2003년 3월 13일 제05-01-0268호

값 9,800원
ISBN 89-91329-35-7　03810